全年齡適用，
看完就記得住！

英文單字
語源
大全

清水建二

插畫
すずきひろし

翻譯 陳識中

U0064901

語源是地理、歷史、文化、雜學……
有能者的教養寶庫！

partner
分享者 ➡ 配偶

全世界存在
多少種語言？

part
被分割物 ➡ 部分

　　根據堪稱全球語言百科
全書的『民族語*Ethnologue*』
網站資料，包含已經滅絕的
語言在內，全世界共有將近
7200種語言。同根據歷史語
言學和比較語言學的研究，這些語言還可以分為幾個從共同祖
先分化出來的「語系」。

　　全球主要的語系包含「印度、歐州語系」（以下簡稱印歐語
系）、「閃語系」、「烏拉語系」、「南島語系」、「阿爾泰語系」
等等。其中印歐語系的假想共同祖語被稱為原始印歐語。

　　目前最有力的學說認為原始印歐語的發源地在黑海北方，
誕生自位於現今烏克蘭南部的「墳塚文化」時代。然而，由於該
時代還不存在文字，因此基本上不可能找到證據。

　　印歐語系就如次頁右邊的**圖1**，又分化成11個語族（也有
人將波羅的語族和斯拉夫語族分為同一族，一共10個語族）。

而英語、德語、荷蘭語屬於同一個系統，都是「西日耳曼語族」。

　　至於法語、西班牙語、義大利語、葡萄牙語則是「拉丁語族」。

　　但儘管英語不屬於拉丁語族，卻有很多單字來自拉丁語。

為什麼英語有很多單字來自拉丁語？

　　這問題的答案跟英語的歷史有關。

depart
遠離原本的地方
➡ 出發

　　從西元4世紀到6世紀這200多年間，歐洲發生了俗稱「日耳曼大遷徙」的事件。在西元450年前後，盎格魯人、薩克遜人、朱特人等民族（一般統稱為盎格魯-薩克遜族）入侵不列顛群島，把從西元前就定居於此的凱爾特人驅趕到北邊的愛爾蘭，控制了這個地區。

　　而「英格蘭（England）」這個地名的原義便是「盎格魯人（Angle）居住的土地（land）」，English（英語）則是指盎格魯人說的語言。

　　盎格魯人原本居住在現今的德國一帶，他們所說的語言就是現代英語的前身。

　　後來，在西元9～11世紀上半葉這段時間，英格蘭又被原居於現代丹麥一帶的維京人分支「丹人（Danes）」統治。這段期間英語開始受到現在丹麥語、瑞典語、挪威語的祖先「古諾

圖1▶ 語系樹狀圖

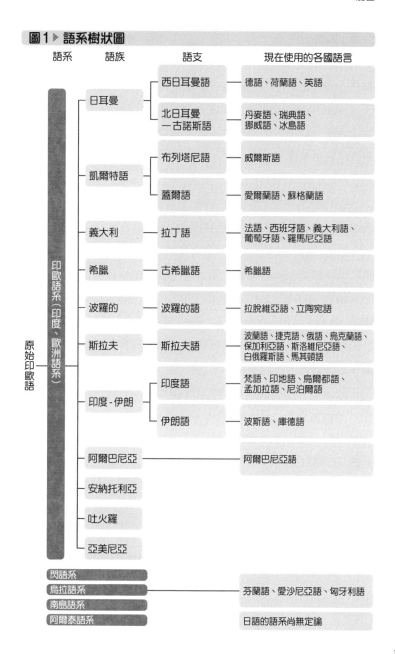

語系	語族	語支	現在使用的各國語言
印歐語系（印度、歐洲語系） 原始印歐語	日耳曼	西日耳曼語	德語、荷蘭語、英語
		北日耳曼 —古諾斯語	丹麥語、瑞典語、挪威語、冰島語
	凱爾特語	布列塔尼語	威爾斯語
		蓋爾語	愛爾蘭語、蘇格蘭語
	義大利	拉丁語	法語、西班牙語、義大利語、葡萄牙語、羅馬尼亞語
	希臘	古希臘語	希臘語
	波羅的	波羅的語	拉脫維亞語、立陶宛語
	斯拉夫	斯拉夫語	波蘭語、捷克語、俄語、烏克蘭語、保加利亞語、斯洛維尼亞語、白俄羅斯語、馬其頓語
	印度-伊朗	印度語	梵語、印地語、烏爾都語、孟加拉語、尼泊爾語
		伊朗語	波斯語、庫德語
	阿爾巴尼亞		阿爾巴尼亞語
	安納托利亞		
	吐火羅		
	亞美尼亞		
閃語系			
烏拉語系			芬蘭語、愛沙尼亞語、匈牙利語
南島語系			
阿爾泰語系			日語的語系尚無定論

3

斯語」影響。

然後在西元1066年，為英語歷史帶來十分巨大轉變的重要事件「黑斯廷斯之戰」爆發。這是後世俗稱諾曼征服（Norman Conquest）的戰爭中最重要的一場戰役，當時的諾曼第公爵征服者威廉一世擊敗了英格蘭國王哈羅德二世，使法語在往後300年間成為英格蘭的官方語言。

儘管法語被定為官方語言，不過會說法語的卻只有貴族等統治階層，被統治的一般老百姓還是說英語。

然而這段期間，法語無疑對英語造成了巨大的影響。譬如當時cow這個詞原本可指「牛」也可指「牛肉」，但後來民間開始模仿統治階級，改用法語的「bœuf」來稱為牛肉，結果就出現了「beef」這個詞。同樣地，pig一詞原本也同時可指「豬」或「豬肉」，可是後來英國人也模仿法語的豬肉「porc」，造出了pork這個詞。

之後由於源於義大利的「文藝復興運動（Renaissance）」影響，又有大量拉丁語和希臘語詞彙進入英國。就這樣，儘管英語本是日耳曼語族，卻在發展過程吸收了大量源於法語直接祖語的拉丁語單字。

認識語源是最好的教養

party
分享者的集合
➡ 政黨

接著請看看下面的單字。

perfect（完美的）、problem（問題）、professor（教授）、

圖2▶ 原始印歐語在歐洲傳播的路徑

圖3▶ 從原始印歐語衍生的語族分佈圖

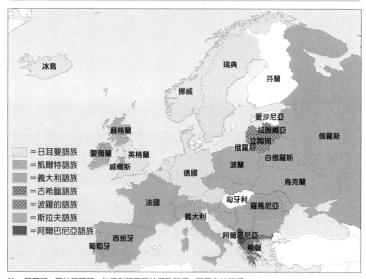

註：芬蘭語、愛沙尼亞語、匈牙利語不屬於印歐語系，而是烏拉語系。

airport（機場）、support（支持）、present（呈現）、prince（王子）、ferry（渡船）、forward（向前）。

乍看之下這些單字似乎毫無關聯，但追溯其源，會發現它們都帶有原始印歐語中表示「先」、「前」意義的詞語per。

詳細的內容我們留待正文的PART2再做講解，總而言之追究英語單字的語源，就會發現它們基本源自「原始印歐語」、「日耳曼語」、「拉丁語」和「古希臘語」。

語源甚至能看出地理關係！

department
被分割者
➡ 部門

認識語源，除了能發現乍看毫不相關的單字之間的關係，像拔蕃薯一樣一個接一個一次記住所有字，還能讓你類推不認識的單字意義，或者從中窺探那片土地過去的風貌與歷史。

例如，德國的首都「柏林（Berlin）」和瑞士的首都「伯恩（Bern）」不僅發音相似，就連市徽也都是一頭熊的圖案。很多人因此誤以為這兩座城市的名字都源自德語的Bär（熊），但實際上它們真正的語源是原始印歐語的ber（沼澤）（參照167頁）。如果你繼續往下閱讀本書，還能認識英國Oxford（牛津）、奧地利Salzburg（薩爾斯堡）、德國Hamburg（漢堡）、古文明發源地美索不達米亞（Mesopotamia）、葡萄牙的Porto（波多）等過去曾是什麼樣的土地。

除了地名外，「沙朗牛排」、「烤布蕾」、「可樂餅」、「甜

點（desert）」、「莎樂美腸」、「沙拉」、「香腸」、「白蘭地」等我們身邊的食物或飲品的語源也能告訴我們許許多多的知識。

「語源學習法」是最有效率的學習方法！

vise/view
看

sun visor
看太陽的東西
➡防曬板、遮陽板

view
看的行為
➡眺望

　一邊認識原始印歐語和拉丁語、希臘語、日耳曼語等語言是經由什麼樣途徑被吸收成英語，一邊單純享受閱讀的樂趣，輕鬆地認識英文單字，把單調無趣的背單字過程變成快樂的事情，從中獲得具體的、高層次的教養，乃是本書的主要目的。

　同時，「語源學習法」更是最有效率的英語單字學習方法，這是筆者當了40年英語教師後親身得到的結論。

　所謂的語源學習法，是將一個英語單字拆解成有意義的最小單位，然後按照語源分類，結合它們的原始意義來背誦一個單字的方法。

　例如，第9頁**圖4**的 expression 這個字，就可以拆解成＜ex＋press＋ion＞三個語源。

　中間的 press 是 expression 一詞的意義核心，稱為「語根」。而「press」是表示「推」意象的語根。

　字首的 ex 則叫「接頭辭」，是表示「從～向外」之方向性的

語根，扮演方向指示器的作用。

而由這兩個語源結合而成的express便是「向外＋推出」，也就是「表達」的意思。

最後的ion則用於表示這個單字是名詞的「接尾辭」。所以說，expression就是「表達」的名詞型態。

順帶一提，因為express具有「快速向外推」的意象，所以名詞也有「高速列車」或「快遞」的意思。

另外，譬如像是impress＜im（在上）＋press（推）＞則有「按壓別人的頭」之意象，進而引申為「留下印象」之意；而名詞型態的impression就是「印象」的意思。

depress
往下按
➡ 使沮喪

depress＜de（在下）＋press（推）＞是「把別人的心情往下推」，引申為「使沮喪」、「使不景氣」，並進而衍生出「使降低」的意思，名詞型態depression則意指「憂鬱」或「不景氣」。

就像日語的漢字可以從偏旁部首來推敲意義，英語單字也存在這樣的線索。認識這些線索不僅能幫我們更容易記住單字的意思，還能接上各種接頭辭或接尾辭，讓語彙能力有飛躍性的進步。

另外學習語源還有另一個好處，就是在遇到不認識的單字時，可以從語源推理它的意思。

圖4▶ 若將expression拆解成最小單位的語源⋯⋯

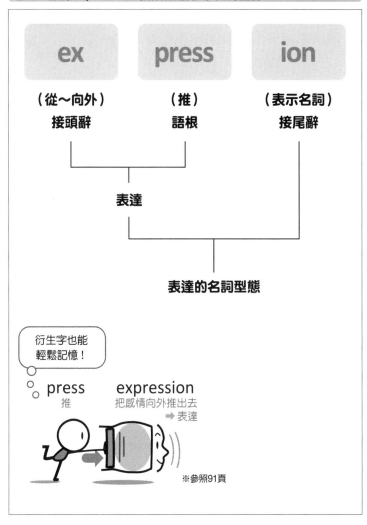

ex　　　　press　　　　ion

（從～向外）　　（推）　　（表示名詞）

接頭辭　　　　語根　　　　接尾辭

表達

表達的名詞型態

衍生字也能
輕鬆記憶！

press
推

expression
把感情向外推出去
➡ 表達

※參照91頁

9

達到母語人士等級也不是夢！

vision
審視的行為
➡ 視力

　關於語源學習法的效率，根據美國明尼蘇達大學的詹姆斯·I·布朗教授的研究報告，一個人只需要理解20個接頭辭和14個語根，就能類推出超過14000個單字的意思。

visit
去看
➡ 訪問

　本書介紹的語根數量則遠遠超過14個，多達150組，而接頭辭也有30個以上。組合這些語源，就能一口氣讓我們認識的單字數量增加到25000～30000個字，跟母語使用者相同等級。

　本書的最後附有索引，也可以當成一本字典來使用。請大家務必把這本書當成你的「英語學習夥伴」，充分活用這本書。

survey
從上面看
➡ 調查

清水　建二

目　錄

PART 1
意思等於「1個漢字」的語源
由此開始以聯想方式增加英語字彙！

PART 2 與「超級語根 per」有關的語源

per 有向前之意，繁殖力超強！

PART 3 類似「接頭辭」的語源

超～、新～、沒有～……！

PART 4

表達「數」的語源

1、2、3、多、少……

PART
6 與「感覺」有關的語源
眼、口、頭、手、腦⋯⋯

PART 7 與「自然界的活動」有關的語源

光、水、植物……

PART 8 與「時間、空間」有關的語源

週期、形狀、狀態……

PART
9
表示「人類動作」的語源

切！藏！敲！

●插圖　すずきひろし　●插圖資料製作　studio-steamengine（網井和惠）
●本文設計　株式會社WADE（土屋裕子）

PART 1

意思等於「1個漢字」的語源

由此開始以聯想方式
增加英語字彙！

「煽動行為（demagoguery）」 是「驅使群眾的東西」

dem＝民

demagoguery
驅使群眾➡煽動行為

democratic
群眾的➡民主的

endemic
向群眾之中➡當地特有的

pandemic
向所有群眾
➡全球流行的

epidemic
在群眾之間
➡有傳染性的

民主（democracy）是由人民主宰的政治

　　意指「民主主義」或「民主政治」的democracy一詞，語源是希臘語的「demo（群眾）＋cracy（管理、支配）」，原本指

由群眾所主宰的政治。其衍生字有democrat（民主主義者）、democratic（民主的）等等。而「煽動行為（demagoguery）」的原義是「驅使（ago）群眾的行為（ery）」。而「煽動（群眾）的人」或「煽動性的政客」則叫demagogue。demography則是「記錄（graphy）群眾」的意思，引申為「人口統計（學）」。

從單一地區擴散到全世界的病毒

endemic是由「en（之中）＋dem（群眾）＋ic（～的）」組成，意指「某地特有的（傳染病）」，epidemic則是由「epi（之上、之間）＋dem（群眾）＋ic（～的）」組成，意指傳染地區比endemic更大或在全國流行的「傳染物、傳染病」。而其衍生字pandemic則是由「pan（全部的）＋dem（群眾）＋ic（～的）」組成，是疾病「在全世界流行」或「爆發傳染」的意思。

在希臘語中代表「群眾」之意的dem(o)，在印歐語系（歷史上印度到歐洲一帶的許多語言所屬的語言系統）共同的祖先原始印歐語（參照第1頁）中，可以追溯至意指「分割」的da這個字。

惡魔是分離神與人的東西

demon（惡魔、惡靈）一詞，源自希臘神話中介於諸神和人類中間的神靈daimon／daemon（半神半人）。demon在原始印歐語中的原義是將神與人「de（分割）＋mon（之物）」。也就是「分配人類命運者」，是人類命運的守護神。然而在猶太、基督教的一神教系統中，除唯一神God以外的神祇都變成了惡靈。

惡魔的devil是希臘語，satan是拉丁語

順帶一提，意指「惡魔」的devil源自希臘語「中傷誹謗者」diabolos的衍生字diabolic（宛如惡魔的）。而Satan（惡魔、魔王、撒旦）一詞則源自希伯來語中的「敵人（satan）」。

dealer就是「分配者」

商品的「銷售者」、「經銷商」，以及撲克牌遊戲的「發牌者」都叫「dealer」。

deal是動詞，有「給予、分配」的意思，這個詞同樣源自原始印歐語的da（分割）。deal由原本分割之分量的意思，除演變出名詞的「交易」之意外，也有a good deal或a great deal等用法，有「很多、大大地」的意思。ordeal是由「order（命令）＋deal（給予）」組成，意指神明給予人類的「嚴酷考驗」。

time（時間）和tide（潮）語源相同

Time and tide wait for no man.是一句英文格言，意思就是「歲月不待人」。其中的time（時間）和tide（潮汐）這兩個字的語源都是原始印歐語的da（分割）。原始印歐語中d的發音經由日耳曼語變化出了t的發音。

「時間（time）」和「潮汐（tide）」皆是由一定長度分割而成的東西。time（時間）的形容詞是timely（適時的），tide（潮汐）的形容詞是tidy（整齊的）。

「瑪丹娜（Madonna）」加the（the Madonna）就是「聖母馬利亞」

dom = 家、主

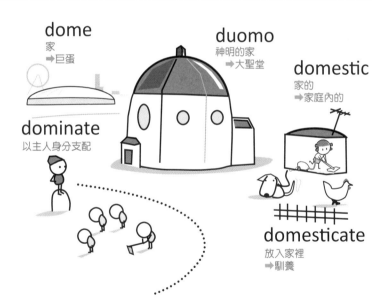

dome
家
➡巨蛋

duomo
神明的家
➡大聖堂

domestic
家的
➡家庭內的

dominate
以主人身分支配

domesticate
放入家裡
➡馴養

madam（夫人）和madonna（瑪丹娜）的語源相同

　　英語尊稱男性用「sir」，尊稱女性則用madam或ma'am，而madam一詞源自古法語中的ma dame（我的淑女）。英語的

madam在義大利語中就是madonna（瑪丹娜），兩詞的語源相同。

蒙娜麗莎（Mona Lisa）其實是「麗莎夫人」的意思

Madonna加上定冠詞the，就是淑女中的淑女，代指「聖母馬利亞」。

李奧納多・達文西的名畫〈蒙娜麗莎（Mona Lisa）〉中的Mona是古義大利語中madonna的縮寫寫法，翻譯成英文便是Madam Lisa（麗莎夫人）。由上可見dam和don是「淑女」的意思，這兩個詞可追溯至原始印歐語中表示「家」和「主人」的dem這個字。

德國的女用廁所叫Damen，那男用的呢？

在德語國家旅行時曾注意到的一件事，那就是廁所的標示。德語中的「（男女共用的）廁所」叫Toilette(n)，男用廁所標示為Herren，女用廁所則是Damen。

結果有位日本觀光客在看到這兩個標示後，沒有進去就離開了。因為他把Herren看成了日語的「不可進入（入れん，Hairen）」，把Damen看成了日語的「禁止（ダメ，Dame）」！

……請原諒我的冷笑話。話歸正題，這個damen同樣源自原始印歐語的「家（dem）」。而dame在英語中同樣有「女性、淑女」的意思。

大教堂（doumo）是神祇的住所

在義大利提到「大教堂」，第一個想到的就是世界聞名的

「米蘭主教座堂（Duomo di Milano）」，而duomo（大教堂）這個詞就源自拉丁語的「神的住所」。據說骨牌的英文之所以叫domino，也是因為形狀類似服侍上帝的神父所穿的連帽斗篷。

 ### 巨蛋（dome）就是圓形的天花板

代表網路上之「住所」的「網域（domain）」，以及圓頂的「巨蛋體育場（dome）」，這兩個詞的原始意義都是「家」，是「圓形屋頂、圓形天花板」的意思。而「domestic」則是「國內的、家庭的」的意思，例如domestic flights（國內的航班）、domestic violence（家庭暴力）等。

 ### 集合式住宅（condominium）就是住宅聚集在一起的地方

domesticate（馴化）這個字是由「domestic（家庭的）＋ate（使）」組成。condominium的語源則是「con（一起）＋domin（家）＋ium（地方）」，意指「住宅聚集在一起的地方」，引申為「集合式（自有）住宅」。同理，dominate是指由領主「支配」，形容詞的dominant是「支配的」，名詞的domination是「支配、統治」，dominion則是指「支配權、統治權」。而predominate是「pre（在前）＋dominate（支配）」，即「比～更占優勢」。

 ### 自古以來人們就認為危險（danger）是握有權力的領主造成的!?

「危險（danger）」一詞及其形容詞dangerours（危險的）的語源跟dominion相同，衍生自「領主的絕對權力」，意即「危害

人民的力量」。換言之古西方人認為掌權者是會為被統治者帶來「危險」的存在。despot是由「des（dem家）＋pot（力量）」組成，即「暴君、獨裁者」之意；dungeon原指「主人的住所」，後演變為「城堡主樓」的意思，現在則是指「地牢」。

 多明尼加的首都聖多明哥意思是「神聖的星期日」

位於西印度群島的島國「多明尼加（Dominica）共和國」國名源於西班牙語的「安息日」。該國的首都叫「聖多明哥（Santo Domingo）」，取自哥倫布在15世紀末時首次到達此地的紀念日「神聖星期日（Santo Domingo）」。

拉丁語的「星期日」是奉獻給上帝的日子，即Dominus（主日）。對基督教徒而言，星期日是慶祝主耶穌復活的安息日。

COLUMN 補充知識！

⭐ **男性的英語尊稱sir的西班牙語是señor**

開頭提到的表示男性尊稱的sir，原本其實是騎士的稱號，源自原始印歐語的sen（年長）。例如senior是「上位者、年長者」、seniority是「年長、資歷」、senile是「衰老的」、senate是「上議院」、senator是「上議院議員」。

sir的西班牙語是señor，而西班牙語中的已婚女性叫做señora，未婚女性則叫señorita。

不被幸運之星眷顧
而引發的
「災難（disaster）」

star = 星

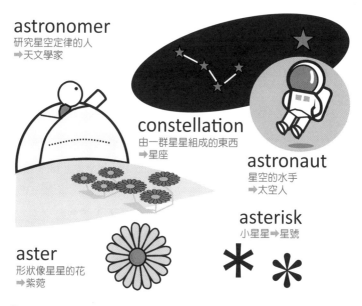

astronomer
研究星空定律的人
➡天文學家

constellation
由一群星星組成的東西
➡星座

astronaut
星空的水手
➡太空人

asterisk
小星星➡星號

aster
形狀像星星的花
➡紫菀

 菊科植物紫菀（aster）的名稱來自星形的花朵

　　「紫菀（aster）」是一種菊科的園藝植物，是由「a（朝～的方向）＋ster（星星）」所組成，語源則是希臘語的aster（星

星）。這個名字源自其輻射狀的星形花瓣。

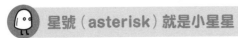

星號（asterisk）就是小星星

　　asterisk（鍵盤上的星號「＊」）是由「aster（星星）＋isk（小東西）」組成，就是「小星星」的意思，跟女性名字Stella（史黛拉）和star的語源相同，stellar是形容詞「像星星一樣的、如花星形的」的意思。stellate是「星形的、放射狀的」，而interstellar是由「inter（之間）＋stellar（星星的）」組成，具有「星星之間的」等意義。starfish是「星形的魚（fish）」，也就是「海星」；starlet是由「star（星星）＋let（小東西）」組成，意即「剛走紅的年輕女演員」；stardust是「星星的灰塵」，意即「星塵」，另外也可以指一流明星身上的「領袖氣質」或「神奇魅力」。

災難（disaster）就是不被幸運星眷顧

　　constellation由「con（一起）＋stella（星星）＋ation（做）」組成，意指「星座」或「星座運勢」；而disaster（災難）則由「dis（遠離）＋aster（星星）」組成，源於古人認為帶來幸運的星星不在身邊時就會遇到「災難」或「慘事」的思想。astrology是「星星的學問（logy）」，也就是「占星術」之意；astronomy是「astron（星星）＋nomy（定律）」，意即「天文學」，衍生字則有astronomical（天文學的）、astronomer（天文學家）等等。astronaut是「星空的水手（naut）」，意即「太空人」。astronaut主要指美國的太空人，要強調是前蘇聯和俄羅斯的太空人時則會用cosmonaut（宇宙的水手）。

觀測圓頂（astrodome）是可以看見星星的圓頂

日本昭和時代的知名電視動畫『原子小金剛』的英文片名叫Astro Boy。美國休士頓有一座名為the Astrodome的知名太空巨蛋體育場（目前關閉中）。astrodome的語源是「星星的圓頂、圓形天花板（dome）」，意即晚上能看見星星的「觀測圓頂」，是一種裝設在飛機（主要是大型飛機）上方的圓頂型窗戶。

繞行恆星的行星叫planet

star一般翻譯為「星星」，但嚴格來說應該叫「恆星」。恆星是用自己的能量發光的獨立天體，例如太陽也是一個恆星。相對地，繞著恆星周圍公轉的「行星」則叫planet。planet這個字源於拉丁語的「徘徊」一詞planeta，形容詞planetary是「行星的」；而「天文館（planetarium）」的語源是「planetary（行星）聚集的＋ium（地方）」。另在「星星」的aster後面加上帶有「類似～」意義的接尾辭oid就是asteroid，意指「小行星」。

COLUMN 補充知識！

⭐ **花瓣整齊排列的大波斯菊（cosmos）**

cosmos（宇宙）和cosmic（宇宙的）這兩個字源自希臘語中意指「秩序、協調」的kosmos，跟「化妝品（cosmetic）」的語源相同。cosmetic surgery就是指「整容外科手術」。cosmo-的語源是希臘語kosmein（安排、給予秩序）的名詞kosmos，而大波斯菊也因其整齊排列的美麗花瓣而被稱為cosmos。另外microcosm（微觀）和macrocosm（宏觀）二詞的語源也是kosmos。

「古龍水（eau de Cologne）」是「科隆的水」

aqua＝水 mari＝海

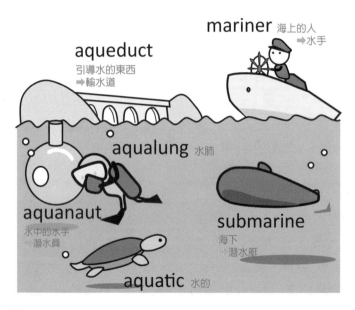

mariner 海上的人 ➡水手

aqueduct
引導水的東西
➡輸水道

aqualung 水肺

aquanaut
水中的水手
➡潛水員

submarine
海下
➡潛水艇

aquatic 水的

水瓶座是Aquarius

黃道12星座的第11個星座「水瓶座」的英文Aquarius，跟「水族館」的英文aquarium都有aqua的字根，而aqua就是拉丁

語的「水」。aqua（水、藍綠色）這個字可追溯至原始印歐語的「水」akwa。aqualung（水肺，潛水用的呼吸裝置）是由「aqua（水）＋lung（肺）」組成；aquamarine（海藍寶石＝3月分的生日石，一種藍中帶綠的寶石）是「aqua（水）＋marine（海洋的）」；aquabics（水上運動＝在水中做的有氧健身操）是「aqua（水）＋bi（活）＋ics（體系、學問）」；aquifer是「aqui（水）＋fer（搬運）」，意即「含水層」。這些字彙皆由aqua所組成。

潛水艇的英文submarine就是「海底」的意思

有「海洋的」意思的marine這個字源自原始印歐語中代表「水」或「海」的單字mori。而submarine是由「sub（之下）＋marine（海洋的）」組成，當名詞就是「潛水艇」，當形容詞則是「海底的」的意思。面朝新加坡Marina Bay（濱海灣）而建的綜合渡假飯店Marina Bay Sands（濱海灣金沙酒店），英文名稱直譯就是「濱海灣的沙灘」。還有，把肉或魚浸泡在醋或檸檬汁、橄欖油等醃汁中的調理方法叫「醃泡法（marinate）」；marinated herring（俾斯麥醃魚）就是「醃鯡魚」。而英語的marinate（醃泡）源自拉丁語mare（海）的衍生動詞marinare（鹽漬）。

魚尾獅（Merlion）是上面是獅子，下面是魚的生物

與「mari＝水」有關的英語單字有「美人魚（mermaid）」（〈女的〉人魚）、merman（〈男的〉人魚）、Merlion（新加坡的知名景點，一座上半身是獅子、下半身是魚的雕像），以及美國棒球大聯盟中的隊伍Seattle Mariners的mariner「船員、水手」。順帶一提，「新加坡（Singapore）」一名源自梵語（古印

度的書面用語言）的「Singa（獅子）＋pore（＝polis都市）」。
此外，marsh（沼澤）、maritime（近海的、海事的）、mere（湖水、池塘）、cormorant（鸕鶿）、ultramarine（群青色〈的〉）也是跟水有關的單字。

狐獴（meerkat）就是湖邊的貓

棲息於非洲南部的獴科動物meerkat（狐獴）的語源，是「mere（湖）＋kat（貓）」。狐獴是棲息在沙漠等乾燥地區的獴科哺乳類，實際上跟湖泊和貓都沒有什麼關係。那為什麼牠會叫這個名字呢？據說其原本的語源是梵語中表示「猴子」的markata。過去搭乘東印度公司船艦的荷蘭殖民者，曾聽說南非有一種叫markata的動物。然後當他們第一次見到狐獴時便以為「這一定就是markata」，於是便用自己國家的語言把markata這個詞翻成了meerkat。

輸水道是aqueduct

話題再度回到akwa。aqua這個字單獨使用時可作「水」或「藍綠色」的意思，而形容詞aquatic則是「水生的、棲息在水中的」，aqueous是「水溶性的、水成的」等意思。如同32頁提到的astronaut（太空人），「潛水伕」的英文便是aquanaut。而羅馬時代的aquaduct（輸水道）的語源則是「aque（水）＋duct（引導）」。

淡香水（eau de toilette）其實是廁所的水

拉丁語的aqua到了法語變形成eau。而eau de toilette（淡

香水）一如字面所見，原義是「廁所的水」。對法國人而言，toilette除了有「廁所」的意思外，也常常當成「化妝室」來用，帶有強烈的「整理儀容的場所」這個意象。而法語的eau也直接被英語沿用。例如sewer是由「s＝ex（之外）＋ew（水）＋er（東西）」組成，意指「下水道」，而sewage則是「汙水」。

古龍水（eau de Cologne）是科隆的水

eau de Cologne（古龍水）的原義一如字面，即「科隆（德國的都市）的水」。古龍水是1709年一名住在科隆的義大利香水師傅發明的，據說他出於對科隆這座城市的敬意而取了這個名字。順帶一提，香料濃度高的叫「香水」，香料濃度低的叫「淡香水」，濃度比淡香水更低的就是「古龍水」。

半島（peninsula）就是「幾乎算是島」

「島」的英文「island」是從原始印歐語的akwa經由日耳曼語從ahwo演變成ieg，然後才變成古英語的igland。換句話說，island的原義是「is（水）中的＋land（陸地）」。islander是「島民」；insular是「島嶼的、思想封閉的」；insulate是「使隔離、使隔絕」，跟「隔離（isolate）」的語源相同。以其發現者名字命名的人體器官，由位於胰臟的「蘭氏小島」（the islets of Langerhans）所分泌的激素「胰島素（insulin）」的語源來自「insul（島）＋in（物質）」。「小島」的islet是由「isl（島）＋et（小東西）」組成，而「半島」的英文「peninsula」的語源則是「pen（幾乎）＋insula（島）」。

「英格蘭（England）」是
「盎格魯人（Angles）」
居住的土地（land）

ang / ank ＝角、彎

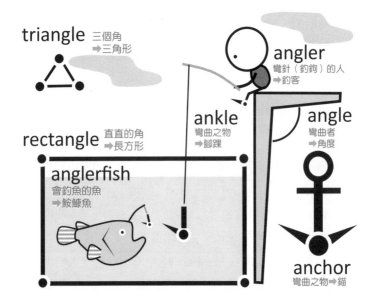

triangle 三個角 ➡三角形

angler 彎針（釣鉤）的人 ➡釣客

ankle 彎曲之物 ➡腳踝

angle 彎曲者 ➡角度

rectangle 直直的角 ➡長方形

anglerfish 會釣魚的魚 ➡鮟鱇魚

anchor 彎曲之物➡錨

日耳曼人（Germanic peoples）大遷徙

在開始解說ang／ank之前，我們先來講個故事。

西元4世紀到6世紀約200年間，歐洲發生了俗稱「（日耳

曼）民族大遷徙」的事件。「日耳曼人（Germanic peoples）」是當時住在現今德國附近的族群統稱，包含在西元450年前後入侵了不列顛群島的盎格魯人、薩克遜人、朱特人。日耳曼人征服了當地的先住民，在7世紀初葉前陸續建立了一個又一個王國。

這三個部族（統稱盎格魯-薩克遜人）中的盎格魯人原本住在歐洲日德蘭半島（現在大部分屬於丹麥領土，南部與大陸相連的部分屬於德國領土）的沿海地區，因當地地形很像「釣鉤（古英語叫angel）」，所以被稱為「盎格魯人」。現在的「英格蘭（England）」這個名稱也源於「盎格魯人（Angles）居住的土地（land）」之意。「英語（的）」的英文「English」原義也是盎格魯人說的語言。「英國國教（英格蘭教派）」叫the Church of England（the Anglican Church）；「英語化」或「使英國風化」則叫anglicize。順帶一提，薩克遜人（Saxons）的語源是「拿刀的士兵」。

 用尖端彎曲的釣鉤垂釣的人叫angler

本項的主題ang／ank是原始印歐語。

angle（角度）的原義是「彎曲之物」，形容詞angular是「有角的、（長相）稜角分明的」。因為angle使人聯想到彎曲的釣鉤，所以動詞有「釣魚」的意思，而「釣客」則叫angler。另外，頭上有個像天線般的觸角，利用它模仿小蟲子引誘獵物上鉤再捕食的深海魚「鮟鱇魚」叫anglerfish。

 綁在彎曲腳踝上的腳鏈（anklet）

ankle是「彎曲之物」的意思，又引申指「腳踝」；anklet是

「ankle（腳踝）＋et（小東西）」，也就是「腳鏈＝腳踝上的裝飾品」；anchor是「彎曲之物」，引申為「錨」。

美國阿拉斯加州南部有一座港都叫安克雷奇（Anchorage），其首字母小寫的anchorage就是「放錨的行為」，引申為「停泊港口」。

anchor也有接力跑的「最後一棒跑者」或「救命稻草」的意思。而負責根據採訪資料統整出最後報導的人叫anchorman（主播）。

有角的蜥蜴：甲龍（ankylosaurus）

棲息在中生代白堊紀的草食性恐龍「甲龍（ankylosaurus）」是一種表皮堅硬如甲冑，而且上面還長著許多三角形尖刺保護自己的恐龍。其語源是「有角的蜥蜴（saurus）」。

土耳其的首府「安卡拉」一名源自崎嶇的地形

安哥拉兔是一種毛色潔白纖細，摸起來非常滑順暖手的兔子，其毛髮被用於製作毛衣或外套。「安哥拉（Angora）」是現在土耳其共和國的首都安卡拉的舊稱，而這個名字本身又可追溯自古代都市「安塞拉（Ancyra）」，意思是「谷底」，源自其崎嶇的地形。

四邊形是angle

「長方形」的語源是「rect（筆直的）＋angle（角）」，也就是rectangle；「三角形」是triangle，「四邊形」是quadrangle。

「五邊形」以上的形狀則改用原始印歐語中代表「膝蓋」或

「角」的語根genu的變化形gon。詳細請參照142頁。而genu
這個語根又經過日耳曼語將g變成k，變成了英語的「膝蓋」
knee和「跪下」kneel。

COLUMN 補充知識！

⭐ 恐龍名字的「saurus」是「蜥蜴」的意思

這裡介紹一下跟「甲龍（ankylosaurus）」有關的語源。

「恐龍」的英文dinosaur源自希臘語的「dino（可怕的）＋
saurus（蜥蜴）」。如「劍龍（stegosaurus）」的語源是「steg
（覆蓋）＋saurus（蜥蜴）」，意指其背脊被長劍般的骨板覆蓋。
而「暴龍（tyrannosaurus）」則是「tyrant（暴君）＋saurus
（蜥蜴）」，也就是「暴君龍」的意思。「雷龍（brontosaurus）」
則是一種身體很大而頭顱很小的恐龍，語源是「bront（雷）＋
saurus（蜥蜴）」。

「腕龍（brachiosaurus）」是種前足比後足更大的恐龍，
語源是「brachi（腕）＋saurus（蜥蜴）」。

⭐ 手鐲（bracelet）的語源是小手腕

另外再補充介紹一下跟腕龍的「brachi（腕）」有關的語
源。「手鐲」的英文「bracelet」的語源是「小手腕」，源自希
臘語中代表「上腕」的單字brakhion；而embrace則是「向腕
（brace）中（em）」的意思，引申為「擁抱」。

brakhion傳到拉丁語後變化成「腕」的單字bracchium，
接著再經由古法語的braciere（護腕、肩帶）和現代法語，最
後被英語吸收變成brassiere（胸罩）這個字。

006

「白朗峰（Mont Blanc）」是「白色的山」

mount / mint
＝山、突出

amount
向山頂➡到達

mountain
突出之物➡山

prominent
向前突出➡醒目的

dismount
遠離山➡下降

mount 山➡登山

山的英文mountain是指突出之物

　　位於美國西北部的蒙大拿州北與加拿大臨接，國土面積與日本相當，是第41個加入美利堅合眾國的州。Montana這個名

稱源自西班牙語的「山」montaña。「山」的英語mountain是從原始印歐語的「突出」這個字men經由拉丁語傳入英語的。屬於身體凸出部位的「嘴」mouth一詞的語源也是men。另外promontory則是「pro（在前）＋mont（突出）＋ory（場所）」，也就是「岬」的意思。

蒙太奇（montage）和山（mountain）的語源相同

「蒙太奇（montage）」一詞本是法語，原指刑事偵查中準備多種不同類型的臉形、頭髮、額頭、眼睛、嘴巴、鼻子、下巴、眉毛等部件，讓犯罪目擊者回憶挑選符合的部位，拼湊出嫌犯長相的合成照片。因為要從堆積如山的五官照片中找出符合者拼湊，所以叫montage。

白朗峰就是「白色的山峰」

mount當動詞時有「攀登、爬上、騎乘、著手」等意義。而法式栗子蛋糕之所以叫「蒙布朗（Mont blanc）」，則是因為這種蛋糕的形狀是模仿阿爾卑斯山的最高峰Mont Blanc所做，而這個詞本身就是法語的「mont（山）＋blacn（白）」。

位於巴爾幹半島，有著「亞得里亞海瑰寶」美名的小國Montenegro（蒙特內哥羅），其語源是「黑（negro）山」。還有，因豪華賭場知名的摩納哥旅遊勝地Monte Carlo（蒙地卡羅），其實是Charles' Mountain的意思，源自19世紀統治摩納哥的查理三世。

用作接尾辭的mount

amount是由「a（朝向～）＋mount（山）」所組成，動詞是「到達」，名詞是「總額、數量」的意思。

而dismount是「dis（遠離）＋mount（山）」，意即「卸下」；remount是「re（再）＋mount（山）」，意即「重啟」；paramount是「para（通過）＋mount（山）」，意即「至高的」；surmount是「sur（超越）＋mount（山）」，意即「克服」。

mount變化成mint

有「突出」意思的語根，除了mount之外還有mint。例如天文術語中的prominence（日珥）。日珥是太陽下層大氣的色球層一部分沿著磁力線跑到上層大氣的日冕所形成的紅色突出物。

除了「日珥」之外，prominence還由「向前突出」衍伸出「重要性、著名、卓越」等意義。形容詞prominent是「卓越的、醒目的」之意。eminent是「e（向外）突出」，也就是「著名的、卓越的」；而imminent是「im（向上）突出」，意指不好的事情「迫在眉睫的、緊迫的」。

也有原始印歐語的men直接變成英語的例子

也有原始印歐語的men（突出）直接經由拉丁語以原始型態直接變成英語的例子，譬如menace／promenade／demeanor等等。menace是由「突出」引申為「危險的人（事物）、脅迫、威脅」；promenade原本是由「向前突出的東西」引申為「驅使動物向前進的道路」，後變成「散步道」的意思；demeanor是由「完全突出」引申為展現一個人性格的「言行舉止」、「神態」。

007

地對空導彈
「愛國者（Patriot）」飛彈

patri / pater =父

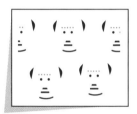

pattern 應該當成父親般効仿的東西
➡榜樣

father 父親

patron 像父親一樣的人➡保護人

patriot
守護父祖之地的人
➡愛國者

 由原始印歐語的pəter（父親）變成father

在原始印歐語中代表「父親」的pəter一詞，先是經由日耳曼語變化成fader，然後又經過古英語、中世英語，fader語尾的

der逐漸變化成ther，才有了現在的father（父親）一詞。

 贊助者（patron）就是像父親一樣的人

　　pəter在經過拉丁語或古希臘語的演變後，變成pater或patri傳入英語。paternal是一個英文形容詞，意思是「父親的、父方的」，其形容詞paternity是「父性、父系」。而patron一詞則是由「像父親一樣的人」引申出「保護者」和「贊助者」的意思。

　　其衍生字還有patronage（資助、保護、常客）、patronize（惠顧、照顧）、patronizing（高高在上的）等等。源自葡萄牙語的padre是「隨軍牧師、神木」。patriarch是「patri（父親）＋arch（頭）」，引申為「族長」；patrimony則由「父親的狀態」引申為「自父親繼承（世襲財產）」；patricide則由「patri（父親）＋cide（切）」引申為「弒父」。

 保護父祖之地的愛國者飛彈

　　過去在波斯灣戰爭時，美軍使用的地對空飛彈「愛國者（Patriot）」，其原義是保護父祖之地的意思，而patriotic是「愛國的」，patriotism是「愛國心、愛國主義」。另外，compatriot是「com（一起）＋patriot（愛國者）」，即「同胞」的意思；expatriate是「離開父祖之地」，引申為「住在國外的」或「僑民」；repatriate是「回到父祖之地」，引申為「遣返（本國）」的意思。

 「榜樣」的pattern就是一家模範的父親

　　pattern有「模式、典範、圖樣」等意義，原本是父親為一

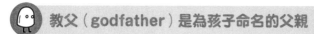

家或一族模範之意，語源為「應該視若父親般效仿的東西」。

教父（godfather）是為孩子命名的父親

當 Godfather 的首字母 g 用大寫時，通常是指「犯罪組織的大咖角色」或「黑幫頭目」。

而 g 小寫的 godfather 則是「為孩子命名的父親」或「教父」的意思，指的是基督宗教中參加嬰兒的受洗儀式，代替父母替孩子命名，負責孩子宗教教育的男性。

因為體積最大？木星（Jupiter）的名字源自全知全能的父神

太陽系中體積最大的行星「木星（Jupiter）」（朱比特），名字取自羅馬神話中的眾神之王和天空之神。朱比特的語源跟希臘神話中全知全能的神王，名字有「於天空閃耀」之意的「宙斯（Zeus）」相同。Jupiter 即是 Zeus 和 peter（父親）合成詞。

克麗奧佩脫拉是古埃及的重要人物

克麗奧佩脫拉七世是古埃及托勒密王朝的末代女王，而她的名字 Cleopatra 原義是「cleo（重要人物）＋ patra（祖國）」，也就是「對祖國來說的重要人物」。

stepfather（繼父）的 step 不是「跨步」的意思，而是源自原始日耳曼語中意指「失去親人的」的 steupa 這個詞。所以 stepfather 和 stepmother（繼母）原本是指「領養了孤兒的父母親」，此義一直用到了 19 世紀。

008

準備當母親（mother）時穿的「孕婦裝（maternity dress）」

matri / mater / metri
= 母

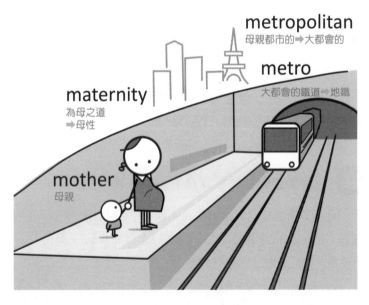

metropolitan
母親都市的➡大都會的

metro
大都會的鐵道➡地鐵

maternity
為母之道
➡母性

mother
母親

 從原始印歐語的mater（母親）變成mother

在原始印歐語中代表「父親」的pəter，經由日耳曼語變化成現代英語的father。同樣地，英語的mother也是從原始印歐

語代表「母親」的mater變化而來。意指「母親」的單字經由拉丁語、希臘語變成mater、matri、metri等形態傳入英語。

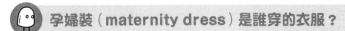

孕婦裝（maternity dress）是誰穿的衣服？

maternal是「母親的、母系的」，名詞形maternity是「為母之道，母性」。孕婦穿的「孕婦裝」的英文叫maternity cloths／dresses／wear，也就是給母親穿的衣服。

matriarch是「martri（母親）＋arch（頭）」，即「女族長」；matricide是「matri（母）＋cide（切）」意即「弒母」；martimony是「母親的狀態」，引申指「婚姻生活、夫婦關係」。

matrix是母體

matron除了有公共設施的「女性監督者」或「女舍監」等意思外，也有年長高貴的「已婚女性」之意，比如婚禮上陪伴新娘的已婚婦女就叫matron of honor。matrix的原義是「子宮」或「源頭」，引申為成長或發展的「基礎」或「母體」之意。在古代則指懷孕的動物，也就是「母獸」的意思。

mother（母親）和matter（物質）的語源相同

alma mater是「母校」（參照117頁）的意思，而matriculate則是指「進入母體」，引申為「允許進入大學就讀」的意思。而mother根源的matter，則是組成物體的「物質」。動詞是「重要」的意思。material當名詞是「物質、原料」，形容詞是「物質的、重要的」。

為孩子命名的女性叫教母（godmother）

godmother是「女性的命名者、教母」的意思。matrilineal是「matri（母）＋line（線）＋al（～的）」，意即「母系的」，而patrilineal則是「父系的」。

捷運（metro）源自metropolitan（大都會）

法國首都巴黎的地下鐵路Metro（捷運），源自於法語的Chemin de Fer Métropolitain，也就是métropolitain（大都市）的「鐵（fer）的（de）道路（chemin）」。而metro-的語源是拉丁語的mater（母）和同語系之希臘語單字meter、metro-（母親）。

而「大都會」的英文metropolitan原義是「作為母城的」。

COLUMN 補充知識！

⭐ 從城邦（polis）誕生的police（警察）和politics（政治）

polis是古希臘語的「城市」之意，比如雅典娜帕德嫩神廟的Acropolis（衛城＝很高的城市）、語源是「新（neo）城市」之意的義大利港都Naples（那不勒斯）等等。還有諸如police（警察）、politics（政治）、policy（政策）、megalopolis（大都市）、technopolis（科技城）等等，也都跟「城市」有關。

除此之外，美國馬里蘭州的首府安那波利斯（Annapolis）、明尼蘇達州的大城明尼亞波里斯（Minneapolis）、印第安納州的首府印第安納坡里斯（Indianapolis）、知名世界遺產的波斯帝國首都波斯波利斯（Persepolis）等地名中的polis也都是「城市」的意思。

009

「管理（management）」
是用手處理的意思

man = 手

manual
操作說明書

manage 用手操作 ➡ 管理
manager 用手操作的人
➡ 經理人

manufacture 用手製作 ➡ 製造

manuscript
用手寫 ➡ 原稿

修甲（manicure）就是保養手或指甲

　　手或指甲等整隻手的保養在英語叫「manicure（修甲）」。
這個字的語源便是拉丁語的「manus（手）＋cura（照顧）」。

51

manus則可追溯至原始印歐語的man（手）。

禮儀（manner）就是用手處理

manner的原義是跟手有關的事情，引申為「方法、態度、禮儀、風俗」。而「餐桌禮儀」正確的寫法應該是複數形table manners。「操作說明書」的英文manual原是形容詞，也就是「用手、手工作業的」之意。例如manual labor是指「肉體勞動」。

風格主義（mannerism）是指因襲特定形式的手法

日文的「風格主義（マネリン）」常用來形容一個人手法因襲特定形式，缺乏獨創性和新鮮感，英文原文是mannerism，意指藝術或文學等創作的樣式或風格照本宣科、落於俗套的意思。

因為以前的原稿都是用手寫……。

manacle的原義是「套在手上的東西」，意思是指「手銬」；manuscript是「manu（手）＋script（書寫）」，意指「原稿」；而耕作要用手，所以manure是「肥料」；maneuver是「策略」或「巧妙地操縱」。manifest是「mani（手）＋festo（壓）」，引申指「明確的、使明確」；選舉時用的manifesto則是政黨用來表明政策的「宣言」或「告示」。

用手操作的動詞

manufacture是「manu（手）＋fact（製作）＋ure（事情）」，意即「製造」；maintain是「main（手）＋tain（保持）」，即「維持」，名詞形maintenance是「維持、管理」；manipulate是「mani

（手）＋pul（填滿）＋ate（做）」，引申指「操作」；emancipate
是「e（在外）＋man（手）＋cip（抓）＋ate（做）」，引申指「解
放」。而「經營者」或「監督者」是manager；manage（經營、管
理）源於用手駕馭馬匹的意象，本來的意思是「妥善應對」。名詞
形management是「管理、經營」的意思。

mandate是「放入手裡」之意，引申為「權限」或「命令」，
動詞是「轉移權限、命令」；mandatory是「強制的、義務的」。
command原是「com（完全地）收入手中」，意即「命令（動
詞）」；command是負責下達命令的「指揮官」或「司令官」。

commend指完全轉讓權限，引申為「稱讚」；recommend
是「推薦」，名詞形recommendation是「介紹信」。demand也
是由「完全地→強力命令」引申為名詞和動詞的「要求、需要」
之意；demanding是強力要求的意象，形容詞引申為「苛求
的、高要求的」。

COLUMN 補充知識！

⭐ security源自「不擔心」的意思

這裡補充介紹manicure的cure相關語源。

cure（治療〈動詞〉）源自拉丁語中表示「注意、照顧」的
cura。curious也就是充滿了關注的心情，引申為「好奇心強
烈」，名詞形curiosity是「好奇心」。secure是「se（遠離）＋
cure（注意）」，意即「沒有不安的、放心的」，名詞形security
是「安全、保全」的意思。accurate是「a(c)（朝～）＋cure
（注意）」，引申為「正確的」；curator是「負責照顧的人」，引
申指美術館或博物館的「館長」。

010

腳踏車的「踏板（pedal）」要用修好的美腳（pedicure）來踩！

ped/pod/pus＝腳

pedestrian
用腳走的人 ➡ 步行者

ped Xing
走路穿過
➡ 行人穿越道

expedition
把腳向外伸 ➡ 探險

pedal
用來放腳的東西 ➡ 踏板

tripod
3隻腳 ➡ 三腳架

foot源自原始印歐語的ped

　　「修腳」的英文是pedicure。ped在原始印歐語中是「腳」的意思。原始印歐語的p的發音，在經過日耳曼語的變化後變成

f的發音，ped也從fot變化成foot（腳），並衍生出有「拿來」或「請來」之意的fetch一詞。而fetter語源是「fet（腳）＋er（反覆）」，意即「束縛」。

因為要用腳划，所以叫踏板（pedal）

同時ped也經由拉丁語以本來的形式傳入英語，其中有些變化成pod ／ pus ／ pi(o)等形態。

ped讓人最直覺聯想到的單字，就是腳踏車的「踏板（pedal）」；而pedestrian則是指「行人」；ped Xing（讀作ped crossing）是「行人穿越道」。expedition是「把腳伸向外面的」意象，引申指「探險」；expedient是「可以把腳伸向外面的」，即「權宜的」。

族譜叫pedigree是因為很像鶴腳

pedometer是「腳的測量」，意即「計步器」；「族譜」則是因為形狀很像末端分叉的「鶴（gree）足」，所以叫pedigree；centipede是「100隻腳」，意思就是「蜈蚣」；millipede是「mill（1000）個腳」，即「馬陸」。

鴨嘴獸（platypus）是有著扁平足的哺乳類

tripod是「3隻腳」的意思，即「三腳架」；octopus是「8隻腳」，即「章魚」；棲息於澳大利亞的「鴨嘴獸（platypus）」是一種卵生卻會分泌母乳餵養幼獸的奇妙哺乳類，特徵是有鴨子一樣的嘴喙，以及腳趾之間有蹼的扁平足。其英語名稱源自「plat（平坦）＋pus（腳）」。

先驅（pioneer）的原義其實是步兵

「消波塊」的英文Tetrapod®的語源是「4隻腳」（參照140頁）。pilot（駕駛員）和pioneer（先驅）也同樣源自ped。

pilot原本的意思是「水流的嚮導」，也就是把船舵比喻成船的腳，即「掌舵人」之意。pioneer（先驅）也是「pio（腳）＋eer（人）」，換言之原本是「步兵」的意思。

 ped也有「幼兒」的意思

儘管語源不同，但原始印歐語的pau（小）在經過希臘語傳播後也變形成ped，衍生出好幾個有「幼兒」意義的單字。比如pediatrics是「ped（幼兒）＋atrics（醫學）」，即「小兒科」；pediatrician是「小兒科醫師」；pedagogy是「教導（agogy）幼兒」，即「教育學」。還有，orthopedics是「使幼兒身體的變形變直（orth）的學問（ics）」，即「整形外科」的意思。這是因為當時整形外科的病患大多是幼兒。

COLUMN 補充知識！

★ **千層酥（mille-feuille）就是「1000片葉子」**

mil是「1000」的意思，million則是「1000」的千倍，也就是「100萬」。mile（英里）是歐美男性平均走1000步（左腳加右腳算一步）的距離。millennium是「1000年、千禧年」；由數層薄起司麵皮疊成的甜點「千層酥（mille-feuille）」則是「1000片葉子」的意思，源自法語。

011

牙醫診所是
「dental clinic」

dent/odont=齒
opt/ocu=眼

dentist
治療牙齒的人➡牙醫

dental
牙齒的

optician
眼睛的人➡配鏡師

optometry
眼睛的測量➡驗光

dandelion
獅子的牙齒➡蒲公英

> 有嚼勁的義大利麵叫al dente

　　「牙醫」的英文dentist源自於法語的「dent（牙齒）＋iste
（人）」；形容義大利麵「有嚼勁、彈牙」要用al dente，源自義大

利語的「al（～更）＋dent（牙齒）」。dental是「牙齒的」，dental clinic就是「牙醫診所」；dentistry是「牙科、牙醫業」；denture是「假牙」；dentifrice是「磨（frice）牙」，引申指「牙膏」。

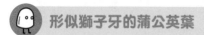

形似獅子牙的蒲公英葉

「蒲公英（dandelion）」的語源是法語的「dant（牙齒）＋de（～的）＋lion（獅子）」，因其鋸齒狀的葉子很像獅子牙齒而得名。

而每個段落的第一行向內縮排的排版方式叫indent，原義是形容讓文章變成鋸齒狀。

dent到了希臘語變成(o)dont

原始印歐語的dent經由希臘語變成了odont，接著又傳入英語。odontology是「牙齒的學問（logy）」，意即「齒科學」；periodontal是「牙齒周圍的（peri）」，即「牙周的」；periodontitis是「牙齒周圍的（peri）發炎（itis）」，即「牙周炎」；periodontics是「牙周病學」；orthodontics則是「把牙齒弄直（orth）的學問（ics）」，即「齒科矯正術」。

長得像大象的乳齒象（mastodon）原義是「乳房的牙齒」

「乳齒象（mastodon）」是距今約一萬年前棲息在北美洲的哺乳類，發現過多種化石。其語源是希臘語的masto（乳房）和odonto（牙齒）的合成字。因為其化石臼齒的牙冠部位長著像乳頭一樣的突起。

「三叉戟（trident）」的語源是「三顆（tri）牙齒」，是海神波賽頓的象徵。

 「眼科醫師」叫oculist，「配鏡師」叫opticain

「單片眼鏡」monocle、形容詞monocular「單眼的」，以及「雙片眼鏡」binoculars、形容詞binocular「兩眼的」（參照127頁）中的ocul都源自拉丁語的「眼睛」一字oculus，並且可再往上追溯至原始印歐語表示「看」意義的okw。ocular是形容詞，意指「眼睛的」或「肉眼可見的」；oculist則是「眼科醫師」。

okw經由希臘語變形成為opt，如optic是「眼睛的、視力的」；optical是「視力的、視覺的、光學的」；optical illusion是「眼睛的錯覺」；optician是「配鏡師」；optometry是檢測視力的意思，意即「驗光」。

hyperopia是「超過眼睛」，引申為「遠視」；presbyopia是「長老（presby）的眼睛」，即「老花眼」；myopia是「my＝mute（沉默的）眼睛」，引申指「近視」。autopsy是「用自己的眼睛看」，引申指「驗屍（解剖）」；biopsy是「活體切片檢查」；necropsy是「看死（necro）」，意即「驗屍」。

 「疫苗（vaccine）」源自拉丁語的母牛

inoculate是「把眼睛（→芽）植入體內」使人獲得免疫力的意思，意即「預防接種」，名詞形為inoculation。

順帶一提，「疫苗（vaccine）」源自拉丁語的母牛vacc，因為當時是靠把接種牛痘病毒來預防天花。「接種疫苗」叫做vaccinate，名詞為vaccination。

★ **氣候（climate）是太陽角度造成的變化**

這裡介紹一下dental clinic的相關語源。

「診所」的clinic源於希臘語中意指「傾斜身體躺在床上」的單字klinikos，並且可上溯至原始印歐語中有「傾斜」之意的單字klei。

decline是「de（向下）＋cline（傾斜）」，引申為「拒絕」，語氣上比其他同義詞refuse和reject要弱，屬於比較委婉的拒絕。

椅背可以倒下去的椅子叫做「reclining seat」，其中的recline是「re（向後）＋cline（傾斜）」的意思，引申為「躺下、倚靠」；incline是「in（向內）＋cline（傾斜）」，引申為「使內心傾向」。另外，climate是指因陽光傾斜角度導致的差異，也就是「氣候」；client是指向律師或會計師等專家「傾聽的人」，引申指「委託人」、「顧客」；climax是傾斜的頂點，引申為「高潮、最高點」。

★ **被扶正的比薩斜塔**

lean是一個源自於日耳曼語的單字，原始印歐語中的klei的k發音在日耳曼語中變化成h，變成了hlinen，然後h又被消音，才演化成lean這個字，也就是「傾斜」的意思。

「比薩斜塔」的英文叫the Leaning Tower of Pisa。筆者在40年前造訪比薩斜塔時，其傾斜度是5.5度，據說放置不管的話再過50年就會倒塌。但後來因為義大利政府的維護，目前傾斜程度已被扶回為3.99度。

012

比中空的青椒還營養？
形狀像人頭的
「高麗菜（**cabbage**）」

cap(it) =頭

cap
頭➡帽子

captain
站在頂點的人➡船長、主將

chef
廚房的頭頭➡主廚

cabbage
形狀像頭的蔬菜➡高麗菜

escape 脫掉披風➡逃跑

跟頭有關的單字cap／captain／cape

　　戴在頭上的帽子叫cap；機組或團隊的領導如「船長、機長、主將」叫captain；陸地突出海洋的頂點「海岬」叫cape；

披在肩膀上的「披風」叫cape；以上單字都源自拉丁語中代表「頭」的caput。capital的原義是「頭部的」，當形容詞時意指跟頭腦一樣是最重要的部分，有「最重要的」、「可處死刑的」，另外也有「首字母的」和「資本的」之意。a capital punishment是「死刑」，a capital letter是「首字母」，a capital fund是「資本基金」。

國家最重要的城市叫capital

　　capital當名詞時有「首都、州都、資本、首字母」的意思，其衍生字有capitalism（資本主義）、capitalist（資本主義者）、capitalize（大寫字母開頭、使資本化）等等。位於美國首府華盛頓D.C.的「美國國會大廈」叫the Capitol。

形狀像人頭的高麗菜

　　「家畜、牛」的英文cattle的原義是由「頭」→「重要」聯想引申為「財產」的意思；而「高麗菜」的英文cabbage則是來自其類似人頭的形狀。

　　組織或集團的「首長（chief）」也是同一個語源，chief當形容詞是「主要的、最重要的」。例如餐廳的「廚師長」或「主廚」叫chef；書本的章節chapter原義是「小頭」；achieve的原義是「朝頭的方向」，抓住頭→抵達頂點，引申為「達成、實現」，名詞形achievement則是「成就」的意思。mischief是「mis（錯誤）＋chief（頭head＝朝向）」，意即「惡作劇」，形容詞形mischievous則是「調皮的」。

覆蓋手的手帕（handkerchief）

kerchief（方頭巾）的語源是「罩住（ker）頭」，意指女性用於包裹頭部或纏繞在脖子上的柔軟薄巾，纏在脖子上時一般叫「圍巾（neckerchief）」。「手帕（handkerchief）」的原義是「覆蓋手的東西」，在歐美除了用來擦汗或眼淚外，也常常用於擤鼻子。

 脫掉外套逃跑的escape

decapitate原義是「切斷頭顱」，引申指「（處刑時）斬首」，名詞形是decapitation。而escape是「脫掉外套（cape）」後「逃跑」的意思，名詞是「逃亡、逃避」。

capsize原指船隻「頭部沉沒」，引申為「翻覆」。

 卡普里島就是山羊和野豬之島

雖然形態稍微有些變化，但precipitate也是「使頭部向前（pre）」，引申為「猛然落下的、沉澱物」的意思；precipitation則是「降雨量、降雪量」；precipice是把頭向前伸出的「斷崖」或「危急處境」。

因著名祕境「藍洞」而聞名的義大利觀光景點卡普里島（Capri）源自拉丁語的「母山羊」，而在希臘語中則是「野豬」之島的意思，其語源也是「頭」的cap。順帶一提，「摩羯座」的英文Capricorn的語源是「capri（山羊）＋corn（角）」。義大利語的capriccio是指「心血來潮」的意思，而在英語中則叫caprice（心血來潮），形容詞為capricious。

013

形如牛角
位於南美州最南端的海岬
「好望角（Cape Horn）」

horn / car / cer / cor
＝頭、角

unicorn
1支角 ➡ 獨角獸

horn
角 ➡ 警笛、號角

Cape Horn
尖端像角一樣尖尖的海岬

carrot
形狀像角一樣的蔬菜 ➡ 紅蘿蔔

> 獨角獸叫unicorn，那犀牛呢？

　　unicorn（獨角獸）是外形有如額頭中央長著一支角的馬的傳說生物，其語源為「uni（1）＋corn（角）」。這個字源自拉

丁語，希臘語的叫monoceros「mono（1）＋ceros（角）」；而rhinoceros是「rhino（鼻）有角（ceros）」的「犀牛」，口語簡稱rhino。

Klaxon就是horn

klaxon是「汽車喇叭」的意思，據說這個字源自最早發明車用喇叭的「Klaxon公司」。現在英語的「汽車喇叭」更常用horn這個字，例如「按（汽車）喇叭」叫做Sound your horn.。

長著小角的蜜蜂hornet

「獨角獸（unicorn）」或汽車喇叭的horn的語源都可追溯至原始印歐語的「角」或「頭」ker。經過日耳曼語傳播，k的發音變成了h。

horn除了有「汽車喇叭」的意思外，其第一義是字面上的「角」；而「號角」和形狀像角的金屬管樂器「小號」也叫做horn。

hornet是「horn（角）＋er（小東西）」，意即「大黃蜂」。

「好望角（Cape Horn）」是位於南美洲最南端，尖端像角一樣尖尖的海岬；2021年G7高峰會的舉辦地，英國最西南邊的「康瓦耳（Cornwall）」，其原義是「威爾斯人居住的角＝尖端」。

阿爾卑斯長號就是阿爾卑斯山居民用的號角

「阿爾卑斯長號（alpenhorn）」是阿爾卑斯山區的傳統樂器，其語源是「Alps（阿爾卑斯）的horn（號角）」。Alp的語

源同時有「高的」和「白的」之意。由「白的」衍生出來的英文字有「相簿（album）」、「白化病患者（albino）」以及「清蛋白（albumin）」等等。而由「高」衍生出的字請參見115頁。

形狀像角的蔬菜：紅蘿蔔（carrot）

「角」的英文是corner，「角膜」是cornea，而形狀像角的「紅蘿蔔」則叫carrot。紅蘿蔔等蔬菜所含的橘色色素則叫「紅蘿蔔素（carotene）」。

珠寶的重量單位「克拉（carat）」約等於0.2公克，源自希臘語的keration（長角豆），因為重量約等於4粒長角豆。

kerato是醫學術語中的「角膜」

源自希臘語的kerato是醫學中「角膜」的意思，並衍生出了很多單字。如keratitis是「角膜炎」，keratoderma是「角化症」，keratoplasty是「角膜移植術」，keratectomy是「角膜切除術」。

cerebrum源自拉丁語的「大腦」，形容詞形cerebral是「大腦的」，而cerebellum則是「小腦」。

角型的甜麵包：螺旋麵包（korune）

在麵包中填充巧克力奶油醬的角形甜麵包「巧克力螺旋麵包（chokko-korone）」是日本發明的獨特麵包。而義大利也有形狀類似可頌，在麵包中塞入巧克力的甜點「cornetto」，其語源是「小小的角」。而英語的cornet則可指形狀類似小號的金屬管樂器「短號」，或是「裝冰淇淋的甜筒杯」。

014

「業餘人士（amateur）」就是「愛好者」

ama／pri=愛

amity 愛 ➡ 友好

enemy 不是朋友 ➡ 敵人

amateur
有愛的人 ➡ 愛好者

amenity
令人愉快的東西 ➡ 舒適

被萬眾喜愛的阿曼達（Amanda）

　　Amelia（艾蜜莉亞）的小名Amy（艾咪）跟英文姓氏的 Amanda（阿曼達），兩者的語源皆來自於拉丁語代表「愛」的

amare，意指「被人所愛者」。

另順帶一提，位於東京六本木的知名咖啡廳「アマンド（amando）」的名稱取自Almond（杏仁），跟amare完全沒有關係。

 ## 「朋友」的amigo是拉丁語

在美國有時會聽到某些人用amigo來稱呼朋友，這個字源自西班牙語中的「朋友」；而在義大利語中amore則有「情人、愛」的意思。兩者都源自拉丁語中代表「愛」的amare。

筆者以前就讀的大學附近有一間咖啡廳叫「アミティエ（Amitie）」，店名取自法語的「友情（amitié）」，換成英語的話則是amity（和睦）。amiable是「和藹可親的」，amicable則是「友好的、友善的」。

「敵人（enemy）」是「en（＝in）（非）＋emy（朋友）」，因為不是朋友，所以是「敵人」的意思。

 ## 業餘者（amateur）就是愛好者

「專家」叫professional，而「業餘人士」則叫amateur。amateur的原義是「有愛的人」，所以翻成「愛好者」其實更接近原本的意思。

另外，amorous是「愛情的、色情的」；amorous adventures是「愛情歷險」；enamored是「陷於愛情中」，意即「迷戀」。

 ## 便利設施（amenity）就是讓生活更舒適的東西

日語中的「amenity goods」指的是飯店洗手間或浴室中的

肥皂、洗髮精、化妝品等東西，而這個amentiy源自拉丁語的
「令人舒適之物、令人愉快之物」，基本的意思是「使生活更舒
適快樂的東西」。除此之外，也可以用來表示場所或氣候等很讓
人舒適。

 ### 朋友的friend的源自日耳曼語

「朋友」的英文friend最早可追溯至原始印歐語中源自表示
「愛」的pri，是經由日耳曼語傳入英語的。

friend的原義是「愛著」。

「星期五」的英文Friday的語源也是「值得愛的，惹人憐愛
的」，源於北歐神話的「女神Frigg的日子」。

據說在英國有許多人會在星期五時吃「炸魚薯條（fish and
chips）」，因此很多人都誤以為Friday是fry（炸魚）的day（日
子）。然而仔細深究會發現，在耶穌被釘上十字架的星期五，反
而跟齋戒的風俗更有關係。

free（自由的）和freedom（自由）的語源也是pri，是從
「惹人憐愛」→「不被束縛」衍生出來的單字。

近年隨著社群網路的發達，friend開始被當成動詞使用，意
思指「加入好友」，例如I friended him and sent him a message.
（我加他好友然後發了訊息給他）。而這個意義的反義詞則是
unfriend（解除好友）。

friend的衍生字有形容詞形的friendly（友好的、親切的）
及其反義字unfriendly（不友好的）、friendless（沒有朋友的、
孤獨的）、名詞形friendship（友情、朋友關係）。而動詞形
befriend則有「幫助、親切對待」有困難的人或年輕人的意思。

015

「菲律賓 (Philippines)」
源自菲利普二世的名字

phile =愛 phobia =厭

bibliophile
愛（書）的人 ➡ 愛書者

acrophobia
怕高 ➡ 懼高症

hydrophobia
怕水 ➡ 恐水症

費城的語源是手足之愛

　　位於美國賓夕法尼亞的大城「費城 (Philadelphia)」這個名字本是「愛adelphos（兄弟）」的意思，也就是「手足之愛」。

70

而「菲律賓（Philippines）」的國名則源自其舊宗主國西班牙的國王菲利普二世。Philip這個名字則源自拉丁語的Philippus和希臘語的Philippos，也就是「愛馬」的意思（參照106頁）。

 上智大學的英文是Sophia University

philanthropy是由「phil（愛）＋anthropo（人類）」組成，意指「博愛、仁慈」；而anthropology則是「anthropo（人類）＋logy（學問）」，即「人類學」。

philosophy是「philo（愛）＋sophy（智慧）」，即「哲學」或「人生觀」；philosopher則是「哲學家」。

philosophy的語根sophy是希臘語的「智慧、知識」，sophist是古希臘的「哲學或倫理學老師」或「詭辯家」；sophism是「詭辯」；sophistry是「詭辯、謬論的行為」；sophisticated則由sophist（詭辯者）的意象引申為「老練的、見多識廣的」。義大利女演員「蘇菲亞・羅蘭（Sophia Loren）」的Sophia就是「智慧、知識」的意思，而日本「上智大學」的英文名稱則是Sophia University。

 愛樂的英文是philharmonic

「東京愛樂交響樂團」的英文名稱是Tokyo Philharmonic Orchestra，其中philharmonic就是「phil（愛）＋harmony（和諧）」，即「愛樂的」。philology是「philo（愛）＋logy（語言）」，即「語言學、文獻學」；philter原義為「使愛之物」，引申為「媚藥」等意思。

當接尾辭用的phile和philia

　　phile和philia當接尾辭時有「喜歡～的（人）」之意。如「愛書者」叫bibliophile，「親英派的（人）」叫Anglophile，「血友病」叫hemophilia，「戀獸癖」叫zoophilia，「喜歡外國人者」叫xenophile等。

 火星衛星福波斯（Phobos）的語源是「恐怖」

　　「火星」（Mars）的第一個衛星形如橄欖球，名為「福波斯（Phobos）」。Phobos是希臘神話的戰神「阿瑞斯（Ares）」的兒子，意思是「恐怖」或「嫌惡」。

 男性恐懼症叫androphobia

　　一如acrophobia（懼高症）和acrophobe（懼高症者），帶有-phobia接尾辭的字詞泛指「～恐懼症」，而帶-phobe則指「恐懼～的人、討厭～的人」，衍生出很多單字。

　　古希臘的城邦叫polis，而位於polis中心的「公共廣場」叫agora，因此「廣場恐懼症」的英文便叫做agoraphobia。而androphobia則是「男性恐懼症」；xenophobia是指「外國人恐懼症」。

　　除此之外，還有諸如像Anglophobia（英語文化畏懼症）、aquaphobia（恐水症）、claustrophobia（幽閉恐懼症）、cyberphobia（電腦恐懼症）以及homophobia（同性戀恐懼症）、hydrophobia（恐水症）。

016

「天鵝（swan）」是會叫的鳥。也有歌手或詩人的意思！

son / ton =音

consonant
使音色相同的
➡音調和諧的

dissonant
音色不同的
➡刺耳的

sound
聲音➡響

astonish
外面傳來雷聲
➡使吃驚

unison
一個音
➡一致

---

sound（聲音）和thunder（雷）的語源相同

　　sound（聲音、發出聲音、響）一詞源自拉丁語的「聲音」sonus。還有，發音跟sound相近的thunder（雷、打雷）則源自

拉丁語的「鳴響」tonare。而這兩個字都源自原始印歐中代表「發出聲音、製造聲音」之意的swen。

聲波圖（sonogram）就是超音波掃描出的圖像

古典音樂樂器音樂的分類之一「奏鳴曲（sonata）」，源自拉丁語代表「發出聲音、演奏」之意的sonare的過去分詞形態「被演奏之物」。

sonnet原義是「微小聲音」，引申為「14行詩」的意思；sonogram（聲波圖）是「記錄聲音的東西」，引申為用超音波掃描胎兒的「超音波影像」。另外，sonic（聲音的、音速的）前面加super的supersonic是指「超音速的」，而ultrasonic則是「超音波的」。

里索那銀行是「共鳴的」銀行

根據日本的「里索那銀行」官網說明，「里索那（Resona）」這個名稱源於拉丁語中有「共鳴、響亮」之意的resonare這個詞。此字的語源是「re（再度）＋sonare（發出聲音）」，到了英語變成resound（共鳴）這個字。

天鵝的swan就是會叫的鳥

sonorous的原義是「聲音的」，引申為「渾厚的」；sonority是「響亮」；consonant原義是「共享聲音」，引申為「協調的、一致的、子音」；dissonant是「聲音不同的」，引申為「刺耳的、不一致的」；unison是「一個音」，引申為「一致、和諧、齊唱」，片語in unison是「一齊、異口同聲」。「天鵝」的英文swan

原義是「會叫的鳥」、「會演奏旋律的鳥」。

龍捲風（tornado）的語源跟打雷相同

「雷」的英文thunder是從tonere衍生而來，thunderbolt是「雷電、落雷」。「雷鳥（thunderbird）」是美國原住民神話中會帶來雷雨的巨大鳥類。發生在美國南部和中西部和非洲西海岸伴隨雷雨的「龍捲風（tornado）」的語源也是這個字。

眩暈槍（stun gun）與雷

astonish（震驚）這個字也跟「雷」有關。其語源是「as＝ex（在外）＋ton（雷）＋ish（做）」，意指被外面的巨大雷聲「嚇一跳」的意思。這個字又衍生出stun（使昏迷）以及astound（使震驚）等詞。stun gun（眩暈槍）是指用高壓電流使人或動物暫時昏迷的槍。形容詞為stunning，是「震驚、極為迷人的」的意思。

星期四（Thursday）源自雷神

intonation是指聲音的「語調」或「聲調」，動詞形intone是「以平直的語調吟詠」；detonate是「de（向下）＋ton（雷）＋ate（做）」，意指落雷造成「引爆」的意思。Thursday（星期四）一詞源自北歐神話中的雷神「Thor's（索爾的）＋days（日子）」。

與「超級語根per」有關的語源

per有向前之意
繁殖力超強！

far（遠）和 first（第一）
其實是親戚

fur / far / for＝在前、向前

before
在前方➡之前

first
最前面的東西
➡第一個

forecast
提前丟出➡預測

foresee
提前看➡預見

afford 朝向前方➡有餘力

 原始印歐語的 per＝前

　　從語源追溯英語單字的歷史可以發現很多事情，而單一語源能發展出這麼多單字的例子，就筆者所知，大概只有 per 這個

字。per是印度、歐洲語系（歷史上分布在印度到歐洲地區許多語言所屬的群體）的共同祖先原始印歐語中代表「在前、向前」意思的語根。

所謂的語根，就是將單字按語源分解後構成這個字意義核心的部分，是語源學習的中心角色。

 per經由日耳曼語變化成far／fur

語根的per是經由日耳曼語和拉丁語傳入英語的，本小節將介紹從日耳曼語傳入英語的單字。

首先是從「在前、向前」意象衍生出「遙遠的、遠離的」之意的形容詞或副詞far。far的比較級和最高級形態有farther（further）- farthest（furthest），以前前者是表示「距離」，後者表示「程度」，但現代英語已經沒有特別區分。

 什麼是「格林定律」

為什麼per會變化成far或fur呢？這點我們在Part1也提過幾次，是因為原始印歐語的子音p在日耳曼語會變化成f。這個子音變化規則在語言學上叫「格林定律」（Grimm's Law）。「格林童話」的編撰者格林兄弟中的哥哥雅各布·格林是一位語言學家，也是將這個變化規則系統化的人。除了p→f的子音變化外，還有t→th／k→h／b→p／d→t／g→k等子音變化。

 far（遙遠的）和first（第一的）是親戚

far由「在前、向前」的意象衍生出「去、搬運」的意義。

儘管發生了一些變形，但far跟運輸旅客、貨物、汽車等的

「渡輪」的英文ferry，以及意指「第一的、最重要的」的英文first語源相同。first的語尾st代表最高級，原義是「最前面的東西」。

fare→welfare / warfare / farewellに

fare是運載乘客的交通工具的「運費」；welfare的語源是「順利」，引申指國家或個人往好的方向前進，也就是「幸福、福利」；warfare是「朝戰爭前進」，即「交戰狀態」；farewell的語源是「有精神地前往」，原義是對旅人道別的話語「一路保重」，引申出「告別」或「再見」等義。

順帶一提，「戰爭」的war源自原始印歐語的「使混亂」wers，這個字後來變成英文bad和ill的比較級與最高級worse（更差）和worst（最差）。

per變化成前置詞for

「往大阪的列車（a train for Osaka）」或「給你的禮物（a present for you）」中的for表示「方向」或「目的」，而這個前置詞的for也是源自「在前、向前」意義的per。

before（之前）的語源一樣是「be（＝by在旁）＋fore（在前）」；beforehand則是「在手前」，引申指「預先」；therefore則是「there（＝that那個）＋fore（為了）」，引申為「因此」的意思。

當接頭辭用的for(e)

比較級形式的former是「前面的、以前的」，最高級形式

foremost是「最重要的、第一的」；forecast ／ foresee ／ foretell
則是向前投（cast）、看（see）、說（tell），依序是「預測」、
「預見」、「預言」的意思。

　　forerunner ／ foresight ／ forefather ／ forehead ／ foreword
等搭配名詞的場合，則分別是「先行者」、「先見之明」、「祖
先」、「額頭」、「前言」的意思。

 牛津一詞的由來

　　歷史最古老的大學城「牛津（Oxford）」的火車站前有一尊
公牛塑像。這是由於Oxford的語源就是「公牛向前走」，因為
此處曾是「公牛在此渡河的淺灘」。

　　莎士比亞的出生地「埃文河畔斯特拉特福（Stratford-upon-
Avon）」的語源是「strat = street（羅馬時代的道路）＋ ford（向
前走）＋ upon（on 鄰接的）＋ Avon（埃文河）」，從地名可知
古代羅馬軍隊曾沿著此地穿越埃文河的淺灘。

 人名和地名的ford跟淺灘有關

　　afford的語源是「a(f)（朝～的方向）＋ ford（向前）」，意
思是有「快速向前進」的「餘力」。美國汽車製造商「福特
（ford）」公司的名稱則來自其創辦人 Henry Ford。因此 Ford 先
生若直譯過來就是「淺灘先生」。

　　20世紀初葉，福特汽車成為美國國民車，被大量生產，因
此當時的美國經常可以聽到一句俗話是 I can't afford a Ford.
（我連福特都買不起）。

自由民法蘭克人

　　德國的國際都市「法蘭克福（Frankfurt）」的語源是「法蘭克人的淺灘」，因為古代法蘭克人在跟鄰國的阿勒曼尼人打仗時，選擇這裡的淺灘當作穿越美茵河的路線。法蘭克人是因西元4世紀歐洲民族大遷徙而聞名的日耳曼人的一支，也是現在的「法國（France）」國名的由來。「坦率」的英文之所以會叫做frank，便是因為當時的法蘭克人不是奴隸，而是自由民。

COLUMN 補充知識！

⭐ **法蘭克福腸與維也納香腸的語源**

　　說起德國的香腸，就不得不提「法蘭克福腸」。

　　這種香腸發源於13世紀的法蘭克福。

　　其德語是Frankfurter Würstchen，英語為frankfurter，又或是直接縮寫成frank。

　　而廣受小孩子所喜愛的「維也納香腸」，其英文是Vienna sausage，據說是法蘭克福腸的廚師在奧地利首都「維也納（Vienna）」獨創出來的商品。

　　另外要注意Vienna的發音是[viénə]。

018

「葡萄牙（Portugal）」的 國名源自其 第二大城波多

por(t) =去、搬運

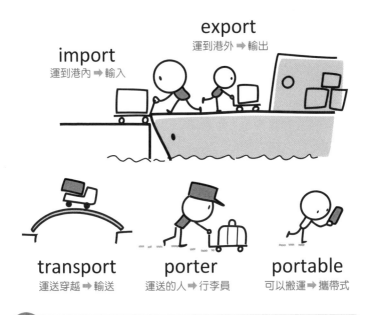

export
運到港外 ➡ 輸出

import
運到港內 ➡ 輸入

transport
運送穿越 ➡ 輸送

porter
運送的人 ➡ 行李員

portable
可以搬運 ➡ 攜帶式

日語中源自葡萄牙語的外來語

麵包、金平糖、長崎蛋糕、比司吉、牛奶糖、天婦羅……
這些食物都是在戰國時代，跟基督教和鐵砲一樣從葡萄牙傳入

日本的。葡萄牙（Portugal）這個國名源於其國內第二大城，人口僅次於首都里斯本的港都「波多（Porto）」。波多的「波多舊城區」被登記為世界文化遺產，並因外銷至全球的餐後葡萄酒「波特酒（Port Wine）」而聞名。筆者以前也曾造訪過這座城市，當時下榻飯店的迎賓酒就是波特酒。

 per（在前、向前）變化成port（搬運）

port當名詞是「港口」的意思，源自拉丁語的「搬運」一詞portare，並可上溯至原始印歐語的per。per經由拉丁語變形成por(t)傳入英語。

在還沒有飛機的時代，跨越海洋的唯一方法就是搭船，而離開本國港口或抵達外國港口入國時，都需要出示「通行證」＝「護照（passport）」。

passport的語源是「通過港口」；airport一如字面指的是「空中港口」，即「機場」；porter的原義是「搬運者」，引申為飯店幫旅客搬運行李的服務員；seaport是大型船隻停泊的「港口」或「港都」；heliport是「直升機場」。

 電話號碼可攜服務叫Mobile Number Portability

portable原本是指「可搬運」，後引申為「攜帶式」的意思。而手機在更換電信公司時可以直接沿用原本號碼的服務叫「電話號碼可攜服務（Mobile Number Portability）」，portability也就是「可搬運性」，引申指「可攜帶」。portal site則是指網路中用於運輸各種資訊的「入口網站」。

porch是指突出建築物，有屋頂遮蔽，引導來客進入建築內

的「門廊」；portfolio原本是「運送葉子（→紙）的東西」，引申為「資料夾、作品集」；而瞬間移動到其他地點的「瞬間傳送（teleportation）」的語源則是「運送到遠處」。

 當接尾辭用的port

export原義為「運到港外」，引申為「輸出」；import為「運到港內」，引申為「輸入」。support是「在下方搬運」，引申為「支持、支撐」；transport是「搬運越過」，引申為「運輸」；deport是「運到遠方」，引申為「流放」；report是「運回原處」，引申為返回現場「報告」的意思。這些單字全部都有port。

名詞的export[ékspɔːrt]是「出口（商品）」，import[ímpɔːrt]是「進口（商品）」，support是「支持、支援」。

transport[trǽnspɔːrt]是「運輸、交通手段」；report是「報告書」。

 運動就是遠離工作轉換心情

sport（運動）一詞是把disport「娛樂、嬉戲」的dis（遠離）拿掉頭2個字母變成的字。sport的原義是指前往遠離工作場所的地方，有「轉換心情、娛樂、嬉戲」等意思。

opportunity原義是指為得到商機而「前往港口（port）」，引申為「機會」，形容詞形opportune是「合適的、恰當的」；而important的意思是「重要」到值得進口的。

 per→por→pro（在前）

por變形成pro後，被當成「在前」意義的接頭辭，發展出

很多單字。

比如promotion（晉升。291頁）、prologue（序文。193頁）、prospect（前景。189頁）、process（過程。303頁）等等。

 由pro變化到from

表示起點，意指「從～」的前置詞from也是從pro衍生出來的字。「給你的禮物」叫a present for you，而「我送的禮物」叫a present from me；無論for還是from其實都源自原始印歐語的per。

 pro經過希臘語變化成prot(o)

pro也經過希臘語變化成prot(o)傳入英語。例如「蛋白質（protein）」的語源是「第一物質」，意指對人體「最重要的物質」。

同樣的，prototype就是「第一型」，引申為「原型」的意思。「議定書」或「外交禮節」的英文protocol的語源則是「第一的漿糊」，因為在古希臘時代，用莎草紙製作的文件第一頁會用漿糊黏上目錄或勘誤表。

順帶一提，很多健康食品中添加的可保持皮膚彈力和緩和關節疼痛的「膠原蛋白（collagen）」，其語源是「可以做膠的物質」。

COLUMN 補充知識！

⭐ 博斯普魯斯海峽的意思是「牛渡過的淺灘」

這裡再稍微分享一下其他地名的由來。

位於土耳其伊斯坦堡對面，連接黑海和馬爾馬拉海的「博斯普魯斯海峽」的Bosporus，其實是希臘語「公牛（bos）渡過的淺灘（porus）」之意。這個字的造字邏輯跟81頁提到的Oxford一樣，當然Bosporus這個地名在歷史上更加古老。

⭐ beef和butter的語源相同

除此之外，Bosporus的Bos源自於原始印歐語的gwou（牛），跟beef（牛肉）、buffalo（水牛）、butter（奶油）、bugle（軍號）、bulimia（貪食症）、bovine（牛屬的）等詞的語源相同。

其中，butter的原義是「牛的起司」；bugle是因為形狀類似牛角；bulimia則是源自「牛的食慾」。

「狂牛症」的縮寫BSE，全名就叫做bovine spongiform encephalopathy（牛腦海綿狀病變）。

⭐ 原始印歐語的子音g到日耳曼語變化成k

原始印歐語的gwou（牛）的g，發音在日耳曼語中依循「格林定律」變化成k的音，衍生出了cow（母牛）這個字。

019

歌劇的「Prima donna」意思是「首席女性」

pri = 第一的、最初的

prime
第一的 ➡ 最好的

primary
第一的 ➡ 最初的

priority 第一性 ➡ 優先權

per變化成表示「在前」之意的pre和pri

在原始印歐語中表示「在前、向前」之意的per，經由拉丁語變化成por(t)，繼而又變成接頭辭pro（在前），這點我們前面

已經說過了。但per除了pro之外，還變化成了pre和pri，衍生出各種不同的單字。

比如present原義是「在前面」，引申出把東西遞到對方面前的「贈禮、贈送」，以及出現在大家面前的「出席」，還有眼下時刻的「現在（的）」；而presentation則是在大家面前「發表」。

歌劇女主角的「prima donna」就是「第一的女性」

pri從原本「在前、向前」的意思轉變為「最初的」、「第一的」等義。歌劇中擔綱主演的歌手叫「prima donna」，這其實源自義大利語的「第一的女性」。關於「女性」的donna我們在28頁解說過。至於prima在英文中則相當於prime（最好的、主要的），例如prime minister就是「首相」。電視節目收視率最高的晚上7點到10點時段在日本叫「黃金時段」，而英語則是prime time。

英格蘭第一流的聯賽叫premier league

英格蘭的足球聯賽（在英國又叫football league）中最高級的聯賽是「超級聯賽（premier league）」。premier原本是「第一的」之意，當形容詞是「最棒的、主要的」，當名詞則可指英國或澳洲、紐西蘭等國家的「首相」，或是日本的「總理大臣」，是新聞報導中常見的用詞。

英國和美國的小學

另一個跟premier長得很像的單字是primer，這個字的原義

為「最先讀的東西」，引申為「入門書」。而primary的原義是「第一的」，引申為「主要的、最初的」之意；a primary school在英國指「小學」，但美國的小學卻叫an elementary school。

primitive是歷史上「第一的」之意，引申為「原始的、史前時代的」。

王子就是王位的第一繼承人

王位繼承權第一順位的「王子」叫prince，其語源是「prin（最初地）＋ce＝cap（抓住）」組成；而「公主」的princess則是「prin（最初地）＋ce（抓住）＋ess（女性）」。同理，principle就是「第一個要掌握之物」，即「原則、規範」；principal也是「第一個要掌握的」，引申為「主要的」，在美國又當名詞用，意思是「校長」。

prior是「比～（or）之前的」，引申為「之前的、優先」，名詞形priority是「優先事項、優先權」。以前在日本又被叫做「銀髮座」的電車或公車等大眾交通工具上的「博愛座」，其英文便是priority seat。「神父、牧師、長老」的英文priest，則源自原義為「引導牛群的人」的Presbyterian（長老教會的）。

特權（privilege）就是個人的律法

private是「走到前方」→「脫離」，引申出「私人」之意，名詞形是privacy（隱私）。deprive則是「使完全成為私人之物」的意思，引申為「剝奪」權利或自由。同樣地，privilege的語源是「個人的律法（leg）」，意指「被個人認可的法律」，引申為「特權、特別待遇」，當動詞則是「給予特權」之意。

020

「Expresso」就是
「被濃縮的咖啡」

per / press / pri / pre(c) = 試、推、價值

press
推

expression
把感情推出去
➡表現

depress
往下推
➡使沮喪

suppress
往下推
➡壓抑

 由per（向前）的意象衍生出冒險的意思

原始印歐語的per是往前進的意思，這個意象在英語衍生出了帶有「嘗試」事物或「冒險」等意義的詞彙。比如peril的原義

是「嘗試」的意思，引申為迫近的「巨大危險」之意，形容詞形 perilous 是「危險的」。一般意義上的「危險」叫 danger，而 peril 則如同其語源「嘗試」，主要用來指涉旅行中或移動中遭遇 的「危難」。

 專家（expert）是在外面嘗試的人

expert 原義為「到外面充分嘗試」，引申為「專家、熟練 的」；expertise 是「熟練的狀態」，引申為「專長、專門知識」。 experiment 是「在外嘗試」，意即「（做）實驗」，形容詞形 experimental 是「實驗性的」；同樣的，experience 是「經驗」， 而 empirical 是形容詞，意指「以經驗（實驗）為依據的」。

 海盜（pirate）就是以身犯險的人

pirate 的原義是「嘗試者」，引申為以身犯險的人，引申為 「海盜、侵犯著作權」；piracy 則是「盜版行為」。原始印歐語 的 p 的發音，依照「格林定律」變化成了 f 的發音，例如 fear 的 原義是暴露在危險中，衍生為「恐懼、害怕」。

 從 per（向前）到有衝撞意象的 press

原始印歐語的 per 是向前進的意思，而一直向前進撞到東西 時，會給撞擊對象施加壓力。由此就衍生出了 press，即「推」 的意思。push（推）是把物體朝自己的反方向移動，而 press 則 是在不改變物體位置的情況下施加壓力的「推」。

press 當名詞是「壓力機」→「印刷廠」→「報紙」→「新聞 工作者」等含義。pressure 由「推壓的行為」引申為「（施加）壓

力、重壓」；pressing是形容詞，由「推動中的」引申為「迫切的」之意。

快速列車（express）就是咻一下往外推出去

提到義大利的咖啡，最容易讓人想到就是經過濃縮、香味濃醇的「義式濃縮咖啡（espresso）」。這個詞的原義其實是義大利語的「壓縮後擠出」。

相同語源的英語單字express也是把裡面的東西「咻」地擠出來的意象，名詞引申為「快速列車、快遞」，動詞則是把感情或想法擠出來的感覺，意即「表現、表達」；名詞形expression是「表現、表情」，形容詞形expressive是「表情豐富的」。

當接尾辭用的press

depress是「往下推」的意思，引申為「使沮喪」，名詞形depression是「不景氣、憂鬱」；oppress是「對著推」，引申為「壓迫、壓制」，名詞形oppression是「欺壓、憂鬱」。

suppress也是「往下推」的意思，由用力壓住的意象引申為「壓抑」的意思，名詞形是suppression。compress是「一起壓」之意，進而引申為「壓縮、使縮短」；compressor是「壓縮機」。repression是「從後面推」，引申為「抑制」。

印刷（print）就是被壓住的東西

print的原義是被壓住東西，引申為「印刷」的意思；printer是「印刷機、印刷業者」；reprint是「再次印刷」，引申為「增刷（再版）」；imprint是「從上面壓住」，引申為「銘刻、留下

印象」。

　　同樣的，impress也由「從上面壓」引申為「留下印象」的意思；名詞形impression是「印象」；形容詞形impressive是「令人印象深刻的」。

價格（price）就是把商品亮出來決定價值

　　原始印歐語的per也由把商品推到買家面前，用符合商品價值的金額交易的意象，衍生出帶有「價值」意義的單字。例如price由「價值」引申為「價格、代價」；priceless由「無法標價」引申為「極其寶貴的」。

　　precious是「貴重的、昂貴的」；praise是給予價值，引申為「讚賞」；appreciate由「賦予價值」引申為「感謝、認可價值」；名詞形appreciation是「增值、感謝、欣賞」。

　　the yen's appreciation是「日幣升值」的意思；depreciate是「使貶值」，名詞形depreciation是「貶值」，而「日幣貶值」則叫the yen's depreciation。

口譯員（interpreter）就是介入交易的人

　　除此之外，appraise由「賦予價值之意」引申為「鑑定（估價）」；interpret是介入兩人之間進行交易，引申為「口譯（闡釋）」，名詞形interpretation是「解釋」，interpreter是「口譯員」。

類似「接頭辭」的語源

超～、新～、沒有～……！

021

「犰狳」是
「戴頭盔的小動物」

ar / or =連接

arms　連結而成的工具 ➡ 武器

arm
跟肩膀連在
一起的東西
➡ 手臂

armor
使武裝之物 ➡ 盔甲

armadillo
戴著頭盔的小東西 ➡ 犰狳

art
使連結的技術➡藝術

artist
擁有使
連結技術的人
➡ 藝術家

alarm
伸向武器 ➡ 警報

harmony　連結的狀態 ➡ 和諧

 使a和a連結變成 [áːr]

　「手臂」（arm）、「警報」（alarm）、「藝術」（art）、「和諧」（harmony）。這四個單字乍看沒有任何關係，但其實它們

都可追溯至原始印歐語（參照第1頁）中代表「使連結」意思的語根ar。而ar可能源自將a和a兩個字母連起來變成的長母音[á:r]。

跟肩膀連接的手臂（arm）

「手臂」的英語arm的原義為「跟肩膀連接的東西」，複數形arms則由「妥善連接的工具」引申為「武器」的意思。arm當動詞是「使武裝」的意思；armament則由「使武裝的工作」引申為「軍備、武器」；disarm是由「不讓其武裝」引申為「解除武裝」，名詞形disarmament是「繳械、裁軍」的意思。

警報（alarm）源自「快拿武器！」

「警報、驚慌、鬧鐘、使恐懼」的英文alarm源於義大利語的all'arme，即「伸向武器」，也就是「快去拿武器！」的意思。用英文來說就是to the arms。

推測是因為在古羅馬時代，羅馬人經常跟異民族戰鬥，因此習慣把武器放在身邊。除此之外羅馬人還有很多跟武器有關的單字。

軍隊（army）就是武裝過的集團

armor是由「使武裝之物」引申為「甲胄、盔甲」的意思；armory是由「使武裝的場所」引申為「武器庫」或「兵器」；army是「武裝過的集團」，引申為「陸軍、軍隊」；armistice是「使人停止（stice）武裝」，引申為「停戰協議、休戰」。

犰狳（armadillo）是戴著頭盔的小動物

　　外貌有如背部披著盔甲的有殼動物「犰狳（armadillo）」的語源是西班牙語的「戴頭盔的小東西」。16世紀大航海時代的西班牙無敵艦隊「Armada」，就是西班牙語的「軍隊」之意。

 藝術（art）就是使材料妥善連結的技術

　　「藝術」的英文art的衍生字artistic是「藝術的」的意思，而artist是指「藝術家」。art的語源原義也是使材料妥善連結的「技術」。a martial art是指「戰鬥」的技術，引申為「武術」；There is an art in baking. 則是「烤蛋糕也需要技術」的意思。

　　artificial是「連接的」，引申為「人工的」；artisan是指「技工」；article是「連接而成的小東西」，又引申為「文章」或「商品」；articulate的原義則是「連接」，動詞引申為「清晰地說（發音）」，形容詞引申為「表達清晰的」。

 貴族是最高貴有德的統治階級

　　aristocarcy是由「ar（連結）＋ist（最高級）＋cracy（支配）」組成，意指最高貴有德，擔綱統治者的「貴族階級」；aristocrat則是「貴族」。

 妥善連結不同音色就是和諧（harmony）

　　harmony是由「妥善連結的狀態」引申為「和諧、融合」的意思，動詞harmonize是「使和諧」，形容詞harmonious是「和諧的」，跟樂器「口琴（harmonica）」的語源相同。順帶一提，醫學術語中的「關節炎」arthritis的語源是「arthron（關節）＋

tis（發炎）」。inertia是「無法連結的狀態」，引申為「不活動、惰性」。

 從ar變化成or，同樣是連結的意思

原始印歐語的ar經由拉丁語變化成or，由連結的意象衍生出order「順序、秩序」、orderly「有序的」、disorder「無序的」→「混亂、失調」等字。

ordinary原義是「順序固定的狀態」，引申為「普通」；extraordinary是「超越普通的」，引申為「破例的、令人驚奇的」。

subordinate原義是「順序在下」，引申為「下級的、次要的、下屬」；coordinate是「共享秩序（order）」，引申為「使協調」，名詞形coordination有「協調、協調性」等意思。

 保持秩序、順序（order）的命令也叫order

order還衍生出保持秩序的意思，也就是「命令、下單」。

法律「規定」和命運「注定」則叫ordain；神明給予人類的「痛苦體驗、嚴酷考驗」則叫ordeal（參照26頁）；地方政府為居民制定的「條例」則叫ordinance。

此外，具有補足整齊狀態功用的「裝飾（品）」，就叫做ornament；「裝飾」叫adron；形容文體等「華美的」叫ornate。

022

「亞馬遜（Amazon）」源自沒有右側乳房的女戰士族

ne = 沒有

symmetry	lucky	regular
一起測量➡左右對稱	運氣好	標準的➡規律的

ne-
_____

an-(a-)　　un-　　in-(il-/ir-)

asymmetry	unlucky	irregular
不是對象➡不對稱	運氣不好➡不幸的	不是規律➡不規律的

 表示否定意義「沒有」的a

　　原始印歐語中表示「無」的ne，經由希臘語變成a或an的形態，被英語當成否定意義的接頭辭。例如表示「左右對稱」的

英語叫symmetry，而asymmetry就是「不對稱」的意思。而amoral是「無關道德的」。這兩個單字的發音分別是[èisímətri]和[èimɔ́:rəl]，a通常發[ei]的音。

位於南美洲世界流域面積最大的亞馬遜河，其名稱源自葡萄牙語的Río de las Amazonas；亞馬遜這個詞又源自希臘神話中的勇猛女戰士民族「亞馬遜族（Amazones）」。Amazon的語源是「a（沒有）＋mazos（乳房）」，意指這是一個女性為了不讓右邊的乳房妨礙拉弓而切除右乳的民族。

 把心意傳達給遠方的人叫「心電感應」

apathy是「a（沒有）＋path（感情）」，引申為「漠不關心、沒有興趣」。path源自希臘語的「感情」一詞pathos。而sympathy就是「使共（sym）感」，意即「同情」，動詞形是sympathize；antipathy是「反感、厭惡感」；pathos是「（哀傷的）感染力」；pathetic是「可憐的」；empathy是「把感情移入裡面（em）」，意思是指「移情」；而把心意傳達給遠方的人，就叫做「心電感應（telepathy）」。

 表示否定的「沒有」的a放在母音前寫成an

表示否定的a放在以母音開頭的語根前時會變成an。

例如，anecdote的語源分解開來就是「an（沒有）＋ec（向外）＋dote（給予）」，表示不可對外洩漏，即「祕史、秘聞」的意思。而an更是醫學術語中不可缺少的接頭辭。

anemia是「沒有血液（emia）」，即「貧血」；arrhythmia是「沒有韻律（rhythm）的症狀」，意指「心律不整」；anorexia是

「不直（rex ＝ reg）的症狀」，意指食物無法直接吞下去，引申為「厭食症」。anesthesia是「沒有感覺（esthes）的症狀」，引申為「麻醉、麻木」；apnea是「沒有呼吸（pnea）」，即「窒息」；atrophy是「沒有營養（trophy）」，即「萎縮」；atony是「缺乏伸縮（ton）的狀態」，即「收縮不良」……等等。「特異體質過敏症（atopy）」的語源是「沒有場所（top）」的意思，引申為「難以捉摸」→「奇妙的」→「異常的」。

 表示否定「不是」的un

否定的ne經由日耳曼語變化成un傳入英語。例如unfair（不公平的）、uneasy（不安的）、unhappy（不幸福的）、unkind（不親切的）、unlucky（不吉利的）、unnatural（不自然的）、unpopular（不受歡迎的）……等等，不勝枚舉。

 表示否定「沒有」的in

另一方面，ne經由拉丁語則變化成in傳入英語，並依照後面接的語根變形為il／im／ir等。例如informal（非正式的）、inhuman（不人道的）、impossible（不可能的）、immortal（不死的、不滅的、不朽的）、imperfect（不完全的）、irregular（不規則的）、irresponsible（不負責的）……等等。

 neither/whether/neutral的語源相同

表示否定not的強調形never是由「ne（沒有）＋ever（總是）」組成，意即「從來沒有」。neither是「ne（沒有）＋either（兩者之一）」，即「兩者皆非」的意思，跟表示「不管是～或

是～」意思的連接詞whether語源相同。neither的簡寫是nor。
而同樣表示兩者皆非的「中立的（neutral）」的語源也跟neither
相同。

 n開頭的否定詞

　　除了no／not／none之外，英語中還有很多n開頭的否定
詞。例如nil是「無、零」；null是「無效的、無」；nihilism是
「ni(hi)l（無）＋ism（主義）」，即為「虛無主義」；naught是
「無、零」。naughty則從「什麼都沒有」→「惡」的聯想引申為
「頑皮的、胡鬧的」。necessary是「無法退讓」的意思，引申為
「必要的」。

 這些動詞也是從否定意義的ne衍生的單字

　　deny是「完全沒有」，意為「否認」，名詞形denial是「否
定、拒絕」；annihilate是「朝nihil（無）的方向」，引申為「殲
滅」，名詞形為annihilation；annul是「朝向nul（無）」，引申
為「廢除」。

 表示「否定的」的negative

　　neg起始的單字也表示否定。代表性的例子就是negative，
為「否定的、消極的」之意。其他還有neglect，為「沒有lect
（使集中）」之意，引申指「疏忽、忽略」；negotiate是「不製
造oti（空閒）的狀態持續工作」之意，引申
為「交涉、協商」。

023

兩條河之間地區：「美索不達米亞（Mesopotamia）」

med(i)/mid/mean ＝中間

media 中間 ➡ 媒體（複數形）

p.m. 正午之後 ➡ 下午

a.m. 正午之前 ➡ 上午

middle 中間的

medium 中間 ➡ 媒體

midnight 夜晚的中間 ➡ 午夜

東京中城（Tokyo Midtown）就是城市的中心地

middle age是「中年」，middle class是「中產階級」。表示「正中間（的）」的單字middle源於原始印歐語的「中央」一詞

medhyo，傳入英語後變成mid或me(d)的型態，衍生出很多單字。比如midnight是「夜晚的中間」，即「午夜12點」；midday是「白晝的中間」即「中午」；midst是「最（st）中間」，即「中部」。而「東京中城（Tokyo Midtown）」是位於港區赤坂的大型複合設施。midtown當名詞是指「城鎮中心」，當形容詞、副詞則是「城中心的、在城中心」的意思。

 衣服尺寸的S／M／L的M是medium

牛排的熟度有「一分熟（rare）」、「全熟（well-done）」，以及介於中間的「五分熟（medium）」。medium是指處於中間位置，當名詞可指「媒體」或「手段」。當形容詞時則有大小、質、量等「中等」之意，例如衣服尺寸的M就是指medium。

 因為地中海位於歐洲和非洲之間……。

Mediterranean的語源是「terra（大地）之間」，意指位於歐洲和非洲間的海域「地中海（的）」。而terra是「大地」，terrain是「地形」，terrace是「台地」。狗的品種之一「梗犬（terrier）」就是專門為了狩獵在土裡築巢的小動物而改良的品種。「領土」的英文territory是指「有土地的地方」；「外星人（的）」的英文ET則是extraterrestrial的縮寫，原義是「地球外的生物（的）」。

 a.m.和p.m.的m是指上午和下午的中間

「上午」的縮寫是a.m.，「下午」的縮寫是p.m.，這兩個寫法分別源於ante meridiem（正午之前）和post meridiem（正午之後），meridiem的原義則是指拉丁語「di（中午）的中間狀

態」。形容詞的mean是指「中間的」，meantime則是「其間」，meanwhile是「與此同時」。medieval是「中間之年（ev）」，引申指「中世紀的」；mediate是「介入中間」，引申為「仲裁」；immediate是「沒有中間」，引申為「立刻」；intermediate是「中間的中間」，有「中間的、中級的」等意思。

 美索不達米亞（Mesopotamia）是河與河之間

拉丁語的med或mid，希臘語中叫meso。古文明發源地「美索不達米亞（Mesopotamia）」就是「Meso（中間）＋potamia（河）」，指底格里斯河和幼發拉底河兩河下游間的地區。

而動物「河馬」（hippopotamus）的語源則是希臘語的「河（potamo）中的馬（hippo）」。hippocampus是指「（腦的）海馬體」；hippodrome是「hippo（馬）＋drome（跑）」，意指古希臘羅馬時代的「賽馬場」。「底格里斯河」的英文Tigris是希臘語，意指「流速像箭一樣快的河流」，跟老虎（tiger）語源相同。

女高音和女低音的中間是？

音樂術語中的「次女高音（me[形]o-soprano）」是指「女高音」和「女低音」之間的音域，me[形]o是「中間的」和「適度的」的意思。m.f.（me[形]o forte）是「次強音」的意思，而m.p.（me[形]o piano）則是「中弱音」。

COLUMN 補充知識！

⭐ **希波克拉底是馬的統治者**

有個故事跟希臘語的「馬（hippo）」有關。「希波克拉底

（Hippocrates）」被稱為「醫學之父」，是一名古希臘時代的醫生，此名的語源是「hippo（馬）＋crat（支配者）」。而哲學家蘇格拉底的老婆，常常被當成「悍妻」代名詞的「贊西佩（Xanthippe）」，該名的原義其實是「xanth（黃色的）＋(h)ippe（母馬）」→「黃毛母馬」的意思。

⭐ 競爭（competition）就是一起在比賽中爭奪冠軍

再分享另一個跟美索不達米亞有關的字。Mesopotamia的potamia（河）可追溯至原始印歐語中有「快速移動、追求、跳躍」之意的pet。而repeat是「re（再次）＋peat（求）」，即「重複」；appetite是「a(p)（將～）＋pet（求）＋ite（東西）」，意指「食慾」。compete是「com（一起）＋pete（求）」，引申為「競爭」，名詞形是competition。而petition是「請願」；perpetual是「per（通過）＋pet（求）」，又引申為「連續不斷的」；impetus是「im（向內）＋pet（求）＋us（東西）」，引申為「刺激、衝力」等意思。

⭐ 乾涸的土地（terra）讓人「口渴（thirsty）」

提一個跟Mediterranean的「terra」有關的字。羅馬神話中的「大地女神」叫「泰菈（Terra）」，而terr源自原始印歐語中表示「乾燥」的ters。thirsty是「口渴」，toast是「烘烤」，torrid是「灼熱的」，torrent是「熊熊燃燒」→「發出轟隆聲」的意象，引申為「激流」等意思。

英文中的「乾杯」通常叫Cheers!或Toast!。這個說法源於古羅馬時代的人乾杯慶祝時，會把一小片吐司放入紅酒內的習慣。一般認為這是因為烤焦的麵包會中和紅酒的酸味，可以讓紅酒喝起來更溫潤。

024

蜜桃的濃郁汁液「nectar」是眾神喝的長生不老酒

trans / tres = 超越

transit
跨越前進 ➡ 通過

translate
跨越搬運 ➡ 翻譯

English　　日本語

transform
超越形式 ➡ 使變形

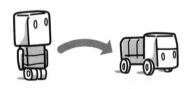

transparent
跨越顯現 ➡ 透明的

 阿凡達（avatar）是神的化身

　　由詹姆斯・卡麥隆導演的《阿凡達（Avatar）》，是一部描寫抵達某個外星球的人類跟當地原住民族之間的激烈鬥爭，用當

時最先進的3D繪圖技術製作，畫面充滿魄力的科幻電影。avatar這個字源於梵語（古印度的書面語）的「ava（遠離）＋tar（越過）」，指的是印度教中諸神在現世的「化身」。

nectar是長生不老的酒

距今半世紀前由日本零食大廠推出，至今人氣在日本依然不衰的白桃果汁飲料「NECTAR」，其語源是希臘語的「nek（死）＋tar（超越）」。源自希臘神話中諸神們飲用的「長生不老酒」。

跨越性別叫做transgender

代表「跨（超）越」之意的語根tar源自原始印歐語的tere，在經過拉丁語傳播後變成接頭辭，以tra(ns) ／ tre(s) ／ tri等形式傳入英語。例如transatlantic是「跨大西洋的」，transcontinental是「洲際的」，transgender是「生理性別與心理性別不一致的人」。

通過（transit）是trans（越過）＋it（去）

transit是「越過it（去）」的意思，引申成為「通過」之意；transition則由「跨越後前去」進而引申為「變遷、過渡期」；transient是「一時的、瞬間的」。而trance的原義同樣是超越現實世界前往死後世界，引申為「催眠狀態、出神」的意思。

改革者（transformer）就是使世界變形的人

trespass是「跨越通過」，引申為「非法入侵」；traffic是「跨

越擦過」，引申為「交通、通行」；translate是「跨越運送」，引申為「翻譯、使移動」；transact是「跨越執行」，引申為「處理」交易等，名詞形transaction是「交易」的意思。

transform是「超越形式」，意指「使變形」；transmit是「跨越遞送」，指「傳送、傳達」；transparent是「跨越顯現」，意指「透明的」，名詞形transparency則有「透明性」等意思。

順帶一提，par也出現在表示「出現」的appear、「外貌、長相」的appearance、「明顯的」的apparent、「消失」的disappear、「幽靈」的apparition等各種單字中。

 trans（越〈超〉過）跟through（通過）的語源相同

原始印歐語中t的發音依照「格林定律」（參照79頁），經由日耳曼語傳播變化成th的發音進入英語。表示「通過～」的前置詞through的語源也跟trans相同，例如throughout是「通到最後（out）」，意即「從頭到尾、始終」；thorough也一樣是「徹底的、完全的」之意。而「純種（的）」thoroughbred的原義是「完全養育的」。有「激動、使興奮」之意的動詞thrill，以及形容詞thrilling（令人興奮的）的語源也跟through相同，原義是恐懼或感動等感覺刺穿心臟。

 傳統（tradition）是跨越時代流傳到後世的東西

tradition是「越（超）過給予（dit）」的意思，引申為流傳到後世的「傳統」，形容詞形traditional是「傳統的」。treason是超越法律對國家實施的「叛國罪」；traitor是「叛徒」；betray是「完全地（be）交付」，引申為「背叛」，名詞形betrayal指的是「背叛

行為」。

 鼻子（nose）的形容詞是nasal

「鼻孔」的英文nostril的語源是「nose（鼻子）＋tril（洞穴）」，這個字也同樣源自「越過鼻子」的意思。nose的形容詞是nasal（鼻子的）；no[形]le是「小鼻子」，引申為管子的「噴嘴」；nu[形]le是馬或狗等動物「用鼻子摩擦」的意思。

COLUMN 補充知識！

⭐ **墓地叫 necropolis**

nek表示「死」或「害」，necropolis就是「necro（死）＋polis（都市）」，引申為「（古代城市的）墓地、公墓」。necropsy是「necro（死）＋ops（看）＋y（事情）」，意指「驗屍」；necrosis是「necro（死）＋osis（症狀）」，意指「壞疽」。另外，表示「害」的nek則變形成noc／nox的形式，例如innocent為「沒有noc（害）」的意思，即「無辜、天真的」。

noxious是「有害的」，obnoxious是「面向害」，引申指「令人不快的、可憎的」。另外雖然稍微變形過，但nuisance（討厭的人、事、物）也是相同語源。

025

含有「尖酸味（vinegar）」的「紅酒」

ac／acro
＝尖的、尖端、刺穿

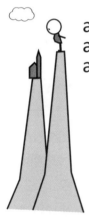

acropolis 在尖端的城市➡高處的城市
acrobat 走在尖端的人➡雜技員
acrophobia 怕高的人➡懼高症

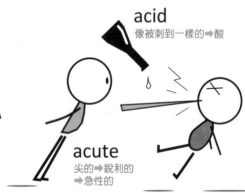

acid
像被刺到一樣的➡酸

acute
尖的➡銳利的
➡急性的

 衛城（acropolis）是位在高處的城市

　　表示「高（處）」意義的acro源自原始印歐語中代表「尖的、尖端」意義的ak。象徵古希臘文明榮光的帕德嫩神廟，興

建在雅典的衛城上。而「衛城（Acropolis）」是古希臘語的「高（acro）城（polis）」之意。馬戲團中的雜技員或特技表演者叫acrobat，其語源是「在高處行走的人」。

其他使用了acro的單字還有acrophobia。這個字是「acro（高的）＋phobia（恐懼）」，也就是害怕高處的意思，即「懼高症」。語根phobia是「恐懼」的意思，主要當成接尾辭使用。詳細介紹請看72頁。

 舌尖像被刺到一樣的「酸」叫acid

一口咬下檸檬時，酸味在口中散開的感覺叫ak。這個詞衍生出了諸如acid（酸性的、酸的、酸）、acidic（酸味很強的）、acidulous（有點酸味的）等字。因為酸的感覺就像舌頭被刺到，所以acid也用來形容一個人說話的語氣「辛辣、帶刺」。

除此之外，ak還有「尖銳」的含義，如acute可指疾病「急性的」，角度是「銳角的」，疼痛「很強烈」等意思。

 葉梢尖尖的相思樹（acacia）

開黃花的「相思樹（acacia）」的英文名稱來自其尖尖的葉梢形狀。

尖尖的末梢讓人聯想到點，所以人臉上一點一點的「粉刺」叫acne。acupuncture是「迅速刺入（punct）」，引申為「針灸治療」；acupressure是「迅速推壓（press）」，又引申為「指壓療法」。

雖然稍有變形，但eager也是指一個人意志尖銳（強烈）的狀態，引申為「熱心的、急切的」。醋是用含有醣的食材當原料去發酵製成，而白酒醋則是把醋酸菌加入酒中發酵製作。在法國，一般講醋就是指白酒醋。英文的vinegar也就是「vin（法語的酒）＝wine＋eager（舌頭刺刺的）」，即是「醋」。

另外，「氧氣」的英文oxygen中的ox也是由ak變化而來，意指「有酸味的物質」。oxide是「氧化物」，dioxide是「di(2)＋oxide（氧化物）」，即「二氧化物」；carbon dioxide就是「二氧化碳」。

「酒（wine）」的法語叫vin，西班牙語和義大利語則叫做vino；vine和grapevine是「葡萄木、葡萄藤」；vineyard是「葡萄田」；vintage是指「～年的葡萄酒、每年的葡萄收穫」。

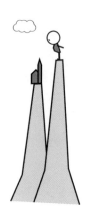

026

「**阿爾卑斯**（**Alps**）」
是地球孕育出
最美的「**高山**」

al = **養育、成長**

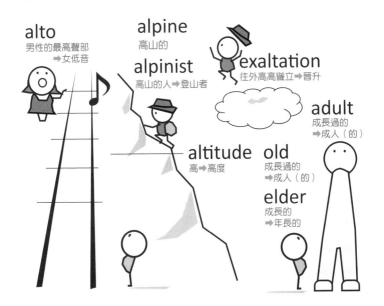

alto
男性的最高聲部
➡女低音

alpine
高山的

alpinist
高山的人➡登山者

exaltation
往外高高聳立➡晉升

adult
成長過的
➡成人（的）

altitude
高➡高度

old
成長過的
➡成人（的）

elder
成長的
➡年長的

女低音（alto）是男性的最高聲部

　　「女低音（alto）」在聲樂中一般是指女聲的低音。這個
字本為義大利語的男性最高聲部，源自拉丁語的「高」altus。

altus的源頭是原始印歐語中表示「養育、給予營養」的al。之後al又變化成ol、el、ul等形式，衍生出許多英文字。

 阿爾卑斯山脈（Alps）就是很高的山脈

old（年老的）的原義是「成長的」，與其比較級elder（年長的）和最高級eldest（最年長的）的語源相同。橫貫歐洲中部東西的阿爾卑斯山脈（the Alps）的形容詞有Alpine（阿爾卑斯山的）和alpine（高山的），而alpinist則是「登山者」的意思。

 青春期（adolescence）是指「處於成長階段」

表示「成人、大人」之意的adult的語源是「ad（朝向～）＋ult（成長的）」。adolescent（青春期的年輕人）的語源也是「ad（朝向～）＋ol（成長）＋escent（正在～）」，原義是處於成長階段。而adolescence則是指「青春期」。

除此之外還有很多帶有「養育、成長」意義的單字。例如離婚時丈夫給妻子的扶養費叫alimony，而這個字又衍生出aliment（養料、精神食糧）一字。abolish是一個隨著時代變遷意義也跟著變強的單字，原本是「脫離成長」，後演變為「廢除」的意思。

 proletariat(e)是「無產階級」

coalition原義是「共同養育」，引申為「聯合政府、聯合體」的意思，動詞coalesce為「結合、聯合」。prolific是「pro（向前）＋ol（養育）＋fic（做）」，意指「多產的、多育的」；而從這個字的動詞proliferate衍生出來的單字proletariat(e)則是

指古羅馬時代最底層階級的人民，他們被免除繳稅和從軍的義務，是一群只用生育後代的方式來服務國家的「無產階級者」。

 「母校」的英文alma mater是指「養母」

alma mater在拉丁語中是「母校」的意思，原義為「養育的（alma）母親（mater）」；而由母校培育的「畢業生」，男性叫alumnus，女性叫alumna，複數形alumni不分男女。「同學會」叫alumni association（班級聚會叫a class reunion），「同學會的聚會」叫an alumni meeting。日本小學音樂課常見的歌曲『螢之光』改編自蘇格蘭民謠，原曲名是Auld Lang Syne（『友誼萬歲』），翻譯成現代英文便是Old Long Since「好久不見」。據說這首歌在英國常常能在除夕夜聽到。

 教堂的祭壇（altar）是指教堂內高起的地方

altitude是「高度、標高」，而altimeter是指「測量（meter）高度」，引申為「高度計」；exalt是「向外高起」，引申為「讚美、使晉升」，名詞形exaltation是「得意洋洋、晉升」的意思。

教堂內比其他地方更高的「聖餐檯」或「祭壇」的英文叫做altar，以及形容人高傲自大的haughty，都是源自拉丁語的alt再經過法語傳入英語的。

enhance原義是「使變高（hance）」，引申為「提高」事物的價值或地位，在電腦術語中則指軟硬體的「性能提升」。

「外國人」嚴格來說
是「外星人（aliens）」

al/ultra
＝別的、超越、另一邊

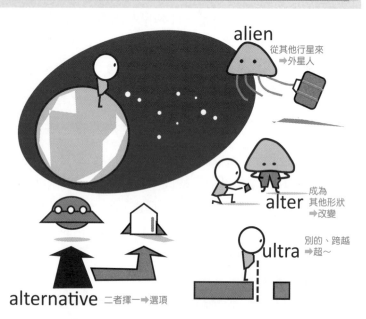

alien
從其他行星來
➡外星人

alter
成為
其他形狀
➡改變

ultra
別的、跨越
➡超～

alternative 二者擇一➡選項

不在場證明（alibi）是指證明自己身在其他地方

　　拉丁語的ali表示「別的、其他的」，例如證明嫌犯自己在
犯罪發生時身在不同於現場的「其他」地點的證據叫「alibi（不

在場證明）」；來自不同於地球的「其他」行星的生物叫「alien
（外星人）」。alibi當名詞也有「藉口」，當動詞有「找藉口」的
意思。

　　ali可追溯至原始印歐語中表示「超（越）過～、朝～的彼
方」意義的al，跟else（除非）和other（其他的）是同一個語
源。another也是由「an＋other」組成，原義是「另一個別的」。

「外國人」正確來說應該翻成外星人（aliens）

　　alien是「外國人」的意思，語氣中有一點輕蔑的感覺，但
在法律上單純指「居留本國的外國人、在領土外出生的人」，比
如機場入關時「外國人」標示就是ALIENS。alien當形容詞時除
了「外國（人）的」外，還有「性質不同的、不相容的」的意
思。動詞是alienate（使疏遠、離間）。

修改衣服不叫change，應該用alter

　　alias是「別名、俗稱」的意思，例如「Clark Kent, alias
Superman（克拉克·肯特，又名超人）」。

　　表示「改變」意義的拉丁語alterare傳入法語後進而變化成
altérer，然後又變成alter的形態傳入英語。alter跟類義詞change
（改變）的差異在於alter比較偏向「改變或調整整體的一部
分」的意思。而部分的「變更」或「修正」則叫alternation。

　　parallel的原義是「在其他東西旁邊（para）」，形容詞引申
為「平行的、類似的」，名詞為「可相比擬者、類似點」，動詞
有「比得上、平行」等意義。

「二選一」叫alternative

　　alternative是「二者間的其中一個」的意思，當名詞是「選項」，當形容詞是「可替代的」。跟choice（選擇）的不同之處，在於alternative有暗示必須要從中選一個的意思。alternate是「輪流的、間隔的」的意思，例如work on alternate Mondays（在每隔週的週一上班）。而優先考慮他人利益的「利他主義」叫altruism。

 城邦中的廣場（agora）是讓人公開辯論的地方

　　「寓言」（allegory）是一種隱含教育內容的故事體裁，語源是「al（別的）＋agora（話）」。「agora」是古希臘城邦中讓公民進行政治、經濟、社交辯論的公共廣場，源於希臘語的「自由談論」。還有，altercation是互相交換言詞的意思，引申為「爭吵」。

 意指「超～」、「極端的～」的ultra，發音是[ˈʌltrə]

　　原始印歐語al的衍生字ol-tero在拉丁語中變化成ultra，意思是指「越過～、超～」，例如ultramodern（超現代的）、ultraviolet（紫外線的）、ultrasonic（超音波的）、ultimate（終極的）、ultimatum（最後通牒）等單字。日本電影《極惡非道（*The Outrage*）》的片名原義是「暴力、殘忍、憤怒」的意思，這個字也源自ultra，原本寫做oltrage（超過正常的、過度的），是經由古法語傳入英文的單字。

表達「數」的語源

1、2、3、
多、少……

028

拉丁語的「1」
叫「uni」

uni = 1

uniform
一個形狀
➡制服

united
被統合為一的
➡團結的、聯合的

unit
一個東西➡單元

unique
一個的
➡獨特的

reunion 再次成為一體➡重逢

不定冠詞an要放在單數形名詞前

現代英語中使用的不定冠詞a和an，前者用於以子音開頭的名詞前，後者放在以母音開頭的名詞前。但在12世紀前後，

不論子音開頭或母音開頭，所有單數形的名詞前面一律用表示「一個的」的an。

 one誕生自不定冠詞an

到了12世紀中葉，人們開始用a代替子音前的an；直到14世紀後半以降，除了一部分的例外，子音開頭的名詞已經全部使用a。

表示數字「1」的one這個字是由不定冠詞an演變而來的。所以an和one的發音才會這麼相似。once（1次）也是同一家族的單字。

順帶一提，數字「1」的法語叫un，西班牙語和義大利語叫uno。

 從an和one衍生的any

跟an和one發音相似的單字any，是an或one加上y的形式，表示從全體之中隨機取出一個，即是「不論取哪一個」的意思，引申為「任一」、「任何」。

比如Any child likes chocolate. 是「任何小孩都喜歡巧克力」；Any ice cream will do. 是「任何冰淇淋都可以（請給我一個）」的意思。

 none是no one的簡寫形

anyone也可以用相同方式理解。比如Does anyone know him? 是「（誰都可以）有人認識他嗎？」；Don't anyone move! 是「誰都不准動！」的意思，有任何一個人敢動一下後果自負的

語氣意涵。而none原本則是no one的意思，即「連一個～都沒有」或「沒有半個人」。

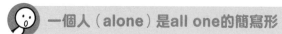

一個人（alone）是all one的簡寫形

alone是從「all（完全）＋one（一個人）」衍生的單字，意思是「只有一個人、孤單地、只有～而已」。換言之即all by oneself（完全只靠一個人）的含義。

拿掉alone的a變成lone就是「只有一人的」之意，衍伸字lonely為「孤單的、寂寞的」。-ly原本就有「有如～的、像～」的意涵，所以lonely便是「彷彿全世界只有一個人似的」。lonesome則是「lone（只有一人的）＋some（的樣子）」，引申為「寂寞的、孤獨的」。

拉丁語的1叫uni

表示數字「1」的an、a、one等字皆源自拉丁語的uni。比如亞洲的學校或公司等組織成員所穿的uniform（制服），語源及是「unit（一個的）＋form（形）」。意指「美利堅合眾國」的縮寫U.S.A.，全文是United States of America，其中united便是「統一的」之意。

atone是「at＋one」，意為從負的狀態回到「（正）一（at one）」，即「彌補、補償」失敗或罪過的意思。

動物的英文animal是「會呼吸的東西」

unanimous是「使呼吸（anim）為一」，引申為統一大家的呼吸，即「意見一致的」，名詞形unamimity是「全體一致」的

意思。

anima是拉丁語的「生物」或「靈魂」之意，源自原始印歐語（參照第1頁）中表示「呼吸」之意的ane。

而英文animal就是「會呼吸的東西」，引申為「動物」；animism是「泛靈信仰」；animate是「使呼吸」，引申為「賦予生命、繪製動畫」，名詞形為animation，有「活力」的意思。

日語的「anime（アニメ）」本來是和製英語^{（註）}，但後來反輸出到英語圈，現在英語中anime這個詞特指「日本的動畫」。

獨一無二的unique

含有uni-字首的常見單字有union（聯合、結合）、unify（統一）、unit（單元）、unique（唯一），以及表示「被變成一個」，引申指「團結的、（在相同目的下）聯合的」的united。而reunion則是「再次成為一體」，即「重逢、聚會」。

順帶一提，日本的知名服飾廠牌「UNIQLO」，根據其官方網站上的介紹，其名稱其實是unique clothing warehouse的縮寫，意指「獨特的」「服裝」「倉庫」。

（註）即日本人模仿英語創造的偽英語詞彙或簡稱，英語中實際上並無此詞彙或用法。

029

希臘語的「1」
叫「mono」

mono = 1

monorail 一個軌道 ➡單軌列車

monocle 一隻眼睛 ➡單眼鏡

monocycle 一個車輪➡單輪車

monarch 一顆頭➡君主

monopoly 一個人販賣 ➡專賣權

希臘語的1叫mono

比如只有一條軌道的「單軌電車（monorail）」、單一色彩的「黑白色（monochrome）」、抑或是只有一個音調的「單音調

（monotone）」、「獨白（monologue）」等等，英語中有很多單字包含了表示數字「1」的「mono」。mono在希臘語中是「1」的意思，主要以接頭辭的形式傳入英語。

 英國的國會建築是「大教堂」

monk（僧侶）的語源是自monos（獨自）一詞衍生而來的希臘語monakhos（獨居的）。德國巴伐利亞自由邦的首府Munich（慕尼黑）的英語發音是[mju:nɪk]，這個名字的由來是16世紀中葉時在此地建造了集市，被人們稱為Black Monk的本篤會教士。monastery（男性修道院）的語源也是由monos衍生為monazein（獨居）再演變的希臘語單字monasterion（獨居房）。聳立於倫敦泰晤士河左岸的Westminster（西敏寺）是英國國會的所在地。minster的語源跟「修道院」的monastery相同，原指修道院附設的「教堂」或「大聖堂」。

 很多日本人都是monolingual

除此之外，代表數字「1」的mono還可用於如與bicycle（腳踏車）相對的monocycle（單輪車）、跟binocular（雙筒望遠鏡）相對的monocle（單眼鏡）、跟bilingual（說會2國語言的）相對的monolingual（只會說單一語言的）等關係的用詞。monochrome的原義是「單一顏色（chrome）」，引申指「黑白（的）」；monograph是「專門書寫（graph）一件事」，引申為「特定領域的研究論文」；monopoly是「販賣（poly）一個東西」，引申為「專賣權」或是「專賣公司」。monopoly的動詞monopolize則是「獨占」的意思。順帶一提，chrom是希臘語的

「顏色」；而英語單字chromatin意指「染色質」，chromosome則是「染色體」。

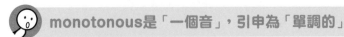 monotonous是「一個音」，引申為「單調的」

monotone的形容詞monotonous其原義是指「只有一個音（ton）」，引申為「單調的」。「獨角獸」一詞傳入拉丁語後變成unicorn，而在原本的希臘語中叫monoceros。

同樣的，monaural的原義是「聽覺（aural）變成一個」，引申為「只有一個收音器→（錄音等）只有一個聲道、單耳的」。反義詞是stereophonic，是「（播音系統）立體音的」之意。

希臘語的「長」和「頭」叫arch

monarch原義是「一顆頭（arch）」，引申為「（國家唯一的）君主、國王」。而由君王統治國家的政治制度叫「君主制」，英文為monarchy。

arch是希臘語的「頭、長」的意思，傳入英語後衍生出非常多單字，譬如anarchy指「無政府狀態」；archangel是指「天使（angel）之首」，引申為「（猶太教、基督教、伊斯蘭教的）大天使」；architect是「織造、建造（tect）之首」，引申為「建築師」；architecture是「建築學」；archbishop是「主教（bishop）之首，即「大主教」等等。

另外，「考古學」的英文archaeology的語源是「學問（logy）之首」，此時的「首」是「最早」或「最先」的意思，指的是「研究歷史起源的學問」。同樣地archive也指「古文書、紀錄」。

030

「英俊（handsome）」的語源是「容易用手掌握」

sem/sim/homo/some = 相同，一個

ensemble
一起去➡少人數的合奏（合唱）

assemble
大家去同一個地方➡集合

facsimile
製作同樣的東西➡摹寫

similar
彷彿一樣的➡相似

same（一樣）跟seem（看起來像是）的語源相同

homosexual（同性戀、同性戀的）、same（一樣）、seem（看起來像是～）、single（單人用的、單身的）雖然乍看像是

129

完全不同的單字，但追本溯源，都可追溯至原始印歐語中表示「一個」、「相同」的單字sem。

simple是「只折（ple）一次」的意思，引申為「單純的、樸素的」。singular則是「單數的、非凡的」。

 some是「某一個的」

大多用來指「某些」意義的some，語源也都跟上述的這幾個單字相同，原義是指「某一個的」。指「某人」的someone或somebody原義是「有一個人」；指「某事」的something原義是「有一個東西」；指「某時」的sometime原義是「有一個時刻」；指「有時候」的sometimes原義是「有一些時刻」；指「某處」的somewhere原義是「在一個地方」；指「不知怎地」的somehow原義是「用一個方法」。

 some當接尾辭用會變成形容詞

例如troublesome（棘手的），some當接尾辭接在名詞或動詞後面時會變成形容詞，而此用法的some同樣是從「某一個的」或「有如～的」的意思衍生而來。

比如awesome是「awe（敬畏）＋some（像～的）」，引申為「厲害的、令人敬畏的」；handsome是「hand（手）＋some（像～的）」，由「容易用手操弄」→「大小適當的」引申為「可觀的、英俊的」。

tiresome是「tire（使疲勞）＋some（像～的）」，引申為「無聊的、煩人的」；meddlesome是「meddle（干涉）＋some（像～的）」，引申為「愛管閒事的」。

semble也是「相同」、「一起」的意思

「合奏／合唱（ensemble）」源於法語「一起」、「共同」的副詞。這個字用來指涉服裝時，是描述整套搭配協調的女性服裝，比如洋裝、外套、上衣、裙子等的色調和布料搭配十分和諧。用於描述音樂則是指「少人數的合奏或合唱」。

resemble是「re（完全地）＋semble（相同）」，引申為「類似～」；assemble是「a(s)（朝～的方向）＋semble（相同）」，意指大家都往同一個地方去，即「集合、聚集」的意思。名詞形assembly是「集會、議會」。

 simil也是「相同」、「一起」的意思

facsimile的語源是「fac（製作）＋simile（相同）」，意指製作相同物品的機器，即「傳真、摹寫」。simile是「直喻」的意思，例如as busy as a bee（像蜜蜂一樣忙碌），是一種形容某物像另一物的比較形表現手法。similar是「類似的、相仿的」，名詞形為similarity（相似性）。assimilate是「使朝相同方向」，即「使同化」。

 模擬（simulation）就是做出相同的表現

足球術語中的「假摔（simulation）」是指故意跌倒欺騙裁判的行為。換言之就是做出跟被犯規者「一樣的」行為，衍生字動詞的simulate（假裝、模擬）。simultaneous interpretation（同聲傳譯）的simultaneous是「同時發生」的意思，意指兩種不同語言的即時口譯。

sem經由希臘語變成homo或homeo

原始印歐語的sem經由希臘語變成homo或homeo的形式傳入英語。比如homogeneous是「相同種（gene）的」，引申為「同種的、同質的」；homophone是「同音（phone）」，引申為「異義同音字」（譬如peace和piece）。

智人（Home sapiens）的homo就是「人類」

「智人（Homo sapiens）」語源來自拉丁語的「homo（人）＋sapiens（聰明）」，另一個語源可追溯至原始印歐語中表示「大地」的dhghem。

human是「人（的）」意思；humanity是「人性、人類」；humane是「仁慈的」。

hum從位居低位的人衍生出「低」的意思

因為生活在地上的人類是比諸神更低下的存在，所以hum又衍生出「低的」的意思，例如humble是「謙虛的、身分低下的」；humility是「謙虛」；humiliate是把頭貼在地上的意象，意指「羞辱」，名詞形humiliation是「恥辱感」。

此外，因為低窪地的濕氣通常比較高，所以humid是「潮溼的」，名詞形humidity是「濕氣」的意思。

031

「比司吉（biscuit）」是要烤2次的食物

dou／du／do／bi＝2

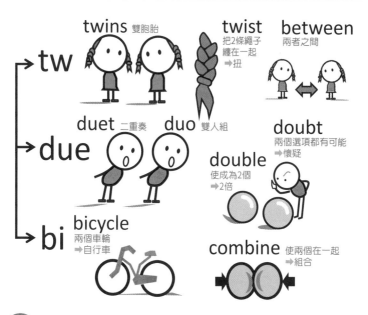

tw

twins 雙胞胎

twist
把2條繩子
纏在一起
➡扭

between
兩者之間

due

duet 二重奏　duo 雙人組

double
使成為2個
➡2倍

doubt
兩個選項都有可能
➡懷疑

bi

bicycle
兩個車輪
➡自行車

combine 使兩個在一起
➡組合

表示數字2，來自日耳曼語的tw

　　相信大家應該都隱隱感覺得到，two、twelve、twenty、以及代表「2倍、2次」的twice等單字中的tw似乎都跟「2」有關。除

了上述單字外，其他還有很多使人聯想到「2」的單字。例如twin bedroom（雙床房）、twin sisters（雙胞胎姐妹）、twig（〈分叉的〉小樹枝），以及表示日出前或日落後的「薄暮光」的twilight；把兩條繩子纏繞在一起的「扭」twist；表示在兩物或兩人「之間」的前置詞between等等。twine是兩條線纏在一起的意象，動詞引申為「使盤繞」，名詞是「細繩」。轉動指揮棒的人叫「baton twirler（儀仗隊手）」；twirl（轉）的語源也是tw。

原始印歐語的數字2叫dwo。經由拉丁語變化成dou／du／do

這些單字共通的tw來自日耳曼語，並且又可追溯至原始印歐語中代表「2」的dwo。子音d到了日耳曼語遵循「格林定律」（參照79頁）變成t的音。而dwo經由拉丁語則變成了dou、du、do的形式進入英語。例如「雙人組」的英語是duo。還有duet（二重奏、二重唱）、double（2倍、雙重）、兩個人使用刀劍或手槍duel（決鬥）、dual（雙重的）也是同類單字。

在兩個選項間猶豫不決的doubt

doubt（懷疑、疑慮）的語源是拉丁語的dubium（疑念），這個字也是拉丁語duo的衍生字，原義是在兩個選項間猶豫不決。這種狀態希臘人稱為dilemma（兩難推論＝由於兩個選項都無法得到好結果，使人左右為難的狀態）。doubt的形容詞形doubtful或doubious是「可疑的、懷疑的」之意；而doubtless或undoubtedly則是副詞，意指「無疑地」。「1打（dozen）」是「do（2）＋zen（10）」的意思，即「12」；duplicate（複製、

拷貝）的原意則是「兩個相疊（pil）」。

 ### 撲克牌和骰子上的2叫deuce

打網球時，雙方比數40-40的狀態叫「deuce」，此時在任一方連續搶下2次得點前本局比賽都不會結束。deuce原本的意思是撲克牌和骰子上的「2」。另外，撲克牌遊戲中的「1」叫ace，是最大的數，而「2」是最弱的數，令人聯想到「厄運」。

由於deuce是deuce跟拉丁語中表示「神」的deus（Zeus）長得很像，所以就跟hell（地獄）一樣，衍生出What the deuce／the hell are you doing here?（你在這裡幹什麼？）的用法。

 ### 對折的畢業證書是diploma

diploma是「對折之物」，引申為「畢業證書、執照、公文」等意義。這是因為以前執照或公文都是羊皮紙對折後授予的。形容詞diplomatic是「公文的」→「外交文書的」，引申為「外交上的、外交官的」；diplomat是「外交官」；diplomacy是「外交（術）」。

 ### 比司吉（biscuit）是「烤2次的」

有兩個車輪的bicycle（自行車）的bi也是源自dwo。還有「冬季兩項（biathlon）」就是「兩項競技（athlon）」的意思，是由滑雪和射擊組合而成的競技。

bilingual是「有兩條舌頭（ling）」，引申為「可自由說2種語言」；bicentennial是「200年（enn）的」，引申為「200週年的」；binnary是「兩個的」，引申為「二進制（的）」；combine

是「把兩個放在一起」，引申為「結合」的意思。

此外，「比司吉（biscuit）」的原義是「烹調（cuit＝cook）2次的」，即「要烤2次的」。這是在冰箱被發明出來前，古人利用徹底去除食物水分來提高保存期限的智慧。biscuit一詞在英國指的是餅乾類食物，但在美國則是指司康（英式鬆餅）。

順帶一提，「雙語人士（bilingual）」的ling一如上述源於拉丁語中意指「舌頭、語言」的lingua，跟language（語源）、linguist（語言學家）、linguistics（語言學）、tongue（舌頭）等字是同一個家族。

COLUMN 補充知識！

⭐ 培根蛋麵其實是用炭火烤的義大利麵

這裡再分享一些跟食物有關的小知識。「碳」的英語carbon源自於原始印歐語之中代表「熱、火」的ker。carbonate是「carbon（碳）＋ate（鹽基）」，即「碳酸鹽」；而「碳酸飲料」的英文叫carbonated beverages；「氣泡酒」叫carbonated alcoholic beverages。

「培根蛋麵（carbonara）」的原意其實是用炭火烤的義大利麵。而「pasta（義大利麵）」在義大利語中則相當於英語的paste（漿糊、麵團）。pastry則是酥皮或塔皮的「麵團」；patisserie是「法式的麵包或蛋糕店」；pastry cook是「糕點師」。

032

有3支角的恐龍叫
「三角龍（triceratops）」

tri = 3
quart / quad(r) = 4

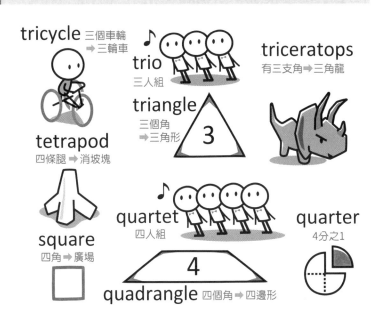

tricycle 三個車輪
➡三輪車

trio
三人組

triceratops
有三支角➡三角龍

triangle
三個角
➡三角形

3

tetrapod
四條腿 ➡ 消坡塊

square
四角 ➡ 廣場

quartet
四人組

quarter
4分之1

4

quadrangle 四個角 ➡ 四邊形

上臂三頭肌叫triceps

　　數字的three（3）或third（第3）源自原始印歐語的trei。
有兩個輪子的「自行車」叫bicycle，而有三個輪子的「三輪車」

就叫tricycle。「二重奏、二重唱」叫deut,「三重唱、三重奏、三人組」則叫trio;「上臂二頭肌」的英文biceps是「bi(2)＋ceps(頭)」,而「上臂三頭肌」則叫tricpes;「能說二國語言的人」叫bilingual,而「能說三國語言的人」就叫trilingual。另外這個字的「tri-」中的i,發音為「ai」。

「1次」叫once,「2次」叫twice,同理「3次」其實應該叫thrice才對,但現代英語中更習慣說three times。

 有3支角的恐龍:三角龍(triceratops)

「100萬」(million)的1000倍就是指「billion」(10億),而billion的1000倍則是「trillion」(1兆);「2週年的」的英語是biennial,而「3週年的」則叫triennial。「三重(triple)」是「三個相疊(ple)」,意即「3倍的」;「三胞胎」叫triplets;「三者間的」叫trilateral。

草食恐龍「triceratops」的英語是「tri(3)＋cerat(角)＋ops(看)」,故中文直譯為「三角龍」。

由藍、白、紅三色組成的法國三色旗叫「tricolor」。

 部落(tribute)就是把古羅馬公民分成三個部族

「部落」的英語tribute源自古羅馬把公民分成「三個」部族。因為公民需要為國家納貢以換取和平和安全,所以tribute又衍生出「供品、感謝」之意,而tribune則有人民的「保護者」的意思。後來tribute又衍生出「給予」的意思,並被當成接尾辭創造出如下字彙。

distribute是「dis(遠離)＋tribute(給予)」,引申為「分

配」；contribute是「con（一起）＋tribute（給予）」，引申為「貢獻」；attribute是「a(t)（朝～的方向）＋tribute（給予）」，引申為「歸咎於～」。

四重唱或四重奏叫quartet

數字four（4）源自原始印歐語的kwetwer，經過拉丁語傳播後主要以quar的形式進入英語。

如「四人組、四重奏、四重唱」叫quartet，「4分之1」叫quarter。quarter還有1小時的4分之1＝「15分鐘」、1塊錢的4分之1＝「25分錢」、1世紀的4分之1＝「25年」等意義。除此之外，複數形也有特定地區的「居民」或「地區」、「軍營」等意思。如GHQ是General Headquarters的縮寫，general是指「關於所有部門的」，headquarters是「總部、司令部」，合起來即是「總司令部」的意思。

方形的廣場叫square

「夸脫（quart）」是液體的單位，即1加侖（在美國約3.8公升，在英國約4.5公升）的4分之1。square是「真四角、正方形」，並衍生出「廣場」、「平方」等意義。執行特定任務的「小隊」或「班」叫squad，因為在過去還沒有槍枝等武器的時代，步兵通常是以方陣來對抗敵人的騎兵隊。而「採石場」的quarry則是源於把石頭「裁切成四方形的場所」。

檢疫（quarantine）就是40天的隔離

預防傳染病的「隔離」或「檢疫」叫quarantine，這個字源

自義大利語中的「quarantina（40天）」，因為以前在威尼斯的港口，所以來自爆發傳染病的國家的船隻都必須在此等待40天。

 大腿四頭肌叫quadriceps

除此之外，quadrangle是「四個角（angle）」之意，即「四邊形」；quadriceps是「四個頭（cpes）」，引申為「大腿四頭肌」；quadrennial是「4年（enn）的」，即「4週年的」；quadruple是「四個相疊（ple）」，即「4倍的」之意；quadruped是「四隻腳（ped）」，即「四足動物」；quadruplets是「四胞胎」。

 消波塊（Tetrapod）就是有4隻腳的水泥塊

原始印歐語的kwetwer（4）經由希臘語傳播，以tetra的形式進入英語。例如在海邊或河口常見的消波塊叫Tetrapod®，這個字的語源就是「四隻腳（pod）」。跟牛奶或果汁等飲料的四面體紙盒包裝「Tetra Pak®」的語源相同。

在英國，fortnight是表示「兩星期」的意思，此字的原義是「fourteen（14）個夜晚」，因為古日耳曼人計算天數不是用day，而是用night。

 鐵人三項叫triathlon

日本人也很熟悉的「鐵人三項（triathlon）」是由游泳、單車、長距離跑這三種競技組合而成的運動項目；而由馬術、射擊、游泳、長距離跑組成的「四項競技」則叫tetrathlon。

033

「9月」的September
原義其實是「第7個月份」

quin(t)/penta= 5　sex/hex= 6
septem/hepta= 7　okt= 8
newn= 9　dekm= 10

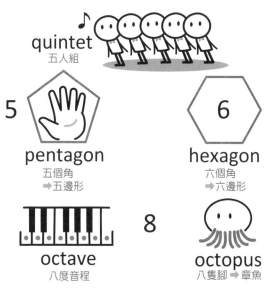

quintet
五人組

5

pentagon
五個角
➡五邊形

hexagon
六個角
➡六邊形

octave
八度音程

8

octopus
八隻腳 ➡ 章魚

five／finger／fist的語源相同

　　數字的「5」（five）源自原始日耳曼語的fimfe，並且可以再往上追溯到原始印歐語的penkew。一隻手有五隻的「手指」

141

finger，以及由五隻手指握成的「拳頭」fist的語源也來自於此。原始印歐語的p進入日耳曼語後依照「格林定律」變化成f的發音。

penkwe經由拉丁語傳播，變化成了quint進入英語。如quintet是「五人組、五重奏、五重唱」；quintuple是「五個相疊（ple）」，即「五倍（的）」；quintuplets是「五個東西」，引申為「五胞胎」。

五邊形的美國國防部：五角大廈（Pentagon）

penkwe經由希臘語傳播變化成pent。五邊形的美國國防部總部「五角大廈（Pentagon）」的語源是「penta（5）+ gon（角）」。pentathlon是「五種競技（athlon）」的意思，即「近代五項全能」。athlete是「運動選手、田徑選手」；athletics是「運動競技、田徑」。

由紅酒等酒類加砂糖、香料、檸檬等共計5種原料調成的酒類叫「潘趣酒（punch）」，這個字源於印地語（以印度為中心的語言）中代表「5」的panch。因維蘇威火山爆發而被掩埋的義大利古城「龐貝（Pompeii）」，在古義大利語中即是被分成「五個（pompe）」的地區之意。「旁遮普地區（Punjab）」是橫跨巴基斯坦和印度的廣大地帶，而Punjab的語源是波斯語中的「五個水（ab）」，也就是五條河流流經之地的意思。

hexagon是六邊形

數字「6」（six）源自拉丁語的sex，以及希臘語的hex。如sextuplets是「六個相疊（ple）」，引申為「六胞胎」；二學期制

中上學期和下學期的「學期」叫semester，語源是「se（6）＋mense（月）」。hexagon是「hex（6）＋gon（角）」，即「六角形（六邊形）」；hexapod是「hexa（6）＋pod（腳）」，引申為「六足類（的）、昆蟲（的）」。

 ## 本來應該是第七個月的September

數字「7」（seven）源自拉丁語的septem，以及希臘語的hepta。heptagon是「hepta（7）＋gon（角）」，即「七邊形」。

September（9月）本來應該是「第7個月」，但因古羅馬曆法始於3月，故產生2個月的時間差。同理，第8月叫October（10月）、第9月叫November（11月）、第10月叫December（12）月。

 ## 8條腿的章魚叫octopus

數字「8」源自於拉丁語的octo，以及希臘語的okto。例如「8度音程（octave）」、8條腿的「章魚（octopus）」、「八邊形（octagon）」。octogenarian是「octo（8）＋genaria（10倍）＋人」，意即「80歲多的（人）」。

 ## 九邊形叫nonagon

數字「9」（nine）的語源是原始印歐語的newn。nonagon是「九邊形」、nonagenarian是「90多歲的（人）」。

「中午」叫noon，在英語中原本是指平均日出時刻的6點到9小時後的下午3點這段時間。到了12世紀後才演變成「中午」的意思。

十邊形叫decagon

數字「10」（ten）的語源是原始印歐語的dekm，後來d的發音依循「格林定律」變化成t的發音。

dean這個字可指英國國教的「座堂主任牧師」或大學裡的「學院長」，語源是在拉丁語中表示修道院內10名修道士之長的decanus。薄伽丘所著的短篇小說集《Decameron》中文譯為《十日談》；deciliter是「10分之1公升」，即「公合」；decade是指「10年」；dime是「10分錢硬幣」；decimal是「十進位的、少數的」；decimate是古羅馬軍隊對叛亂或逃軍部隊每10人抽籤處死1人的懲罰制度，現代引申為「大量殺害」的意思；decathlon是「十項全能競技」；decagon是「十邊形」。

另外，十邊形再往上的形狀統一稱為polygon（多邊形）。

Thirteen（13）就是three＋ten

「青少年（teenager）」在英語中一般指13歲（thirteen）到19歲（nineteen）的男女，但生活中通常泛指「10來歲的少年少女」。teen是ten的變化形。

100年（1世紀）叫century

1美元（dollar）的100分之1叫1分（cent），而cent又源自原始印歐語中表示10的dekm，後經由拉丁語變成「100」的意思傳入英語。century便是「cent（100）＋ury（集合體）」，引申為「100年」；centigrade是「centi（100）＋grade（階段）」即「分成100度」→「攝氏溫度」；centennial是「百年慶」；centenarian是「超過100歲的人」。

類似「形容詞」
的語源

感覺如何？
感覺超棒！

034

「摩訶羅闍（maharajah）」是「偉大的王」

meg=大

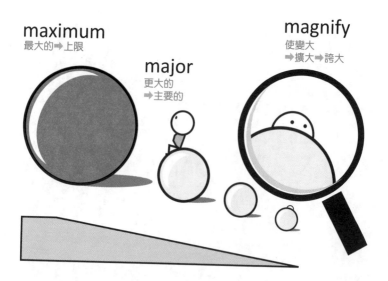

maximum
最大的➡上限

major
更大的
➡主要的

magnify
使變大
➡擴大➡誇大

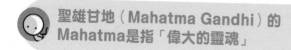

聖雄甘地（Mahatma Gandhi）的
Mahatma是指「偉大的靈魂」

在1980年代後半到1990年代前半的泡沫經濟期，一個名叫

46

「MAHARAJA」的連鎖迪斯可舞廳遍布日本全國，吸引了非常多人上門光顧。妹妹頭、緊身連衣裙、跳舞用的高台等，象徵那個時代的關鍵字至今應該都還鮮明地留在中高齡日本人的記憶中。而所謂的「maharajah（摩訶羅闍）」，其實是古印度書面語的梵語中「maha（偉大的）＋rajah」的意思。說到印度，就會讓人聯想到有名的「印度獨立之父」——「聖雄甘地（Mahatma Gandi）」。「聖雄（Mahatma）」這個字跟maharajah一樣出自梵語，即「maha（偉大的）＋atman（靈魂）」之意。

 ## 「大憲章」叫Magna Carta

1215年英國頒布了限制王族權力，承認貴族特權與國民自由的「大憲章（Magna Carta）」。這個詞是由「Magna（大的）＋Carta（憲章）」組成，是一個拉丁字。無論maharajah、Mahatma、Magna字首的maha／mah／magna，全都可以追溯到原始印歐語（參照第1頁）「大的」或「偉大的」。

 ## 地震的大小叫規模（magnitude）

表示地震能量大小的指標「規模（magnitude）」原義是「大小、重要性」的意思；magnify是「擴大」；magnificent是「巨大」的意象，引申為「宏大的、壯麗的」；5月的英文May源於拉丁語中，取自羅馬神話中主掌豐收的大地女神Maia，而這個名字在原始印歐語（參照第1頁）的原義是「偉大的女性」。

 ## 「市長」的英語mayor是指「偉大的人」

mayor原義是「更偉大的人」，意指「市長」；而major是形

容詞，意思是「較大的、主要的」，當動詞時是「專攻」的意思，名詞形majority是指「大多數、過半數」。master的原義是「老師」，引申為「支配者、名人、男主人」，當動詞為「習得、克服」之意；masterpiece原義為「老師的作品」，引申指「傑作」；對男性的尊稱「Mr.」則是master的異音形mister的縮寫。

 最大極限的max

表示「最大極限的」的max是maximum的縮寫；maximize是「使最大化」；maxim是「最好的主張」，引申為「格言、警句」；magnate是「大亨」。

magnum是指容量1.5公升的「大酒瓶」；源自義大利語的「maestro」是「藝術巨匠、大音樂家」的意思。以上這些單字全都來自相同語源。

omega（ω）是「巨大的o」

「mega」是希臘語的「巨大」之意。在以 α（alpha）、β（beta）、γ（gamma）為首的24個希臘字母中，ω（omega）是最後一個字母，此字的語源是「巨大的O」，因為它的發音很像把o的發音拉長。英語中源自希臘語「mega」的單字有「百萬噸」的megaton、「擴音器」的megaphone、「超大型商店」的megastore、「大趨勢（傾向）」的megatrend、「超級巨星」的megastar、「超火紅作品」的megahit等等。megalo也一樣，例如megalopolis（超大型都市）、megalomania（妄自尊大）、Megalosaurus（斑龍，一種二足步行的大型食肉恐龍）等等。

035

「菜單（menu）」是
「羅列了店內餐點的小表格」

mini / minu = 小

minute
把一小時分成小碎片
➡ 分鐘

menu
把店內的料理整理在
一張小表上
➡ 菜單

mince
使變小
➡ 剁碎

minor 更小的
➡ 微小的、二流的
minority 少數派

 炸肉餅（minchi-katsu）就是
把肉和蔬菜剁碎揉成的菜餚

「可樂餅（コロッケ）」的日文是用片假名表示，所以大多

數日本人都隱約知道這個字不是日本原有的詞彙；而詳細調查後，才知道可樂餅的發源地在法國，是明治初期的文明開化運動時經由荷蘭傳入日本的。「可樂餅」的法語是「croquette」，並維持原本的拼法傳入英語，語源是「咬起來croquer（酥酥脆脆的）小東西」。法語的croquer相當於英語中形容「咀嚼硬物」的crunch。

在日本關西一般俗稱「minchi-katsu」的「炸肉餅（menchi-katsu）」這種日式菜餚，在歐洲也被歸類為croquette的一種。日文的「minchi（ミンチ）」即是來自英語的mince。這個字是動詞，意思是把肉或蔬菜「剁細」。

 菜單（menu）是整理了店內料理的小表

在原始印歐語中表示「小的」的mei，經過拉丁語的傳播變成mini／minu的形式進入英語。例如飯店房間內附設的「小型冰箱（minibar）」、小型的「迷你車（minicar）」等等，代表了「短」或「小」的「迷你（mini）」這個字，現在已經以外來語的形式深深融入日語和中文。

minute原本是指「被切割成小塊的東西」，當名詞引申為「把1小時（hour）切成小塊」，即「分鐘」；而當形容詞則是「細微的」之意。要注意minute當形容詞時，發音是[maínuːt]而不是[mɪnɪt]。餐廳的「菜單（menu）」的原義也是「將店內的料理整理在一張小表上」。

 部長（minister）是服侍國民的人

「首相」的英文叫prime minister。minister的語源是「矮小

的人」，也就是指「服侍國民的卑微人物」，引申為「部長」或「牧師」等意義。ministry相當於中文的「部」，the Ministry of Foreign Affairs就是「外交部」。

大聯盟和小聯盟

美國的「大聯盟（major league）」下面還有一個「小聯盟（minor league）」。minor（較小的）的原義是「mini（小的）＋or（更～）」，也就是「更小的」，名詞形minority是「少數（派）」的意思。接尾辭的or是拉丁語中表示比較級的字尾，例如junior是「年紀較小的」、senior是「年紀較大的」、superior是「較優越的」、inferior是「較差的」。

administer是成為部長來「管理」

含有mini的英語單字有「minimum（最低限）」、「minus（負）」、「miniature（微小的）」等等。而動詞則有diminish，意指「減少」；administer，原義是「朝向部長」，意指成為部長來「統治、管理」，名詞形administration是「管理、行政、政權」的意思，比如the Biden administration是「拜登政權」。

用小步伐跳舞的小步舞（minuet）

「小步舞（minuet）」是17世紀起源於法國，步伐小巧緩慢而優雅的三拍子舞蹈。接尾辭et是「小東西」的意思（參照233頁）。

151

036

「從今天起照此標準行事！」「正規（regular）尺寸」是由國王決定的

reg = 筆直的

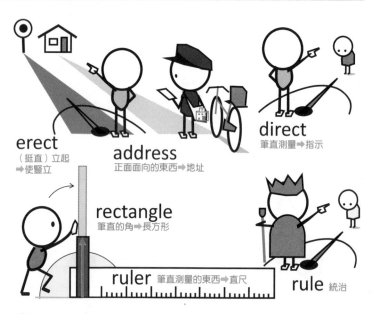

erect
（挺直）立起
➡使豎立

address
正面面向的東西➡地址

direct
筆直測量➡指示

rectangle
筆直的角➡長方形

ruler 筆直測量的東西➡直尺

rule 統治

給沙拉穿衣服的就是調味（dressing）

用於料理的「調味料（dressing）」是表示「衣服」或「穿衣服」的dress的動名詞，原義是「給沙拉穿衣服」。動詞的dress

也有「調味」或「加工」的意思，比如dress a salad with olive oil便是「用橄欖油替沙拉調味」的意思。dress可追溯原始印歐語中表示「筆直的」和「導正」意義的reg。

 面向聽眾「演講」叫address

address（住址）的原義是「朝筆直的方向」，然後再衍生出「（信）朝正前方面向的東西」之意，動詞引申為「寫上收件者姓名地址」。而當寄出物是言詞的情況，就是「演講」、「對～說話」的意思。

 位於大腸末端筆直的部分是直腸（rectum）

rectangle是「筆直的角（angle）」，意即「長方形」；rectify是「使筆直」，意即「修正」；rectilinear是「線條筆直的」，意即「直線的」；rectitude是「筆直性」，引申為「正直」。位於大腸末筆直的部分叫rectum，即「直腸」。rect也可當接尾辭使用，例如correct是「完全筆直的」，引申為「正確的、修正」；direct是「將偏離的部分導正」，引申為「直接的、指示」，名詞形direction是「方向、指示」；erect是「直立的、筆直的」，當動詞時有「挺直、使立起」等意義。

 標準尺寸（regular）就是由國王決定的標準

原始印歐語的reg從「導直」的意象衍生出regal這個形容詞，意指引導人民的「國王的、有威嚴的」之意。

標準尺寸的regular原義是由國王決定的「標準的」，而總是在比賽中上場的regular（一軍選手）則是「定期的」之意；

至於「非常規的、不定期的」則叫irregular。動詞形regulate是「規制、管制」的意思，名詞形regulation是「規章、規定」。

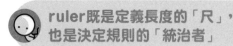

ruler既是定義長度的「尺」，也是決定規則的「統治者」

筆直測量的「尺」和「國王」、「統治者」都叫ruler。rule（規則、支配）和royal family（王家）的royal（王家的）都來自相同語源。royal的名詞形royalty原本是指國王的特權或權威，到了現代主要是指著作權的「版稅」等意思。reign是指國王的「統治」；而由國王統治的「地區、地方」則叫region；regime是非民主的「政體、政權」；由國王指揮的「軍團」叫regiment；「弒君者」則叫regicide。

reg變成rog，衍生出「詢問」的意思

reg的發音變成rog後，衍生出當面「質問」對方的意思，產生了很多相關的英文單字。例如derogate是「遠離質問」，引申為「叫對方滾到一邊去」，也就是「貶損、誹謗」的意思。interrogate是「介入詢問」，引申為「審問」之意，名詞形是interrogation；而interrogative則是「疑問詞」的意思。

surrogate是「由在下者（代替）詢問」，意指「代理的、代理者」；prerogative是「提前請託」，引申為「特權」；arrogant是「當著對方質問的」，引申為「傲慢的」等意思。

037

「類固醇（steroid）」是可製造堅硬又強壯肌肉的「肌肉增強劑」

ster = 堅硬、固定的

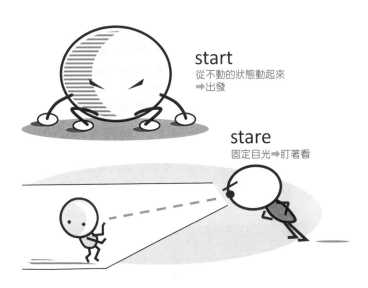

start
從不動的狀態動起來
➡出發

stare
固定目光➡盯著看

從不動的狀態動起來叫start

　　固定目光「盯著看、凝視」的英文叫stare。還有，從動也不動的狀態突然動起來的行為叫start，也就是「出發」。同理，

使原本動也不動的東西受到驚嚇而突然動起來的行為叫startle，即「使驚嚇、使驚奇」。這些單字中的star都源自原始印歐語中表示「堅硬」或「固定的」的單字ster。

 可當凝固劑使用的玉米澱粉（cornstarch）

製作卡士達醬或可當作果凍、布丁的凝固劑使用的「玉米澱粉（cornstarch）」是一種以玉米為原料的澱粉，starch即是「澱粉、太白粉（日式）」的意思。除此之外，starch還有給衣服上漿用的「澱粉漿」等意義。

stark（僵硬的）的語源也是ster，在中世英語的那一段時代（1100～1500年），這個字是「強」的意思，而在現代英語中則常被用來當成加強語氣的輔助詞，例如stark naked（完全裸露的）。

除了naked之外，stark還有stark white（純白的）、stark black（全黑的）、stark new（全新的）等用法。

starve（使餓死）也是從完全不動、僵直死透的意象誕生出來的單字，名詞形是starvation（餓死、飢餓）。

 膽固醇（cholesterol）就是堅硬的膽汁

健康檢查的項目之一包含檢查「膽固醇（cholesterol）」，這個字源自於希臘語的「chole（膽汁）＋ster（硬的）＋ol（物質）」。

而「類固醇（steroid）」則是「類似（oid）硬物（ster）」的意思，意指可打造出堅硬肌肉的「肌肉增強劑」。

另，由睪丸分泌的男性荷爾蒙「男性脂酮（androsterone）」

和「睪丸素（testosterone）」等單字中的sterone（堅硬物質）也來自相同語源。

 僵化的觀念叫刻板印象（stereotype）

由ster發展而來的stern是堅硬（固）的意象，引申為「嚴格的、嚴厲的」之意。希臘語的stereos（堅固）也來自同一個家族，並衍生出stereotype（刻板印象）這個字。stereotyped（刻板的、鉛版的）這個字的原義是指用活字印刷版印出來的成品，後演變出「了無新意的」的意思。

 stereo是可給人立體感的音響裝置

日語的「sutereo（ステレオ）」是指可播放出具有立體感聲音的音響裝置。

stereo-除了「堅固的」之外還有「立體的」的意思，而英語的「stereo」其實是stereophonic（立體效果的、立體聲的）的縮寫形，拆解開來就是「stereo（立體）＋phon（聲音）＋ic（～的）」。相關字有stereography（立體畫法）和stereoscope（立體鏡）。

 姿勢僵硬的鸛（stork）

瀕危物種的「鸛」的英語叫stork，因為其站立姿態看起來非常僵硬，所以名字也跟「堅硬」有關。在歐美，這種鳥自古以來就被當成送子鳥。比如英語中有stork visit（小寶寶出生）這個片語，例句有After years of marriage, she finally had a stork visit.（結婚幾年後，她終於喜獲麟子）。

使對方陷入無知覺狀態的「魚雷」叫torpedo

原始印歐語的ster後來變化成了star或stor，而拿掉s的torpor則由僵直不動的意象衍生出「懶散、麻木」的意思。形容詞torpid是「懶散的、麻木的」。

而torpedo則是使對方陷入懶散、無知覺狀態，引申為「魚雷、水雷」。另外這個字當動詞用則指使計畫或政策「泡湯」的意思，例如The protesters are threatening to torpedo the economic conference.（抗議者們威脅要阻止經濟會議召開）。

形容人「趾高氣揚地行走」的strut也來自相同語源。

COLUMN 補充知識！

⭐ **android就是長得很像人的**

這裡再介紹一個跟「類固醇（steroid）」有關的字。

oid作為接尾辭有「很像～」的意思，產生了許多英文單字。

比如dentoid（齒狀的）、humanoid／android（人造人）、mastoid（乳狀的）、melanoid（黑變病的）、Mongoloid（蒙古人種的）、tabloid（小報、文摘＝像被壓縮之藥錠的報紙版型）等等。

瘢痕疙瘩（keloid）是由皮膚創傷腫脹形成的疙瘩，其語源是「像kel（蟹爪）一樣的東西」。

038

車站的
「月台（platform）」
語源是「平坦的形狀」

pla/fla＝平坦

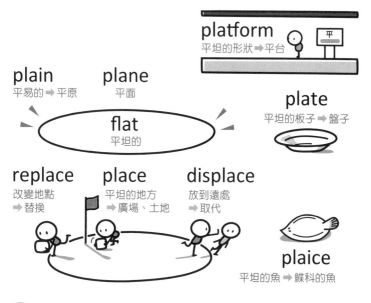

platform
平坦的形狀 ➡ 平台 　平

plain
平易的 ➡ 平原

plane
平面

flat
平坦的

plate
平坦的板子 ➡ 盤子

replace
改變地點
➡ 替換

place
平坦的地方
➡ 廣場、土地

displace
放到遠處
➡ 取代

plaice
平坦的魚 ➡ 鰈科的魚

代表平坦廣闊之意象的原始印歐語pelə

　　樂器的「鋼琴（piano）」其實是pianoforte的縮寫字，源於義大利語中表示「弱音和強音」的piano e forte。而piano又可再

往上追溯至原始印歐語中表示「平坦廣闊的」之意的pelə。pelə後來變化成plan／plat等形態，演變出各種不同的單字。

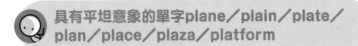

具有平坦意象的單字plane／plain／plate／plan／place／plaza／platform

「平面」的英文是plane，而水平飛行的「飛機」也叫(air) plane；「簡樸的」、「平易的」則叫plain。plain當名詞的複數形還有「平原」（plains）的意思。

無論是「平板」或「盤子」的plate、平面圖→基礎方案引申為「計畫」的plan、由平坦的地方引申為「地點」的place、平坦廣闊的「廣場（plaza）」、車站的「月台（platform）」，這些字的語源都是「平坦的形狀」。

扁平的魚叫鰈（plaice）

跟place（地點）同音的單字plaice是指外貌扁平的「鰈」科魚類；plant（植物）則是用「平坦的腳底」在大地「栽種」苗木的存在；而「大農園」叫plantation。implant是「在裡面栽種」的意思，引申為「移植」心臟、器官到人體內，或是「灌輸」思想；transplant是「越過植入」，引申為在兩個人之間「移植」器官。platter是「大淺盤、大盤的料理」；plateau是「高原、停滯期」；platitude是「陳腔濫調」。

explain是排出多餘的部分使之變得平易近人，引申為「說明」，名詞形是explanation。

動詞的place

place當動詞時是「放置」的意思，placement則由「放置的行為」引申為「配置」，a placement test是指新生的「分班考試」；replace是「改變地點」，引申為「代替」，名詞形replacement是「取代、代替品」。displace是「放在遠處」，引申為「驅逐、取代」，名詞形displacement是「撤換、免職」。

柏拉圖的名字原本是指「肩膀寬闊的人」

雖然拼法有些改變，但雙手平坦部分的palm（手掌），以及平原很多「波蘭（Poland）」的語源也是pelə。

比如意思指「純精神戀愛」的「柏拉圖式愛情（platonic love）」，出自古希臘哲學家柏拉圖（Plato）在著作『會飲篇（Symposium）』中認為心靈的嚮往比肉慾的嚮往更高等的理論。但據說現代所指的柏拉圖式愛情是在文藝復興之後才開始出現。柏拉圖的本名其實是「亞裡斯多克勒斯（Aristocles）」，而Plato是希臘語中「肩膀寬闊」的意思，是別人因他的體格而取的小名。另，柏拉圖「對話錄」中的「會飲篇（symposium）」的語源是希臘語的「sym（一起）＋posium（喝酒）」，據說當時的人們在討論時習慣配酒喝。

意指平坦的plat經由日耳曼語變成flat

原始印歐語中的p的發音依循「格林定律」（參照79頁）在日耳曼語中變化成f的發音，接著又傳入英語。flat當形容詞是「平坦的」，當名詞的原義是「住宅內平坦的地板（跟floor語源相同）」，意即「公寓」；flatten是「使平坦」；flatter的語源是

「多次使平坦」之意，引申為彎躬折腰向人「諂媚」，名詞形是flattery。

填充卡士達醬、水果、起司等醬料的扁平塔類或蛋糕flan（果餡餅）；以及cornflakes這個單字中的flake（一片）；還有「鰈」科魚類的flounder（比目魚）的語源也是flat。

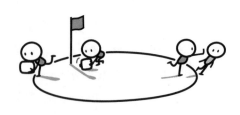

039

「薩爾斯堡（Salzburg）」是 「salz（鹽）+ burg（城塞）」

for(t)/burg(h)/bury/ borough = 強、高、城塞

fortress
強、高 ➡ 要塞

effort
向外施力 ➡ 努力

burglar
侵入要塞的人 ➡ 破門竊盜者

音樂術語的forte（f）源自拉丁語的「高」

義大利語的「弱音和強音」叫做piano e forte，而「forte（f）」又源自拉丁語的fortis，並可再往上追溯至原始印歐語中

表示「高」或「強」的bhergh。

 「努力（effort）」就是「向外施力」

fort和fortress是「城寨、要塞」。force當名詞是「暴力、軍隊」，當動詞是「強制」之意；effort是「向外施力」，引申為「努力」；fortify是「強化」。comfort是身體完全沒問題的狀態，換言之即是身體沒有負擔的狀態，引申為「舒適、安慰」；形容詞形comfortable是「舒適的」，兩者的反義字分別是discomfort（不快感、使不快）和uncomfortable（不舒服）。

 burglar是侵入要塞的人

而具有「高」意義的單字，則有belfry（鐘樓）、barrow（土丘、古墳），以及有「行政區」、「自治市鎮」、以及要塞中的住所之意的borough。bourgeoisie原指住在位於高地的要塞內的人們，引申為「中產階級」。高於海面的「冰山」叫iceberg；侵入要塞的「破門竊盜犯」叫burglar。

 地名有「堡（burg）」的都是古代的城塞都市

「漢堡（hamburger）」這個詞源自於德國的城市「漢堡（Hamburg）」，而此地名的語源是「ham（河川的彎道部分）＋burg（城、要塞都市）」；其他像是奧地利的「薩爾斯堡（Salzburg）」是「salz（鹽）＋burg（城、要塞都市）」；夾在德、法、比利時三國之間的「盧森堡（Luxembourg）」則是「luxem（小的）＋burg（城、要塞都市）」；位於法國阿爾薩斯地區的中心城市「史特拉斯堡（Strasbourg）」就是德語的

「strass（街道）＋burg（城、要塞都市）」……等等，在在顯示了以burg結尾的地名曾是古代的「城堡」或「要塞都市」。

 蘇格蘭首府愛丁堡曾是要塞都市

結尾帶有burg再加上h的burgh／borough，或是bury的地名也是城堡或要塞都市的意思。比如蘇格蘭首府「愛丁堡（Edinburgh）」就是凱爾特語的「愛丁的丘陵（Din Eidyn）」拿掉Din，再加上表示「城、要塞都市」的burgh而誕生的地名。矗立在舊城區的愛丁堡城堡現在仍是著名的觀光景點。穿越的城堡入口，兩側有很多傷，能學習蘇格蘭威士忌歷史以及釀造法，並試喝多種威士忌的Scotch Whisky Experience Guide Tour（有提供日語導覽）也在其中。筆者也曾參加過，非常推薦愛酒人士一遊。

 萬寶路（Marlboro）源自英國的地名

位於英格蘭東北部約克夏郡的Scarborough（史卡博羅），因為英格蘭的傳統民謠『Scarborough Fair（史卡博羅市集）』而聞名。而這個地名則來自一位維京人領袖和詩人Thorgils Skarthi，原義是「Skarthi的城堡」。

知名香菸品牌「萬寶路（Marlboro）」的品牌名稱來自位於英格蘭南部威爾特郡一個名叫「馬爾堡（Marlborough）」的城市。而美國賓州的「匹茲堡（Pittsburgh）」則是用前英國首相William Pitt（威廉‧皮特）的姓氏命名的。從它們的名稱可以知道這些城市以前都曾是要塞都市。

巨石陣（Stonehenge）是以前用於執行絞刑的石頭

位於英格東南部肯特郡的坎特伯里座堂（Canterbury），名字源自「Canter（肯特郡人民的）＋bury（要塞都市）」。英國世界文化遺產之一的著名巨石遺跡「巨石陣（Stonehenge）」所在地──英格蘭南部威爾特郡的「索爾茲伯里（Salisbury）」的語源也同樣是「Salis（頭盔）＋bury（要塞都市）」。

順帶一提，Stonehenge這個詞的語源其實是「stone（石頭）＋henge（＝hang執行絞刑）」，因為巨石陣的形狀很像絞刑台。筆者初次造訪巨石陣是在40年前，當時這裡還沒有被登記成世界文化遺產，遊客可以走到巨石的正下方參觀；但幾年前再次造訪時，已經只能從外圍遠望了。

COLUMN 補充知識！

⭐ 「薪水（salary）」的原義是「鹽」

「薩爾斯堡（Salzburg）」的sal是原始印歐語的「鹽」，經由拉丁語傳播，產生了英語中以「鹽（salt）」為首的許多常見單字。在古羅馬時代，鹽是非常貴重的東西，士兵一部分的薪餉就是用鹽支付，所以salary才會衍生出「薪水」的意思。

⭐ 用到鹽的料理有沙拉、莎樂美腸、香腸等

混有鹽漬蔬菜的「沙拉（salad）」、鹽漬的「莎樂美腸（salami）」、鹽味的「香腸（sausage）」、較重鹹的「沾醬（sauce）」、辛辣的「莎莎醬（salsa）」等字，語源也都來自sal。

⭐ 世界最美的湖鎮哈修塔特是鹽岩小鎮

往薩爾斯堡東南方行駛70公里，有一座被譽為全球最美湖

畔城市的小鎮「哈修塔特（Hallstatt）」。

　　該地有一個宛若印第安納瓊斯電影，搭乘小火車巡遊鹽礦坑的導覽行程，筆者以前也搭乘過；這裡從西元前的時代就有人在此開採鹽礦，直到現在仍有少量生產賣給遊客當作紀念。原始印歐語的sal經由希臘語變化成hal。而Hallstatt的語源便是「hall（鹽）＋statt（地點）」。halite則是「鹽岩」意思。

⭐ **伯恩（Bern）和柏林（Berlin）市徽上的熊跟bear無關**

　　另外再介紹幾個跟地名有關的語源。

　　瑞士首都「伯恩（Bern）」和德國首都「柏林（Berlin）」，兩座城市的市徽上都有一頭熊。這乍看會以為跟原始日耳曼語中表示「熊」的bero有關，但其實毫無關聯。

　　這種錯誤的語源聯想叫「民俗語源（folk etymology）」。很多人誤以為伯恩和柏林的地名跟德語的Bär（熊）有關。

　　實際上，它們真正的語源是原始印歐語中表示「沼澤」的ber。

040

「薄酒萊葡萄酒（Beaujolais Nouveau）」是薄酒萊產的新式紅酒

neo/new/nov＝新的

renew
使再次變新➡更新

novel
嶄新的故事
➡小說

renovate
使再次變新➡翻新

 新聞（news）的語源是？

　　news（消息、報導、新聞）的語源是原始印歐語中表示「新」的newo，意思是「新事物」。至於「news語源來自north

（北）、east（東）、west（西）、south（南）的首字母」這說法是民間的謠言。

anew是「朝向新的」，引申為「重新、再次」；renew是「使再次變新」，引申為「使復原（更新）」，名詞形renewal是「恢復、更新」，形容詞形renewable是「可再生的」。

 ### 白蘭地（brandy）就是蒸餾酒

brand-new（全新的）的brand（品牌）來自古人為辨識自家和別人養的牛，在牛身上烙的印記，以及在罪犯身上烙印的刑罰。brand源自古英語的「火」，而「白蘭地（brandy）」在古代其實完整說法是brandy wine，也就是「蒸餾過的酒」。

 ### Nova就是天文術語的「新星」

原始印歐語的newo經拉丁語變成nov的形式傳入英語。如novel當形容詞是「嶄新的、新奇的」，當名詞指新奇的故事，引申為「小說」。「小說家」叫novelist；「新穎事物」叫novelty。nova是天文術語中的「新星」；novice是「初學者、新手」。

 ### renovation和innovation

日文的「裝修」叫「reform（リフォームする）」，但這是和製英語；「裝修」真正的英語不叫reform，應該用remodel或renovate。renovate是「裝修（老舊建築）」的意思，語源是「使再次變新」。名詞形為renovation（改裝）。另一個很相似的單字「innovation」則是「把新東西放進去」的意思，引申為「改革、創新」，動詞形為innovate。

法語的Nouveau就是「新的」

薄酒萊地區位於法國東南部，在里昂的北邊，是全球知名葡萄酒產地。用此地種植的葡萄生產的葡萄酒俗稱「薄酒萊新酒（Beaujolais Nouveau）」。就是法語的「Beaujolais（薄酒萊）＋Nouveau（新的東西）」的意思。另外，19世紀末到20世紀初期在歐洲流行的「新藝術運動（Art Nouveau）」也是「art（藝術）＋nouveau（新東西）」。

 「新的」經由希臘語變化成neo

原始印歐語的newo在經過希臘語傳播後變化成neo傳入英語。如在夜晚閃爍的「霓虹燈（neon sign）」中的neon是指原子序10的元素「氖」，此字的原義是希臘語的「新發現之物」。氖元素在1898年被人發現時被視為一種「全新的」氣體元素，故因此命名。neo也可以當接頭辭來用，例如neoclassical（新古典主義的）、neoconservative（新保守主義的）、neolithic（新石器時代的）、neoplasm（新生物＝身體細胞不正常增生產生的腫塊）、neonatal（新生兒的）等等。

COLUMN 補充知識！

⭐ **石版畫（lithograph）就是寫在石頭上的東西**

介紹一個跟neolithic有關的知識。lith是「石頭」的意思。如lithograph是「lith（石頭）＋graph（寫）」，引申為「石板畫」；megalith是「mega（大的）＋lith（石頭）」，即「巨石」；urolith是「uro（尿道）＋lith（石頭）」，即「尿道結石」。

與「感覺」有關的語源

眼、口、頭、手、腦……

041

「教授（professor）」是在學生面前演講的人

fa / fe / ba / pho(n)
＝說

infant
不能說話的人
➡幼兒

fable 由人們口耳相傳的東西
➡寓言

blame
以否定的方式說
➡責備

confess
全部說➡坦白

古人認為神的話語＝人類的命運

　　「法朵（fado）」是一種在葡萄牙首都里斯本的下城區傳唱的大眾民謠，其語源來自拉丁語表示「命運、宿命」的fatum。英

語表示「命運」的單字「fate」則出自拉丁語的fata，而這個字又可上溯至梵語（古代印度書面語）的bhash（講述）。因為古人認為人的命運是由神的話語決定的。古代的人類相信所有人都逃脫不了諸神宣告的事項。而這就是「命運（fate）」。形容詞fatal是指可決定命運般「重要的」，或是攸關生命「無法回頭的」。fatal的名詞形是fatality，意指命中註定的「必然結果」或「意外死亡」。

 ### 「有名」到大家都在談論的famous

fame（名聲）是指關於某個人廣泛流傳的謠言，形容詞famous是「有名的」；加上表示否定的接頭辭infamous則是指被人說壞話，意即「惡名昭著的」；defame則是「使其名聲低下」，即「誹謗中傷」。

 ### 妖精（fairy）是對人施放咒語，宣告命運的存在

fairy（妖精）在古代是指「fay（妖精）之國」，語源是拉丁語的fata（命運女神）。因為古代神話傳說中的妖精會告知人類命運，或是指引人類的道路。

拉丁語的fabula（傳言、故事）則衍生出了fable（寓言、傳說）、preface（序文、前言）、fabulous（驚人的、極好的）等英語單字。

 ### 不能說話的「誘餌」叫infant

infant原指「不能說話的人」，後發展為「幼兒、嬰兒」的意思。形容詞infantile是「小孩子似的、幼稚的」；infantry是指

軍隊中由年輕人組成的隊伍，引申為「步兵隊」。

在學生面前闡述自己學說的教授（professor）

profess是「在別人面前講述自己的意見或想法」，引申為「表示、公開宣稱」；professor則是在學生面前說話的「教授」；profession是指律師、醫師、神職人員、教師等闡述自己學說的「職業」；professional是「職業的」；confess是「說出一切」的意思，引申為「供認、坦白」。

bha經由希臘語變成pha／pho

bha跟表示「說」的希臘語pha是同一家族的字。而這個字衍生出了諸如prophet，指「提前說的人」，引申為「預言家」；prophecy，指「預言」；prophesy，「做出預言」等英語單字。

「擴音器」叫做megaphone；「麥克風（microphone）」是「小聲音」的意思；「電話（telephone）」的語源則是「tele（遠方）的聲音」。這幾個單字中的phone都是「聲音」的意思，而phone也同樣可追溯到原始印歐語（參照第1頁）中表示「說」的bha。另外要注意表示音響強度的單位是「phon」，而不是「phone」。

具有否定意義的ban

bha（說）也以沒有h的形式傳入英語。其中很多都跟ban（禁止）一樣具有否定意義，例如banish（放逐）、bandit（具有應予以譴責意涵的「強盜」）、blame（責備）等等，全都是跟ban有關的單字。

042

「螳螂（mantis）」是種 會合掌祈禱和思考的昆蟲

men(t)/mon
＝思考、想

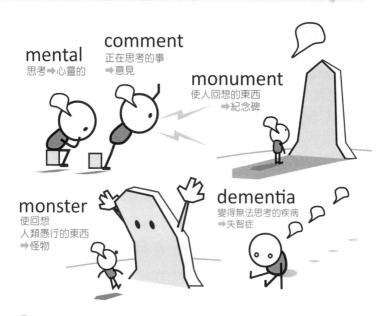

mental
思考➡心靈的

comment
正在思考的事
➡意見

monument
使人回想的東西
➡紀念碑

monster
使回想
人類愚行的東西
➡怪物

dementia
變得無法思考的疾病
➡失智症

跟心靈有關的mental

　　comment（意見、評論）、mental（心理的）、monument（紀念碑）、monster（怪物）、money（金錢），以及從普通觀

眾或消費者中被選出來陳述意見的monitor（螢幕、監視者）。這些單字都可以追溯到原始印歐語中表示「思考」的men。語根的men後來變化成mon或man的形式。

 怪物（monster）是「諸神對人類的警告」

「怪物（monster）」的原義是「讓眾人看到後回想起來的東西」，比喻為諸神為了人類回想起自己愚蠢行為，而送到人類世界的「警告」。日語的「demo（デモ）」是英語「demonstration（示範）」的縮寫。動詞demonstrate跟monster一樣，原義是「完全展示」，引申為「證明」或實際示範「說明」。

 money有「警告」的意思

monitor跟拉丁語的monere（語源）有相同的語源，而「金錢（money）」的語源也來自從拉丁語衍生出來的單字Moneta。Moneta也是羅馬神話的主神「朱比特（Jupiter）」之妻「朱諾（Juno）」的另一個名字，有「警告、注意」的意思。由於羅馬最早的鑄幣廠就建造在祭祀朱諾的神殿內，因此才有了money這個字。順帶一提，mint也是從拉丁語傳入古英語的字，本來是指「一枚錢幣」，後來逐漸泛指所有金錢，接著又演變成鑄造貨幣的「鑄幣廠」之意。

 memento就是勾起人們回憶的「紀念物」

mind當名詞是「精神、心靈」之意，當動詞則是「介意」；remind是「再次介意」，引申為「使想起」。這是原始印歐語的men唯一一個經由日耳曼語傳入英語的單字家族。mention是使

對方想起，引申為「提及」；mentor是「使發現者」，引申為「導師」；memento是「使人回憶之物」，即「紀念物」。還有admonish是「警告」；reminiscent是「使再次思考」，引申為「懷舊的、提醒的」，名詞形reminiscence是「回憶、往事」。

 狂熱者（mania）就是腦袋裡只有某件事的人

dementia是「使人無法思考的病症」，引申為「失智症」；amentia是「無法思考的狀態」，引申為「智能障礙」；amnesia是「無法注意到的狀態」，引申為「健忘症」；amnesty是「不去想」→「忘記過去的罪」，引申為「特赦」；mania是「只想著一件事」，引申為「異常的熱情」，而maniac這個字在英語的意思跟日語不一樣，是指「發狂的、狂熱的」。

 會祈禱的螳螂（mantis）

螳螂（mantis）是一個很有趣的英文單字。這名字的由來是因為螳螂的前肢併攏時很像人類祈禱時雙手合十，讓人聯想到一邊祈禱一邊「深思」的姿勢。

「曼陀羅（mantra）」是梵語的「神聖的話語」之意。日語被譯為「真言」，也指「經文、咒文、建言」。mandarin的原義也同樣是梵語的「建言者」，本指中國清朝時代的「官吏」，而Mandarin Chinese是指「北京官話」＝「標準中文」；mandarin duck是「鴛鴦」；mandarin orange則是指原產自中國的椪柑。

 自動的（automatic）就是指會自己思考

automatic是「自動思考的」→「無意識的」，引申為「自動

的」；automation是「自動操作」；automat是「自動販賣機」；AED則是「Automated（自動化的）＋External（體外的）＋Defibrillator（去顫器）」的縮寫，即「自動體外去顫器」。

 ## 「音樂（music）」源自希臘神話的女神Muse

代表「冥思」的動詞muse源自原始印歐語中表示「思考」的men。Muse（繆思）是希臘神話中主掌文學、藝術、科學的九名姐妹神，而祭祀她們的神殿就叫「museum（美術館、博物館）」；藝術中最受重視的「音樂、詩歌」的英語也叫music。羅馬神話中的藝術和智慧女神叫「密涅瓦（Minerva）」。

COLUMN 補充知識！

⭐ 「六月新娘（June bride）」的由來是？

「朱比特（Jupiter）」之妻「朱諾（Juno）」是6月（June）的守護神和主掌婚禮的女神。在古羅馬時代，3～5月是農忙時期，有些地區禁止人們在此時結婚。因此當時常有一到6月便到處有人舉辦婚禮的情況。另外歐洲的6月是雨量最少的時候，這可能也是原因之一吧。

⭐ 義大利的「尤文圖斯」足球俱樂部是什麼意思？

Juno和June（6月）跟young（年輕）及其名詞形youth（青春期、年輕人）的語源相同。除此之外，juvenile是「青少年的、未成年的」；rejuvenate是「使恢復年輕」的意思。總部位於義大利都靈市的足球俱樂部「尤文圖斯（Juventus）」，則是「青春、年輕人」的意思。

043

「閃電泡芙（eclair）」上總有能照亮天空的「閃電」形龜裂？

cal / cla / claim = 喊叫

clear
大聲把話說清楚
➡ 清楚的、清澈的

declare
完全叫喊➡斷言

claim
高聲要求➡主張

exclaim
大聲叫喊
➡怒吼

 在古羅馬時代，每月的1號是會計日

　　calendar（月曆）源自拉丁語表示「帳簿」的calendarium，並經由古法語變成calendier傳入英語。拉丁語的calendae是羅

179

馬曆法的「1號」之意，因為當時習慣在每月的第一天計算上個月的總支出和收入。前述的calendarium原義是「算錢的本子」。

 月曆（calendar）的語源是kele（叫）

calendarium或calendae源自表示「嚴肅地喊、宣言」之意的拉丁字calare，這是因為在古羅馬時代，祭司們的工作之一就是提前通知人民新月的到來。而calare又可追溯到原始印歐語中表示「喊叫」的kele。

 克拉拉（Clara）是「閃閃生輝的」女性

因為大聲叫喊可以讓人聽得更清楚，因此又衍生出了代表「明顯的、清澈的、明瞭的」意義的形容詞clear。這個字當動詞有「打掃、使清楚、放晴」等意思，名詞形clarity則是「明瞭」，動詞形clarify是「澄清」。而女性名字的「克拉拉（Clara）」以及其暱稱「克蕾兒（Clare）」也有相同語源，有「明亮」或「閃耀的」的含義。

 可發出清澈音色的單簧管（clarinet）

「單簧管（clarinet）」的語源是「清澈之物」，意即可發出清澈音色的木管樂器。銅管樂器的「clarion（一種小號類的中世紀管樂器）」也是一種可以發出明亮清澈高音的古代小號。a clarion call在古代是「行軍號」的意思，不過在現代則是指「號召」。

閃電泡芙（eclair）的上面有「閃電」形龜裂？

　　裡面包著奶油、表面塗滿巧克力的長條狀甜點「閃電泡芙（eclair）」，其英文名稱源自法語的「閃電」，語源則是「外面很明亮」的意思。關於這種甜點為什麼叫「閃電」，存在幾種不同的說法。有一說是因為其麵皮烘烤時的表面龜裂很像閃電的形狀；另一說則是表面塗抹的巧克力有著閃電般的光澤；還有一種說法是為了避免裡頭的奶油流出來，所以吃的時候必須向閃電一樣一口氣吃完。

　　declare的語源是「使完全清晰」，引申為「斷言、宣言」。名詞形是declaration

 「投訴者」不叫claimer！

　　日本有一版國語辭典對「claimer（クレーマー，模仿自英語的外來語）」這個詞的解釋是「提出客訴的人。特別指超出普通的客訴範圍，以雞蛋裏挑骨頭的方式抱怨產品，頑固地一直寫信抗議的人」。然而英語的claimer的語源其實是「吶喊者」。換言之，為了取得自己應得的部分，高聲表達訴求是最有效果的作法，因此這個字指的其實是「聲索權利的人」。「客訴」和「抱怨」的英語應該用make a complaint會更適當。而日語的「claimer」對應的英文字應該是complainer。而clamor當名詞是「吵鬧聲、喧囂」，動詞是「高聲要求」。

　　至於stake a claim（提出所有權）這個片語，則是源自以前在煤礦坑工作的工人在發現金礦時，打樁（stake）把這個區塊圍起來的行為。

council就是呼喚彼此集合起來開會

「council」的原義是「一起呼叫」，意指呼喚彼此並集合起來，引申為「議會」、「委員會」的意思。例如a student council就是「學生會」。同理，conciliate是「調停」；reconcile是「喚回」，引申為「使和解、調解」。

當接尾辭用的claim

當接尾辭用的claim是從claim加上接頭辭ex（向外）的exclaim（驚叫）和exclamation（驚叫、感嘆）等字所衍生出來的。原義是「大聲叫喊」。比如acclaim是「向對方大叫」，引申為「歡呼」的意思。名詞形是acclaimation。

除此之外還有幾個衍生字。

例如proclaim是「在大家面前叫喊」，引申為「宣告」；declaim是毫無保留地喊叫，引申為「激昂地發表」；disclaim是大聲喊叫表達「不是～」，引申為「放棄、否認」；reclaim是「喊著要求回到原本的地方」，有「要求歸還、使改過」等意思。

而有「班級、階級」意義的「class」一詞，則源自古羅馬時代為了徵稅而將公民分成六等的制度。原義是古代的募軍，也就是呼喊人「來加入軍隊」的意思。

044

「既視感（Déjà vu）」是
「已經看過的東西」

vise / view = 看

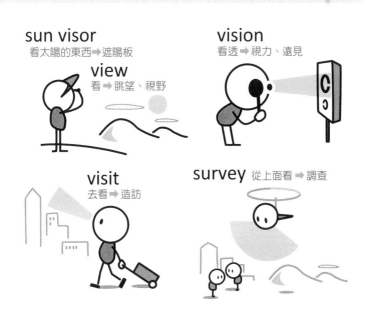

sun visor
看太陽的東西 ➡ 遮陽板

view
看 ➡ 眺望、視野

vision
看透 ➡ 視力、遠見

visit
去看 ➡ 造訪

survey 從上面看 ➡ 調查

「dejavu」是法語的「已經看過的」

　　明明理應從來沒有經歷過，卻好像已經經歷過一次的情景俗稱「既視感（dujavu）」。這個字源自法語的「已經看過的（déjà vu）」。法語的 vu 相當於英語的 view（眺望、視野、看法），源於拉丁語的 videre（看），並可溯至原始印歐語的 weid。

嚮導（guide）就是經常前來查看關心的人

語根 weid（看）經由日耳曼語傳播變成 gui 或 wi 的發音。「嚮導」或「指南」的英文 guide，原義是指「常來查看關心的人」，動詞是「指導」的意思；而 guidance 是「輔助、引導」。guise 是「外觀、裝束」；disguise 是「dis（沒有）＋ guise（外觀）」，引申為「（使）變裝」的意思。

機智（wit）便是看一眼就能立刻理解

「有智慧的」的英語 wise 是仔細「觀看」事物→「熟知」的意思。名詞形 wisdom 是「智慧、賢明」；而 wit 也同樣是「機智、清晰的判斷力」的意思，形容詞形 witty 是「機智的」；witness 當名詞是「目擊者、證人」，動詞是「目擊、作證」。

遮陽板（sun visor）是「看太陽的東西」

「造訪」的英語 visit 源自拉丁語的 visitare，原義是「vis（看）＋ it（去）」，即「前去一看」或「前去見面」。入境必備的「簽證（visa）」是「被要求出示的文件」；「美景」的 vista 源自義大利語的「被觀看之物」；vision 是「視力、視野、遠見」。visible 是「肉眼可見的」，invisible 是「肉眼不可見的」；「電視（television）」的原義是「觀看遠方」；visual 是「視覺的」。而「遮陽板」的英語「sun visor」的原意則是「看太陽之物」。

provide就是看著未來提供

「video」是模仿「聲音（的）」的英語「audio」而創造的字。provide的原義是「提前看」，意即為將來做準備而「提供」，名詞形provision是「提供、準備、糧食」；providence是「提前看的行為」，引申為「先見之明」。另外雖然拼法稍有不同，但prudent也來自相同語源，是「謹慎的、慎重的」。

觀察對方提供建議的顧問（adviser）

advise是觀察對方的狀態提供「建議」，名詞形為advice。要注意發音時的重音在第2音節。revise是「再次看」，引申為「修訂、修改」，名詞形為revision。supervise是「從上面看」，引申為「監督」；supervisor是「監督者」；improvise是「事前不看」，引申為「即興做、臨時做」。

「證據（evidence）」就是眼睛看得到的

evident是「看得到外面的」，引申為「明顯的」，其名詞形evidence就是指明顯的「證據」。envy是「帶著惡意看對方」，引申為「嫉妒、羨慕」，形容詞形envious是「感到嫉妒的」。

面談（interview）就是互相審視

survey是「從上面看」，引申為「調查」；interview是則「互相審視」，引申為「面試、面談」；review是「再次看」，引申為「再檢查、評論」；preview是「事先看」，即電影的「預告、試映會」。

045

跟其他人比起來格外顯眼！的「特別（special）」

spec = 看、觀察

special
顯眼 ➡ 特別的

inspect
觀看內部 ➡ 檢查

specify
觀看以弄清楚 ➡ 具體說明

specific
可清楚看見 ➡ 明確的

spectator
觀看者 ➡ 觀眾

 古時候香辛料（spice）如此昂貴的原因

　　在歐洲的大航海時代，香辛料被當時的人看得跟黃金一樣貴重。這是因為當時沒有冰箱，肉類習慣泡在鹽裡面保存。而

要消除醃肉的臭味，就不能沒有香辛料——特別是胡椒。當時的人認為疾病是由不好的空氣所造成，生病只要呼吸好空氣就能痊癒，所以香辛料也被當成醫藥品。到了現代依然在全球熱帶和亞熱帶地區盛行，每年殺死許多人的「瘧疾（malaria）」，其語源也是「mal（壞的）+ air（空氣）」。

由提出演化論的達爾文所寫的科學巨著『物種起源』，英文書名為 On the Origin of Species，species 是「種類」的意思，源自拉丁語中表示「看」的 specere。

「香辛料（spice）」的語源也是 specere，意思是「要好好觀看確認的商品」→「特別的商品」。

 「特別的（special）」就是格外醒目的

spy 當動詞是「偷偷監視」，當名詞是「間諜、密探」。而 espionage 是「間諜活動」。

「特別的」的英文是 special，原義是跟其他東西比起來格外醒目的，當名詞則是「特別節目」或「本日特餐」。

specialize 是「專攻」，名詞形 specialty 是「特產、專長」，而 specialist 是「專家」，副詞形 specially 或 especially 是「特地」。

 樂桃航空（Peach Aviation）的 aviation 是「航空學」的意思

conspicuous 是「完全看得見」，引申為「醒目的」；skeptical 是「抱持懷疑的」；auspicious 是指觀察鳥的飛行方式來占卜，引申為「吉利的」。au 可追溯至原始印歐語中表示「鳥」的 awi。日本最早出現的廉價航空公司（LLC，low-cost carrier）「樂桃航空

（Peach Aviation）」的aviation是「航空學」或「航空工業」的意思；aviator則是「飛機的駕駛員」，而這個avi也是來自鳥的原始印歐語awi。

為什麼despite會變成「儘管～」的意思呢？

respite是「在後面看著」，引申為「暫緩」；despise是「向下看」，引申為「輕蔑」。

despite ～（儘管～）的原義是指「在下面看著～」，比如 They went on a hike despite the bad weather. 的原義是「他們在下面看著惡劣的天氣去爬山了」，引申為「儘管天氣惡劣，他們還是去爬山了」的意思。spite也一樣，當名詞是「惡意、憎恨」的意思，而in spite of ～則是「儘管～」。

昭和復古（retro）就是以懷念的角度回首昭和時代

specify是「觀看使清晰」，引申為「具體說明」，形容詞形 specific是「明確的」。

specimen是「觀看物」，引申為「標本」；spectacle是「公開展示、壯觀」，複數形spectacles是「眼鏡」，形容詞形spectacular是「壯觀的」；spectator是「觀眾、旁觀者」；speculate是「臆測」，名詞形speculation是「臆測、投機」。

retrospective的原義是「往後回頭看」，引申為「懷舊的」；retrospection則是「回顧」。

當接尾辭用的spect

aspect是「朝～的方向看」，引申為「方面、外觀」；inspect

是「觀看裡面」之意，引申為「檢查」，名詞形是inspection，而inspector是「檢查員」；prospect是「看前面」，引申為「前景、可能性」，形容詞形prospective是「有前景的」。

respect是讓人不禁回頭看的，引申為「尊敬的」。suspect是「由下往上看」，引申為「懷疑」，形容詞形suspicious是「猜疑的」。expect是「看外面」，引申為「預期」，名詞形expectation是「預想、期待」。

perspective是「穿透觀看」，引申為「觀點、前途」，在美術領域則是指讓畫面看起來擁有跟實景相同距離感的「透視法」。

 當接尾辭用的scope

scope是看得見的意思，引申為「範圍、機會」；telescope是觀看「遠方」的「望遠鏡」；microscope是觀看「小東西」的「顯微鏡」；periscope是觀看「周圍」的「潛望鏡」。

kaleidoscope是觀看「美麗事物」的「萬花筒」；stethoscope是觀看（診斷）「胸部」的「聽診器」；而horoscope則跟源自希臘神話中的季節女神Hora的hour有關，意思是「星星的看守者」，引申為「占星術」。

046

「傳奇（legend）」是
「應被後世子孫閱讀的人事物」

leg / log / lect
＝蒐集、挑選、說、讀

collect
聚集到一處➡收集

select 聚集到別的地方
➡慎重挑選

elect 在外面收集選票
➡選舉

neglect
不集中➡疏忽

 collection和collector

collection（收藏品）和collector（收藏家）皆源自動詞的collect（收集），這個字是由「co(l)（一起）＋lect（集中）」所

組成，源自拉丁語中表示「集中」的legere，並可再上溯至原始印歐語的leg。

 選舉（election）和挑選（selection）

elect是「在外面聚集」，引申為用投票「選舉」，名詞形是election，形容詞形elective是「選舉制的」，electoral是「跟選舉有關的」。select則是「把好的東西集中到別的地方」，引申為「（慎重地）挑選、選出」之意，形容詞形selective是「嚴格篩選的」，名詞形selection是「選擇」。

 intelligence是智能，intellect是知性

原始印歐語的leg除了lect之外，也變化成lig或log等多種形態，產生出許多單字。比如intelligence（智力、智能）是「有能力從眾多東西中挑選或識別」的意思，形容詞形intelligent是「高智商的」。另一個類似的單字是「知性（intellect）」。它的語源跟intelligence相同，也是「有能力從眾多東西中挑選或識別」，但比起intelligence更強調對知性的東西感興趣或有能力的意思，可以翻譯成「知性」或「才智出眾的人」。形容詞形intellectual是「智力發達的、聰明的」，名詞則是「知識分子」。

diligent是「一個一個個別挑選」→「不辭勞苦」，引申為「勤勉的」；legion則是「被選出來的東西」，引申為「軍團」。

 大學（college）和同事（colleague）的語源相同

「大學（college）」一詞源於自由「co(l)（一起）＋leg（集中）」衍生出來的拉丁字collega（同事關係），到了法語才變成

「大學」的意思，然後又傳入英語。colleague（同事）也源自於此，這個字主要是指專門職業或公職的「同事」。

 法律（law）和拉格啤酒（lager）來自相同語源

因為對於被選上的東西具有強制力，所以legal有「法律上的」，illegal有「非法的、違法的」之意。由legal衍生出來的單字loyal則是指像法律一樣值得信賴，引申為「忠實的、忠誠的」。

順帶一提，「法律」的英文law來自其他語源，跟「放置」的英文lay語源相同，原義是「被安置定下的東西」。而「拉格啤酒」的lager則是德語中的「儲藏室」之意，意指一種釀造後須放在儲藏室內數月熟成的啤酒，跟law的語源相同。

 國會議員（legislator）的工作就是制定法律

「法律上的（legal）」這個字衍生出許多跟法律有關的單字。例如legislator是「搬運（late）法律的人」，引申為「立法者、國會議員」；以及legislation（法律）、legislature（立法機構、國會）、legislative（立法的）、legitimate（合法的、合理的）、legislate（立法）等字。

 傳說（legend）就是後人應該閱讀的東西

「傳說（legend）」在拉丁語中的原義是「應該閱讀的東西」。legible是「易讀的」、illegible是「難以辨認的」；dyslexia是「讀寫障礙」、alexia是「閱讀障礙」等等。另外雖然拼法稍有變化，但「lesson」也來自同一個語源，原義是「聖經的朗

讀」，引申為「學生應該學習」，有「練習、課程、教訓」等意義。

 講課（lecture）就是說話

而在「說」的字義方面，如lecture是「講課」；dialect是橫貫一個地區的語言，即「方言」；lexion是「說話的行為」，引申為「字典、字庫」。logic是「邏輯（學）」，形容詞形logical是「有邏輯的」。

 目錄（catalogue）就是全部說出來的東西

prologue是「提前說」的意思，也就是「序文、序章」；catalogue是「全部說出來的東西」，引申為「目錄、一覽」；epilogue是「epi（向上→追加）＋logue（說）」，引申為事件的「結尾」；dialogue是「通過對方說」，引申為「對話、會談」。

apology的語源是「apo（遠離）＋logy（說）」，即「為了逃脫罪名而說」，引申為「道歉、謝罪」。動詞形是apologize。

 「送、委託」意義的leg

leg也有「送」的意思。legacy（遺產）是「透過遺言送給後世的東西」；delegate是「送往de（遙遠）處的主人」，引申為「代表、委派」；relegate是「送回re（原處）」，引申為「使降級」；allege是「a(l)（朝向～）送出話語」，引申為「宣稱」；allegiance是「a(l)（朝～）委身」，引申為「擁戴、忠誠」。

047

「Mercari」就是
買賣東西的地方

mark / merc = 交易

supermarket
超越市場的東西 ➡ 超級市場

Supermarket

market
交易的場所 ➡ 市場

merchandise
被交易的東西 ➡ 商品

merchant
從事買賣的人 ➡ 商人

 市場（market）是「交易的場所」

　　本項的主題是代表「交易」之意的語根 mark 和 merc。如
merchant 是「商人」、supermarket 是規模超越普通市場的「超

194

級市場」。還有，被交易的「商品」一般是叫goods，原義為「好東西」，但較正式的說法應該是merchandise。

「跳蚤市場（flea market）」是指在公園或公共廣場販賣舊衣服或二手用具等個人不要的東西的市集，雖然發音很像，但其由來跟free market（自由市場）無關。「市場」的英文「market」在古法語中原義是「做買賣的場所」。

跳蚤市場（flea market）App 「Mercari」的原義就是交易」

market在美國又叫「mart」，在德語叫「markt」，法語叫「marché」，西班牙語和葡萄牙語叫「mercado」，義大利語叫「mercato」。而它們全都可以追溯到拉丁語的mercari。另外電視和廣播上的「廣告（commercial）」則是commercial message的簡稱。日文常縮寫成CM，但英語圈實際上沒有這種寫法。commerce是「互相交易」，引申為「商業」或「貿易」的意思。

水星（Mercury）是商業的守護神

太陽系行星中距離太陽最近的就是「水星」，英語叫做Mercury。這個名字來自羅馬神話中的商業、旅行、盜賊的守護神墨丘利的英文拼法。至於小寫的mercury則是化學術語中的「水銀」。

mercy是交易的代價

法語的「謝謝」叫merci，原義是交易時的「代價」，也就是「報酬」，原本是指答謝眾神恩惠的回禮。英語的mercy也來

自相同語源，原義是來自眾神「慈悲」或「同情」，mercy killing則是「安樂死」之意。merciful是「仁慈的」，其反義詞merciless是「無情的」。

 梅賽德斯（Mercedes）源自慈悲的馬利亞

「梅賽德斯·賓士（Mercedes-Benz）」是由德國汽車大廠戴姆勒生產的高級轎車品牌名稱。Mercedes是西班牙語的女性名字，是聖母馬利亞的別稱「Maria de las Mercedes（慈悲的馬利亞）」的省略寫法，據說取自戴姆勒公司某位贊助者的女兒的名字。拉丁語的merced是名詞的「慈悲」之章，源自於複數形的mercedes。

COLUMN 補充知識！

⭐ 火星和太陽的名字從何而來？

前面聊到了水星，這裡就再聊聊其他太陽系成員。離太陽第四近的行星（planet）是「火星」，英文叫「Mars」。這個名字取自羅馬神話中的戰神瑪爾斯。形容詞martial是「戰爭的」，martial arts則是指空手道、柔道、詠春拳等「武術」。

「太陽」的英文sun源自原始印歐語的sāwal，sun的形容詞是solar（太陽的），其他像south（南方）、southern（南方的）、Sunday（星期天）也跟這個字有關。insolation指「進入太陽裡」，引申為「中暑」；solstice是「太陽停止（stice）」，意指太陽從赤道往北或往南移動到最遠距離的時候（至點）。the summer solstice是「夏至」，the winter solstice是「冬至」。

048

「文法（grammar）」和「魅力（glamour）」源自相同語源

gram/graph＝寫（的行為）

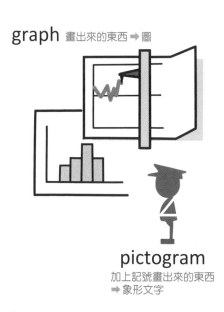

graph 畫出來的東西 ➡ 圖

calligraphy
寫得很美 ➡ 書法

pictogram
加上記號畫出來的東西
➡ 象形文字

crab
用爪子抓人的東西 ➡ 螃蟹

節目（program）就是事先寫好的預定表

電視、舞台劇、音樂會的「節目」叫program，語源是「pro（提前）＋gram（寫出來的東西）」，語根gram源自希臘語中

表示「書寫」的graphein。「文法」的grammar則是「書寫文字的技術」；火車的「運行圖」叫diagram，是「dia（通過）＋gram（書寫）」，意指「將首班車到末班車所有班次的出發時間都寫下來（圖表化）的東西」。

「象形文字」叫pictogram

gram也可以當接尾辭用，比如源自希臘語的kilogram，是「kilo（1000）公克」的意思，意即「公斤」；milligram則源自拉丁語，是「milli（1000分之1）公克」，即「毫克」。

telegram是「tele（遠）＋gram（寫）」，即把文字傳給遠方其他人的「電報」。

ideogram指的是「寫下idea（思想）」，即「表意文字」；而phonogram則是「寫下phone（聲音）」，即「表音文字」；hologram是「holo（全部）寫下來」，引申為「立體圖像」。

pictogram是「描繪pict（畫）」，引申為「象形文字、象形圖」；epigram是「epi（向上）寫」，原本是指墓誌銘，但後來引申為「機智的警句」。

經由拉丁語變成graph

來自希臘語的gram在經過拉丁語傳播之後變化成了graph(y)。譬如graffiti是「塗鴉」，graph（圖表）的形容詞形graphic是「圖表的、栩栩如生的」，graphical則是「用圖形表示的」。graph(y)本身是「書寫、記錄」等意思，當接尾辭產生了很多英文單字。

可檢查有無發燒的熱成像技術（**thermography**）

autograph是「親筆稿」或名人的「簽名」；paragraph則是「空（para）一格再寫」，引申為「段落」；calligraphy是指「美麗地（calli）書寫」，引申為「書法」；bibliography是「記錄書（bible）」，引申為「參考書目」。「熱成像（thermography）」是「記錄熱（therm）」，是一種可測量人體表面溫度並影像化，用於醫療檢查的方法。另外，thermometer是「測量熱（therm）」的意思，即「溫度計」；thermostat是「阻止（stat）熱（therm）」，即「自動調溫器」。

gram和graph也有「抓」的意思

gram和graph二字可追溯至原始印歐語中表示「寫、抓」的gerbh這個字。而g的發音在經過日耳曼語傳播後依照「格林定律」（參照79頁）變成了k的發音，衍生出了crab和carve這兩個字。crab因用爪子抓人的意象而變成「螃蟹」的意思；carve則由摳抓留下痕跡的行為引申為「雕刻」或「切肉」的意思，名詞形carving是「雕刻作品」或「雕花」。

由**grammar**（文法）變成**glamour**（魅力）

「文法」的英語grammar源自希臘語的「書寫技術」，後來又經由拉丁語→古法語傳播，在14世紀末期傳入英語。15世紀到16世紀這段時間，歐洲正值「超自然熱潮」，坊間出版了很多有關魔女和魔術的書籍，獵巫運動也發生在這個時候。當時，由於書籍大多是用拉丁語書寫，因此書這種東西對不識字的庶民來說就像咒語一樣，而grammar這個單字則讓人聯想到

「魔法」。於是，grammar這個單字的發音在蘇格蘭變化成了glamour。直到19世紀，蘇格拉出身的詩人兼作家華特·司各特在其著作中用了glamour這個字來表示「魔法」。以此為契機，glamour作為「魔法」的字義開始被廣泛使用，但在現代這個字主要是指「魅力」或「誘惑力」。

COLUMN 補充知識！

★ picture（圖畫）就是刻上印記的東西

這裡再多聊一點跟pictogram有關的故事。語根pict跟「圖畫」的英文picture和「畫畫」、「油漆」的paint一樣，皆可追溯至原始印歐語中表示「刻上印記」的peig一字。pictorial是「圖畫的」；picturesque是「如畫般美麗的」；pigment是「畫具、顏料」；depict是「de（向下）刻上印記」，引申為「描繪、描寫」。

有紅有綠的「青椒（pimento）」一字，則是源自這種蔬果可為菜餚或飲料增添色彩的功用。a pint of lager（一品脫的拉格啤酒）的pint（品脫），在英國約等於0.57公升，原義是在玻璃杯上用顏料畫上印記。

pinto這個字來自拉丁語，並經由西班牙語傳入英語，當名詞時是指「黑白斑紋的馬」，當形容詞則是指「黑白斑紋的、雜色的」。

049

「派對（party）」就是
一起行動的集團

par(t)
＝分割、分配、部分

partner 一起分享者 ➡ 配偶

part 分出去之物 ➡ 部分

depart 離開現場 ➡ 出發

department
切分而成之物 ➡ 部門

party
共享者的集合 ➡ 政黨

 多義字part的意思

　　part最基本的意義是指組成整體的「部分」，比如機器的
「零件」、團隊的「一員」、國家或世界的「一個地區」、電影

或戲劇的「角色」。

　　當動詞則有「使分離、使分開」等意思，是一個多義字，其語源可追溯至原始印歐語中表示「使分開、給予」的單字pere。

partial是「部分的」，引申為「偏愛」

　　part（部分）的形容詞是partial（部分的），此字另一解是「偏愛」，反義字impartial是「非部分的」，引申為「公正的」。

　　partner的原義是共享悲歡的人，引申為「配偶、合夥人」。partnership是「合夥關係」。party是一同行動的集團，引申為「派對」，除此之外還有「政黨、一夥人、當事人」等意義。

　　當動詞時的Let's party!是「嗨起來！」的意思。

房子的隔間叫partition

　　part-time可當形容詞和副詞，是「非全日的（地）、兼職的（地）」之意。「打工」的英文則叫work part-time；「今天要打工」則說I have my part-time job today.。

　　房子的「隔間」則叫partition。

「公寓」叫apartment，「百貨公司」是department store

　　apart的原義是「朝向一方」，引申指時間或距離「變遠、拆散」；apartment則是指「被區分開來的東西」，引申為「公寓」。compartment則是指火車的「包廂」。

　　depart是從原地離開的意思，引申為「出發」，名詞形是departure，department則是將組織或公司切分而成的「部門」，

而將大學切分的則是「科系」。a department store 是「將賣場切分而成的」商店，意即「百貨公司」。

 part變化成port，再變成portion

日語中，常常會用「proportion很好（プロポーションが良い）」來形容一個人的身材勻稱，而proportion就是「比例、比率」的意思，而port又是由part變化而來。portion是「部分、一份（食物等）」的意思。

 particular就是跟微小部分相關的，引申為「特別的」

particle原義是「小部分」，引申為「微粒、微量」；parcel也同樣是「小包」的意思；particular是「關於微小部分的」，引申為「特定的、詳細」。participate是「取出全體的一部分」的意思，引申為「參加」；participant是「參加者」。partisan是偏袒部分的人，引申為「支持者」或「黨派性強」；bipartisan是「兩個死忠支持者」之意，引申為「代表兩個黨的」。

 pair就是平分利益的人

高爾夫球中的「標準桿數」叫「par」，有一種說法認為此字源自原始印歐語的pere。也就是認為「分享」＝「平等」。

「一對、兩人一組」的pair，語源跟表示「同等的人」或「同輩」的peer一樣都是「平等」。compare也就是「一起使平等」，引申為「比喻、比較」；名詞形為comparison，形容詞形comparative是「比較的、相對的」，comparable則是「可比較

的、匹敵的」。

 會動的裁判叫referee，不動的裁判叫umpire

「裁判」的英文「umpire」中的pire的語源也是「平等」，這個字由「um（不是）＋pire（平等的）」組成，原義為「不平等的」。換言之，裁判就是由不屬於互相對抗之兩隊的第三者居中擔任仲裁。順帶一提，umpire是指像棒球或桌球等比賽中是指不需要滿場跑的裁判，而像籃球或足球比賽中那種必須跟著球員跑來跑去的裁判則叫「referee」。

另外，refer是「參照、交付」的意思。referee語尾的接尾辭ee加在動詞後就是「被～的人」，意指「被交付裁判工作的人」。

COLUMN 補充知識！

⭐ **表示「做～的人」、「被～的人」的接尾辭ee**

當動詞接尾辭的ee有「做～的人」或「被～的人」的意思，以下是幾個比較重要最好記下來的單字。

例如employee（員工）、returnee（歸來者、歸國子女）、absentee（缺席者）、abductee（被綁架者）、addressee（收件人）、adoptee（養子）、appointee（被任命者）、awardee（受獎者）、devotee（崇拜者）、donee（受贈者）、draftee（被徵召入伍者）、enlistee（應募者）、evacuee（被疏散者）、examinee（受試者）、fiancée（未婚妻）、honoree（受獎者）、nominee（被提名者）、refugee（難民）……等等。

「那摩斯戴（namaste）」就是「服從你」

num/nom
＝分配、拿取

numberless
沒有數字➡無數

number
被分配的東西
➡數字

numerous
數字很多➡許多的

3 8

 表示服從對方的namaste

　　在印度或尼泊爾與人打招呼、見面、或是告別時常能聽到「namaste」這個字。這個字有早安、午安、再見等意義，但沒

有道謝的意思。當地人在說這句話時習慣兩手在胸前合十，一邊說一邊微微行禮。namaste源自古代印度所用的梵語，語源是「namas（服從）＋te（向你）」。語根namas可追溯至原始印歐語中表示「分配」或「取」的nem。

復仇女神涅墨西斯的語源

希臘神話中登場的復仇女神「涅墨西斯（Nemesis）」也來自相同語源，據說涅墨西斯會毫不留情地對蔑視眾神的傲慢人類降下懲罰。而這個字來自希臘語的nemein（分予合適的量）。

分配事物時不可或缺的「數字」叫number

在「分配」或「拿取」東西時，一定得先「數數」才行。而「數字」的英文number也同樣源自nem（分配）一字。

「無數的」的英語numberless是「number（數）＋less（沒有）」；同樣指「無數的」意義之innumerable，原義是「數不完」。numeral（數的）、numerate（可計算的）、numerous（多數的）等字也來自相同語源。numerate的反義字innumerate是「不會計算的」，引申為「不懂數學的」，名詞形innumeracy是「不會算數的人」。enumerate則是「往上數」，引申為「列舉」。

美國電影『Nomadland（遊牧人生）』原義是遊牧民的土地

nimble是「可（ble）拿取的」，引申為「機智的、敏捷的」。因寒冷等原因使感覺「麻痹」的英文叫numb，原義是「被抓住的、被拿走的」；benumb則通常寫成be benumbed的形式，

意思是「失去感覺的」。

「遊牧民、流浪者」的英文nomad的原義是「在被分配的土地放牧的人」。美國電影『遊牧人生（Nomadland）』便是描述身為遊牧民的主角到處流浪，從事嚴酷的季節臨時工的故事。

 nomy當接尾辭用有「管理」、「支配」的意思

語根nem也變化成有「管理」或「支配」意義的-nomy傳入英語，並被當成接尾辭使用。

如agronomy是「農田（agro）的管理」，引申為「農學」；autonomy是「自我管理」，引申為自治權；astronomy是「星星（astro）的管理」，引申為「天文學」；economy是「家園、地球（eco）的管理」，最後引申為「經濟」；gastronomy是「胃（gastro）的管理」，引申為「美食法、烹飪法」。

COLUMN 補充知識！

⭐ **gastric（胃的）源自希臘語的gaster**

這裡介紹跟胃有關的單字。gastric（胃的）這個字源自希臘語的gaster。這個字加上ectomy（切除）（參照第342頁）就是gastrectomy，即「胃部（gastr）切除術」。

gastric juice是「胃液」，gastritis是「胃炎」，gastrology指的是「胃腸學」，gastroscope是「胃鏡」。美食學的英語叫gastronomy，而在英國提供高級啤酒和高級料理的酒吧俗稱「gastropub（美食酒吧）」。

「偵測器（sensor）」就是
「感知裝置」

sens / sent = 感知、認識

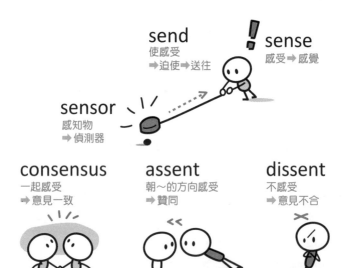

send
使感受
➡迫使➡送往

sense
感受➡感覺

sensor
感知物
➡偵測器

consensus
一起感受
➡意見一致

assent
朝～的方向感受
➡贊同

dissent
不感受
➡意見不合

 sens就是去感受

　　具有「感覺」、「辨別力」、「意識」、「意義」等含義的多義字sense，來自拉丁語中表示「感受、認識」之意的sentire的

名詞形sensus。而此字又可再追溯到原始印歐語中表示「去、前往」的sent。

 偵測器（sensor）就是去感知的東西

sensor的原義「去感知的東西」，引申為熱或光的「偵測器」或「感測器」；而send（送）的原義是「使前往」。

assent是「朝～的方向感受」，引申為「同意、贊成」；consent也是「一起感受」的意思，引申為「同意、答應」。

assent具有因沒有特別反對的理由而「同意」的意涵。dissent則是「不感受」，引申為「不同意」或「有異議」；resent是「完全地（re）感受」，比喻「感到憤恨」，名詞形resentment是「憤慨、怨恨」。

 共識（consensus）就是共同感受

法語ressentiment指弱者對強者感到「憤怒」或「怨恨」。

nonsense原義是指「沒有意義」，引申為「愚蠢的想法、胡鬧」；sensation則是「感受的行為」，引申為「轟動的事件、知覺」。sentiment是「感情、心情」，形容詞形sentimental是「感傷的」。presentiment是「提前感受」，引申為「預感」或「不祥的預感」。

sentinel是「哨兵」，sentry是「警衛」，scent是用鼻子感覺的「氣味」或「香味」。

「sentence」是指將感覺到的事物或意見寫下來的「句子」，或是法官寫下從罪犯身上感覺到的事物（決定），引申為「判決、宣告」，當動詞則是「宣判」。

當接頭辭用的sense

sense搭配不同接尾辭，創造出了各種不同意義的形容詞。

比如sensible原義是「有能力感知的」，引申為「有辨別能力的、明智的」；sensitive是「敏感的、靈敏的」；sensory是「知覺的」；sensual是「官能的、性感的」；sensuous是「訴諸美感的」。

senseless是「無感覺的、無意義的」。less當名詞或形容詞的接尾辭時有「沒有～」的意思，創造了很多單字。

COLUMN 補充知識！

⭐ **接尾辭的less**

less當名詞或形容詞的接尾辭是「沒有～」的意思，藉此組合創造了許多單字。比如不用現金叫cashless、無家可歸叫homeless、沒有盡頭叫endless、粗心大意叫careless。此外，還有無害的harmless、沒用的useless、沒有希望的hopeless、不痛的painless、沒有同情心的heartless……等等，不勝枚舉。

胸罩（brassiere）在日文中習慣俗稱「bura（プラ）」，而在英文的日常會話中也是叫bra。而不戴胸罩的英語就是braless。less來自意指「小、少、幾乎沒有」的英文單字little的比較級less。這個less的衍生字則有lessen，動詞表示「使縮小」；lesser，當形容詞是「更差的、更小的」之意，也可以像「喜馬拉雅小熊貓（less panda）」一樣放在名詞前面使用。

與「自然界的活動」有關的語源

光、水、植物……

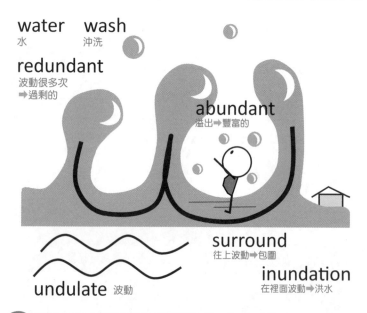

 跟水（water）是親戚的「洗（wash）」

water（水）、wash（洗）、wet（濕的）、winter（冬天）、whiskey（威士忌），這幾個字都是 w 開頭，而且它們全都來自

原始印歐語（參照第1頁）中代表「水」或「濕的」的wed。

 威士忌（whiskey）和伏特加（vodka）也是親戚

whiskey是屬於凱爾特語家族的蓋爾語，語源是「生命之水」。在英國，為了跟愛爾蘭產的威士忌做區別，要注意通常會在whiskey前加註scottie，寫成「scottie whiskey（蘇格蘭威士忌）」。

另外，原始印歐語的wed的指小詞（表示「小」、「少」等意思的接尾辭）woda，在俄語中發展出了指涉高酒精濃度的蒸餾酒vodka（伏特加）這個字。

 跟水（water）是親戚的水獺（otter）

棲息在水邊的夜行性動物「水獺（otter）」，英語發音跟water很相似，而兩者其實來自相同語源。水族館中的人氣動物「海獺」也是水獺的親戚，英語就叫sea otter。順帶一提，「海獺」的日語發音是「Rakko（ラッコ）」，漢字可寫成「獺虎」、「海獺」、「獺虎」，是一個來自阿伊努語的詞彙。

日語中將鮭魚冷凍切成的「ruibe（冷凍生鮭魚片）」、以及原義是柳葉的「shishamo（柳葉魚）」、還有表示部落的「kotan」等詞也都來自阿伊努語。而北海道的白米品種「yumepirika（ゆめぴりか）」中的「pirika」也是阿伊努語的「美麗」之意。

 wed經由希臘語傳播變成hydr(o)

意指「水」的原始印歐語wed，到了希臘語後變成hydor，並以hydr(o)的形式傳入英語。這個字主要當成接頭辭使用，並

產生了如下單字。

例如hydrogen是「氫」；hydroplane是「水的飛機」，也就是「水上飛機」；hydrocarbon是「水的碳（carbon）」，即「碳氫化合物」；carbohydrate是「碳的氫化物（hydrate）」，即「碳水化合物」；hydroelectric是「水的電的（electric）」，即「水力發電的」；dehydration是「從水分離」，意指「脫水症狀」；hydrant是「消防栓」。

梅雨時節綻放的「繡球花」，英文叫hydrangea，語源是「裝水的容器（angea）」，由此可看出這種植物跟水的關係很深。

王者基多拉的名字來自希臘神話？

希臘首都雅典的港口每天都有環遊愛琴海三島的一日行程，筆者以前也曾參加過。

三島之一的伊茲拉島的英文拼法是Hydra，源自希臘神話中被海克力士擊敗的多頭海蛇「海德拉」。日本特攝怪獸電影「哥吉拉」系列中登場的三頭怪物「王者基多拉」，其名稱令人不禁懷疑是不是從King Hydra聯想而來的。

wed經由拉丁語變成unda

將wed的發音加入鼻音，就是代表「波浪」的單字unda，而這個字後來經由拉丁語、法語傳入英語。

undulation是「波動」的意思，在高爾夫球中特指球道（fairway）或果嶺（green）上的「起伏」。動詞undulate如字面意義，是「波動」的動詞。inundate是「在裡面波動」，引申為

「淹沒」或「撲來」，名詞形inundation有「氾濫、洪水、壓倒」等義。

環繞（surround）就是波浪湧來，被上漲的潮水包圍

像被聲音包圍的立體聲效果叫「環繞音（surround）」，而surround（包圍～）的原義是「往上波動」，引申為潮水上漲「包圍住（人）」的意思。

名詞形surroundings是指「圍繞著」人事物，暫時性的「環境」。

abundant是「ab（遠離）＋und（波動）＋ant（～的）」，比喻「滿到溢出來」，即「豐富的、大量的」之意；其動詞是abound（充滿）。比喻幸運或財富如潮水般一波波湧來，多到讓人一輩子享用不完的感覺。

redundant則是「波動好幾次」，引申為「（因人員過剩而）被解僱的、多餘的」，在表現上也有「冗長的」之意。名詞形redundancy是「冗員、贅詞」等意思。所謂的贅詞，就是像「從馬背上墜馬」，這種使用不必要或字義重複的詞語來說明某個概念的描述。

順帶一提，英語中redundancy（贅詞）的例子還有new innovations（新的、創新）、repeat again（再重複一次）、free gift（免費的禮物）、past history（過去的歷史）、consensus of opinion（意見的共識）等等。

053

「革命（revolution）」就是轉動社會

volve／wel＝轉、滾

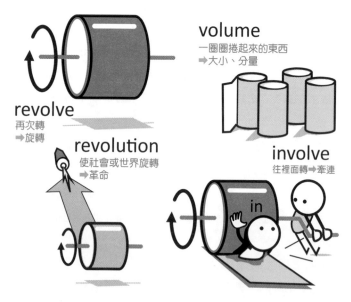

revolve
再次轉
➡旋轉

revolution
使社會或世界旋轉
➡革命

volume
一圈圈捲起來的東西
➡大小、分量

involve
往裡面轉➡牽連

in

彎卷的「柳樹」叫willow

　　調節液體或氣體進出管道的「閥門（valve）」一詞，源自原始印歐語中表示「轉、滾動」的單字wel。walk（走）在古時候

也是「轉動」的意思。源自wel的英文單字有很多。比如搭配4分之3拍優雅舞曲的「華爾滋（waltz）」、水滾滾湧出的well（水井）、原義是「彎曲、彎卷」的willow（柳樹）、把鈔票捲起來收進入的wallet（錢包）等等。

 沉量（welter）級的原義是混亂狀態

拳擊量級之一的welterweight（沉量級）中的welter，當動詞是「翻滾」，當名詞則是「混亂」的意思。因為這個量級是全球範圍最大、聚集了最多重拳手、且拳王名號更替最頻繁，簡直可用「混亂狀態」來形容的階級。

 volume原義是「卷軸」，後指「書冊」

volume的原義是指一卷卷用於書寫的羊皮紙卷，是從古代書的形狀衍生出來的單字。後來又由卷軸的「大小」→「量」，聯想延伸出「音量、分量、容積、書冊」等意義。volume的形容詞是voluminous，有「（衣服等）寬鬆的、（作品的）卷數多的、（容量）龐大的」等意思。例如voluminous writer（有很多作品的作品＝多產作家）、voluminous research（龐大的研究）等用法。日語中則常用「volumey（ボリュミー）」來形容食物的量很多，但這其實是和製英語。

 革命（revolution）就是翻轉世界

擁有旋轉式彈倉的連發式手槍叫「revolver（左輪手槍）」。revolve是指「再次轉動」的意思，引申為「旋轉」，其名詞形revolution引申為使社會或世界翻轉，即「革命」的意思。形容

詞revolutionary則是「革命性的」。

進化（evolution）就是向外發展

　　另一個跟revolve很像的單字是revolt。這個字是「向後轉動」，引申為「（引起）叛亂」的意思。還有，evolve則是「向外轉動」，引申為向外發展，也就是「進化」的意思，名詞形是evolution。devolution是「向下轉動」，引申為「退化、下放」等義。另外，involve則是「向內轉動」，引申為「捲入、包含」，形容詞形involved是「被捲入」，即「參加、沉迷」的意思。名詞形involvement是「參與、牽連」。

wel經由希臘語變成hel

　　開頭提及的那些英文單字的基本語根wel，在希臘語中變成了hel的形態。

　　例如helicopter源自希臘語的「helico（迴旋、螺旋的）＋pteron（翅膀）」，引申為「直升機」。helix是「螺旋形的東西」，形容詞為helical（螺旋形的）。heliport是「heli（直升機）＋port（港）」，即「直升機的停靠場」→「直升機場」。

　　棲息在胃的粘膜上，會提高胃癌發生風險的幽門螺旋桿菌叫「helicobacter」，名稱取自其螺旋狀的外形。

054

富到流油的矮行星
「冥王星（Pluto）」

plu / flo / flu = 流動

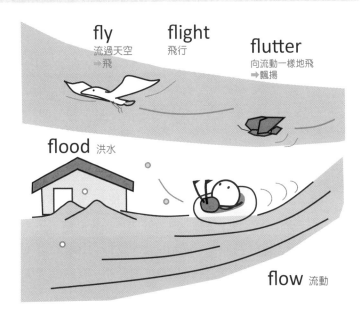

fly
流過天空
➡飛

flight
飛行

flutter
向流動一樣地飛
➡飄揚

flood 洪水

flow 流動

 被降級為矮行星的冥王星（Pluto）

以前太陽系有九大行星，距離太陽由近到遠分別是「水金地火木土天海冥」；但2006年時「冥王星」（Pluto）喪失了行星

的地位，被改分類到矮行星。

由於這件事，小寫的pluto從此衍生出動詞的用法，用於表達「被降級」或「使價值減少」。

比如The team was plutoed to the J2 league. 就是「那支球隊被降級到J2聯盟」的意思。

冥界之神普路托（Pluto）

從太陽系行星中除名的Pluto，原本是羅馬神話中的「冥界之神」——「普路托（Pluto）」的名字。

古羅馬人認為冥界在地底下，而地底充滿了各種貴金屬和寶石，所以Pluto也被視為財富的守護神，別名又叫「普路同（Pluton）」。

換言之，冥界之神Pluto的名字有「財富」的含義，而這個字可以追溯到原始印歐語中表示「流動、溢出」的單字pleu。

plutocracy是指「由財富支配（cracy）」的意思，引申為「金權政治」，而plutocrat則是指「金權政治家」。

plutocracy的cracy是表示「支配」或「權力」的接尾辭。在98頁出現過的aristocracy是指「由最好的、最有品格者所支配（cracy）」→「貴族階級」；bureaucracy是指「由辦公桌支配（cracy）」→「官僚制度」；autocracy則是指「由自己來支配（cracy）」→「獨裁政治」。

Pluto的另一個意思是「流動」，相關單字有pluvial，是「多雨的」之意，比如pluvial climate是「多雨氣候」。

肺（pulmonary）是空氣流入人體的地方

　　pulmonary是指空氣流入的「肺的」之意，比如pulmonary artery ╱ vein（肺動脈／肺靜脈）。而雖然拼法稍有不同，但pneumonia也來自相同語源，是希臘語的「肺部病症」，引申為「肺炎」的意思。這是因為死去的家畜放入水中會因肺部的空氣浮力而漂浮在水面上。

　　pneumatic是「裝有空氣的」，比如pneumatic balloon（氣動氣球）。

 pl經由日耳曼語變成fl

　　原始印歐語的子音p依循「格林定律」（參照79頁），在日耳曼語變化成f的音，由pl變成fl。比如「流動的工作圖」＝「流程圖（flowchart）」、有冰淇淋浮在上面的咖啡＝「漂浮冰咖啡（coffee float）」、「飛機旅行」＝「航程（flight）」、以及由「飛行」衍生出來的單字flea（跳蚤）等，上述含有fl的單字語源全都是原始印歐語中表示「流動」的pleu。

　　除此之外，flood（洪水）當動詞是「使溢出」的意思，也跟「流動」有關。

　　還有，flee是形容飛也似的「逃跑」；fleet當形容詞是「快速的」，當名詞則是「船隊、艦隊」。

　　fledged（羽翼漸豐的）、flit（掠過）、flutter（漂浮）等字也都來自相同家族，源自「流動」的意象。

055

「裁員（restructuring）」就是公司的「重新整理」。也可用於「擴大、改革」。

str（uct）＝擴大、堆積

construct
大家一起堆疊➡建設

instrument
往上堆積的東西
➡器械➡工具

destroy
不堆積➡破壞

street
被拓展的東西➡街道

 street跟road不一樣

　　street（街）源自拉丁語的 via strata（鋪設好的道路）。再往上追溯則可追至原始印歐語中表示「拓展、展開」意義的stere。

　　「街（street）」慣例上指的是位於城市裡面，道路兩側有房屋或商店等建築物的舖裝道路。雖然語義上跟連接城鎮和城鎮的「道路（road）」有重疊的部分，但使用上仍有所區分。比如自行車或汽車行駛的道路一般叫road。road跟ride（騎乘）的語源相同，原義是「騎馬的旅行」。

稻草（**straw**）和街道（**street**）的語源相同

　　為了保護環境，現在全世界都在推動禁用塑膠吸管的運動。但在古時候，吸管其實是用麥子切掉麥穗的straw（麥稈）部分做的，所以吸管的英文也叫straw。但為了「草帽」的straw做區分，所以吸管通常叫drinking straw。

　　實際上，straw跟street的語源相同，原義是在「被撒在廣大地區的東西」。

　　stray的原義也是「在路上徘徊」，當動詞是「迷路」，當形容詞是「迷路的、零星的」；astray則是「變成迷路者」，引申為副詞的「走錯路」。strew是動詞的「撒」。

盎格魯-薩克遜人喜歡吃莓果（**berry**）

　　我們平常吃的紅色草莓（strawberry），其實是花瓣或花萼下面的「花托」長大變成的部分，不是真正的果實。草莓表面一粒粒像種子的部分才是真正的果實，種子則藏在那些顆粒裡面。strawberry的語源來自「straw（撒種子的）＋berry（莓果）」。berry（莓果）和apple（蘋果）都是盎格魯-薩克遜人喜歡的食物，是英格蘭地區自古原生的水果。

遍布大氣的「平流層」叫stratosphere

「戰略（strategy）」是指揮官引導部隊走向勝利的整體計畫，源自「有廣度的計畫」的意象。形容詞是strategic（戰略上重要的）。還有stratum的語源是拉丁語的sternere（擴張、覆蓋），意思指擴展至整面大地的「地層」或社會的「階層」。stratosphere則是擴展至大氣層的「平流層」。

日本人口中的「restructuring（裁員）」正確說法應該是downsizing

接著是跟str(uct)「堆積」有關的單字。日語片假名的「リストラ（restructuring）」一般是指公司人員重組或裁員，但英語的restructuring原義卻是指「再次堆積」，引申為「公司重組」。換言之，這個詞也可以指企業改革或擴大規模，所以日本人說的「リストラ＝企業、組織等削減人力」的英文應該用downsizing才對。

基礎設施（infrastructure）是社會的基礎

structure（結構、建築物）的語源是拉丁語的struere（堆積）。而「基礎建設（infrastructure）」一詞是由「infra（在下的）＋structure（結構）」組成，原本的意思是「作為社會或生活基礎的結構物或制度」。

而跟「在下的」有關的單字有infrared（紅外線的），原義是指順序在紅光之下（旁邊），波長比紅光更長的電磁波。《火燒摩天樓（The Towering Inferno）》是一部描寫摩天大樓火災的美國電影，片名中的inferno是在地底下的意象，引申為「地獄」。

construction是「建設」，destruction是「破壞」

　　construct是指「con（一起＝眾人合力）堆積」，引申為「建造」，形容詞形constructive是「建設性的」，名詞形construction是「建設」。destroy是「不堆積」，引申為「破壞」，形容詞形destructive是「破壞性的」，名詞形為destruction，而destroyer是「破壞者」。

擁有兩個形容詞的industry

　　industry是「在裡面往上建造」的意思，引申為「勤勉」，此外又由組織性的勤勉衍生出「工業」的意思。形容詞industrious是「勤勉的」，而industrial則是「工業的」。

教人堆積的教師（instructor）

　　instruct是「in（向上）堆積」，引申為「教導、指示」，名詞形為instruction，而instructor則是教導人如何從零開始一個一個累積知識的「指導者」，形容詞形instructive是「有啟發性的、有教育意義的」。

　　obstruct是「ob（向對方）堆積」，引申為「妨礙」，名詞形obstruction是「障礙、妨礙」的意思；在運動競技中，妨礙對手的犯規行為也叫obstruction。

　　instrument是「向上堆積之物」→「組裝出來的東西」，引申為「工具」。prostrate是向前拓展的意象，當形容詞是「俯臥的、拜倒的」，當動詞是「俯臥」的意思。consternation是「完全拓展」，引申為完全趴下的狀態，有「驚愕、狼狽」等意思。

056

閃閃發光的「玻璃（glass）」

gl = 閃耀、發光

glass 發亮的東西 ➡玻璃

glad 眼前變亮 ➡高興

gloss 發亮的東西 ➡光澤

glance 使眼睛發亮➡瞥

glimpse 使眼睛發亮➡瞄見

glow 發光

glisten 發光➡閃耀

glare 刺眼的強光

 gold（黃金）和glitter（發亮）語源相同

　　金光閃爍的gold（黃金）是一個源自原始日耳曼語的單字，再往上則可追溯至原始印歐語中表示「閃爍、發光」的

ghel。All that glitters is not gold.（閃閃發亮的不一定是金子）這句諺語中的glitter（發亮）也跟gold來自相同語源。而gild則是「鍍金、塗成金色」的意思。古代荷蘭的貨幣單位「荷蘭盾（guilder）」也是源自代表「金幣」的gulden。

 ### glad（高興）就是鬆一口氣、眼睛一亮

glass（玻璃）、gloss（光澤）、sunset glow／evening glow（晚霞）等字，都有閃耀發光的意象。glow當動詞是「發光」，當名詞是「光澤」的意思。而形容詞glad（感到高興的）也一樣。比如在得知結果令人放不下心的考試合格時，可以說I'm glad to hear the news.（很高興收到通知）。glad這個字有鬆了一口氣，使人眼睛一亮的語氣在。

glee club（男性組成的合唱團）的glee有「歡喜」的意思。而「幸災樂禍」的gloat這個字也跟「閃耀」有關。

 ### 表示「瞥」、「瞄」、「閃閃發亮」的gl

glance（一瞥）、glimpse（瞄見）、glare（閃閃發亮、瞪）、glaze（給（陶器等）上釉）、glimmer（微微發亮）、gleam（閃爍）、glisten（〈濕潤的表面〉閃閃發亮）、glint（閃閃發光）等單字，基本上都來自日耳曼語，以gl開頭的單字很多都有「閃耀」的意思。

 ### 宛如在天空滑行的滑翔機（glider）

動詞的glide是「滑動、滑翔」的意思。同樣地，「制動滑降（glissade）」是一個登山術語，意指從冰雪的斜面滑降；而在

芭蕾舞中則是指如滑行般前進的「滑步」。這兩個字在語源上也跟gl（閃耀）有關。

原始印歐語的ghel（閃耀、發光）在希臘語中變化成代表了「黃綠色」的chlo和chol。比如chlorophyll是「chloro（黃綠色）＋phyll（葉子）」，即「葉綠素」；以及綠色藻類的「小球藻（chlorella）」；前面已經出現過的「膽汁」（參照156頁）也是黃綠色的，所以叫chole。

霍亂（cholera）是由黃膽汁引起的!?

在古希臘，人們認為人體是由血液、黏液、黃膽汁、黑膽汁這四種液體組成的，而一個人健康狀態和氣質則是由這四種液體的平衡和與風土間的關係所決定。而希臘人相信現代被定為法定傳染病之一的「霍亂（cholera）」是由黃膽汁所引起的急性腸炎；而「憂鬱（melancholy）」則來自於「melan（黑）＋choly（膽汁）」，換言之古人認為憂鬱的情緒是由黑膽汁造成。

以紅酒為基底的桑格利亞酒（sangria）

因為古人相信一個人的血液循環良好時就會進入「樂觀且充滿希望」的狀態，所以拉丁語的sanguis（血液）衍生出了英語的sanguine（樂天的）這個字。另外用紅酒加莓子等水果調成的西班牙調酒「桑格利亞（sangria）」也來自相同語源。

COLUMN 補充知識！

⭐ 冰河（glacier）來自不同語源，原義是「寒冷的」

順帶一提，glacier（冰河）的語源看起來似乎也是gl，但其實這個字來自另一個單字，也就是原始印歐語中表示「寒冷、冰凍」的gel。

根據「格林定律」，原始印歐語的子音g到了日耳曼語變化成了k的發音，因此gel衍生出了cold（冰的、冷的）、cool（涼爽的、酷炫的）、chilly（冰涼的）等單字。除此之外gel（果凍狀物質）、gelatin（明膠）、gelato（義式冰淇淋）、jelly（果凍）、jellyfish（水母）等字也來自相同語源。

congeal的語源是「con（一起）＋geal（結凍）」，原本是「結凍凝固」的意思，但現在單純當作「凝固」的意思用。

⭐ 糖漬栗子是像冰一樣冰涼的栗子

法式點心的「糖漬栗子（marron glacé）」原義是「像冰塊一樣冰涼的栗子」，而法語的「glacé」也維持原本的拼法傳入英文，當形容詞有「糖漬的、亮面的」等意義。

057

「毛毯（blanket）」是又白又小的東西

fla / bl(a)
=（潔白）閃耀、燃燒

flame
燃燒之物➡火焰

blaze
燃燒般的顏色

flamingo
像火焰般閃耀的鳥
➡紅鶴

blanket
白色小巧的東西
➡毛毯

blank
白色閃耀的➡空格

 法式料理的獨特調理法flambé

「flambé」是法式料理所用的技巧之一，也就是在調理過程的最後加入白蘭地或蘭姆酒等酒精度數高的酒類，再點火一口

氣去除酒精成分，為食材增添香氣的調理方法。這個單字是拉丁語的「熊熊燃燒的火焰」flamma傳入法語後創造的。

紅鶴（flamingo）和佛朗明哥（flamenco）的語源相同

跟flambé一樣的，「紅鶴（flamingo）」也是來自拉丁語的「閃耀火色的」flama，經由西班牙語和葡萄牙語傳入英語的單字。而「佛朗明哥（flamenco）」則是西班牙南部安達盧西亞地區的民俗舞蹈，名稱來自其熱情且鮮豔的服飾。

這些單字中的flam皆可追溯到原始印歐語中表示「燃燒」或「閃耀（白光）」的bhel。

nonflammable和inflammable的差異

由上可知，表示「火焰、艷紅色、火焰熊熊燃燒」的flame這個單字來自拉丁語。一如「比直視火焰更加明亮的」這種表現，flagrant一詞意指「明目張膽的、公然的」；flamboyant則是「浮誇的、豔麗的」之意。

flammable是「可以燃燒的」，即「可燃的」；nonflammable是「不可燃燒的」，即「不可燃的」；但是要注意不要混淆了nonflammable和inflammable（跟可燃性的〈flammable同義〉）這兩個字。

inflame是指「點燃內心」，又引申為「使激動、激怒」；inflammable是「可燃的」。名詞形inflammation是指身體中的一部分在燃燒，引申為「發炎」。conflagration是「完全燃燒的」，引申為「大火、戰爭」。

原始印歐語的bhel經由日耳曼語變化成bl

原始印歐語中表示「（純白）閃耀、燃燒」等意義的bhel在經過日耳曼語傳播後，變成bl的形式進入英語。表示「白紙的、空白的」的blank，跟表示「漂白」的blanch來自相同語源；而blank加上指小詞et組成的blanket則是「白色的小東西」，引申指「毛毯」。而表示「漂白、褪色」的bleach，原義則是「青白色」。另外表示「蕭瑟的、荒涼的」的bleak、表示晴空「藍色」的blue、以及代表「金髮的人」或「金髮的」的blond也都來自相同語源。

西裝外套（blazer）是明亮閃耀的東西

blaze（火災、火焰、燃燒般的顏色）這個字也可以指牛馬臉上的「白色記號」。日本學校常見的制服款式「西裝外套」，英文寫作blazer。這個字原指「明亮閃耀的東西」，目前最有力的說法認為，這個詞源自19世紀後半葉時，劍橋大學的划船隊選手在對抗牛津大學時所穿的紅色外套。

bhel也是燃燒後的顏色，即黑色

因為物體在燃燒過後會變成黑色，所以bhel也有使物體變黑的意象。比如black（黑）、blind（眼盲的）、blindfold（遮住眼睛）、blemish（汙點、玷汙）等單字。black（黑）和white（白）一樣，在古人眼中都屬於沒有顏色的狀態，所以跟黑白中間色有關的單字，比如bland（平淡無味的）、blend（混合〈黑和白〉）、blur（使模糊）、bleary（〈目光〉朦朧的）等字也被認為來自相同語源。

COLUMN 補充知識！

⭐ 指小詞（表示「小」、「少」意義的接尾辭）et

分享一個跟blanket有關的知識。字尾的et就是「小」的意思，是一個用於表達小物品或可愛意象的指小詞。如booklet是「小小的書本」，意指「小冊子」；此外還有crosslet（小十字架）、eaglet（鷹仔）、owlet（貓頭鷹仔）、piglet（豬仔）、等等。而tablet是「板（table）狀的小物品」，意指「平板、刻寫板」；cabinet是「小房間或小屋（cabin）」，引申為「內閣、櫥櫃」；cutlet是「切下來的小肉片」，即「肉排」；budget是「小皮囊（budg）」，引申為「預算、經費」；hamlet是「小住家（ham＝home）」，引申為「小村莊」；fillet是「小fil（線）」，引申為「去骨肉片、束帶」等等。

toilet（廁所）來自法語的toilette，語源是「小塊的布」。據說這是因為以前法國人會在化妝台上鋪一小塊布，然後把化妝用具放在布上化妝。

⭐ 表示場所的接尾辭ery

再介紹一下其他接尾辭。接尾辭的ery表示「場所」，比如winery是「釀酒廠」、bakery是「烘焙坊」、fishery是「漁場、漁業」；grocery是「groc＝gross（12打）＋ery（場所）」，引申為「食品雜貨店」；nursery是「nurse（保母、護士）＋ery（場所）」，引申為「托兒所」。

除此之外，cattery是有貓在的地方，引申為「貓咪旅館」；cemetery是指「cemet（躺下）的地方」，後引申為「公墓」；pigger是「養豬場」；artery是將血液從心臟送往各血管的「art（送出）處」，引申為「動脈」。

058

「氣球（balloon）」和「球（ball）」都是充氣膨脹的

bal/bol/bul/fla
＝膨脹、風吹

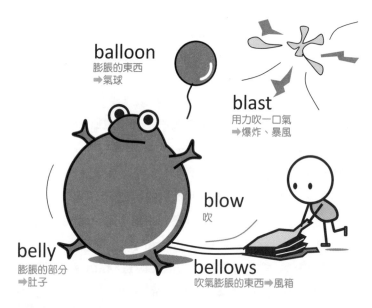

balloon
膨脹的東西
➡氣球

blast
用力吹一口氣
➡爆炸、暴風

blow
吹

belly
膨脹的部分
➡肚子

bellows
吹氣膨脹的東西➡風箱

 「白色閃耀」意義的bhel也有「膨脹」的意思

　　鍛造師提高熔爐溫度融化金屬時，用來吹送空氣的工具「風箱」，英語叫做bellows。

bellows也可以指風琴的「風箱」或照相機的「蛇腹」，語源
是原始印歐語中表示「膨脹」或「吹氣、吐氣」的bhel。

 膨脹的belly（肚子）和ball（球）

「肚子」的belly也來自相同語源。「啤酒肚」的英語叫beer
belly。「球（ball）」也有膨脹的意象，比如「氣球（balloon）」
的原義就是「ball（膨脹）＋oon（＝one）（的東西）」。

blow除了「風吹」之外，還有「吐氣」或「爆炸」等含義。
blast也是「（使）爆炸」或「暴風」的意思。另外「膀胱」的英語
bladder也源自膨脹的意象。

 抱石（bouldering）原指膨脹的圓形巨石

除此之外，「沙拉碗（salad bowl）」等料理用具的bowl、
軀體如氣球般圓滾的bull（公牛）、以及bulk（龐大、體積）等
字也來自相同語源。在2020年東京奧運成為正式項目的攀岩競
技「抱石（bouldering）」的boulder，原本是指膨大的「圓形巨
石」。

 救援投手練習的「牛棚（bullpen）」
源自公牛的圍欄

棒球場上讓救援投手練習並且暖身的地方就叫做「牛棚
（bullpen）」，語源「bull（公牛）＋pen（圍欄）」。有一說認
為這個字源自美國南北戰爭時，野營地中用來暫時收容俘虜的
bull pen一詞。

「選票」叫ballot是因為古人用小球來投票

　　「大道（boulevard）」原本是指保護城鎮的城牆被破壞後才建造的寬闊「觀光步道」，後引申指道路兩側種有行道樹的大馬路。

　　而代表「投票」或「選票」的ballot，原義也是「小球」，因為古時候的人做匿名投票時，會把小球丟入壺中。

 膨脹的粗體字叫bold

　　打字時的「粗體字」英文叫bold face，而這裡的bold是形容文字看起來就像膨脹過一樣。而表示「大膽的」的bold，則是形容心情高漲的狀態。

 新幹線就是子彈列車

　　表示「預算」、「經費」的budge，語源來自「膨脹的小皮袋」。日本傲視全世界的「新幹線」，英文可以直接音譯為the Shinkansen，不過正式的對應詞應該是bullet trains（子彈列車）。「子彈」的bullet原義是「小圓球」的意思。

 「膨脹」的bhel也有「流動、溢滿」的意思

　　原始印歐語的bhel也有「溢滿」的意思，並衍生出了許多帶有「溢出、流動」意象的英文單字。比如blood有汨汨流動、泉湧而出的感覺，令人聯想到「血液」，動詞形bleed是「流血」；而bless則是用祭品的血液淨化祭壇的意思，引申為「賜福」。另外，「溢出、流動」的意象還讓人連想到「繁榮、使開花」的意象，衍生出了bloom（綻放）和blossom（花）等單字。

059

「花（flower）」和 「麵粉（flour）」 原本是同一個字

flo / fla =滿出、繁榮

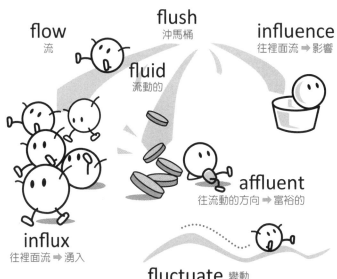

flush
沖馬桶

flow
流

influence
往裡面流 ➡ 影響

fluid
流動的

affluent
往流動的方向 ➡ 富裕的

influx
往裡面流 ➡ 湧入

fluctuate 變動

bhel經由拉丁語變化成fl

　　表示「膨脹」或「吹、吐」等意義的原始印歐語bhel，在經過拉丁語傳播的過程中變成了f(1)的發音。比如「沖馬桶」的

flush、「液體」或「流動」的fluid、「流暢」的fluent以及其名詞形fluency「流暢」。

腦袋膨脹的人→愚者

表示「愚者」或「愚弄」的單字fool，指腦袋膨脹什麼都裝不進去。形容詞foolish是「愚蠢的」，名詞的folly則是「愚笨」。

流行性感冒（influenza）來自往外流的印象

influence是「往裡面流」的意思，引申為「（給予）影響」，形容詞influential是「有影響的」；而「流行性感冒」的英語叫influenza，則是因為古代占星師相信流感是天體的影響所致。influx是「往裡面流」，引申指「湧入」；affluent是「往流動的方向去」，引申為「富裕、豐富的」；fluctuate是「動搖、變動」，名詞形是fluctuation。

烤得蓬鬆的舒芙蕾（souffle）

法語的soufflé（舒芙蕾）是指「烤得蓬鬆的」的意思，為一種法式料理。inflation是「向內膨脹」，引申為「通貨膨脹、物價暴漲」；反義字是「通貨緊縮（deflation）」，原義是「不膨脹→收縮」。腸胃內因氣體累積導致的「腸胃氣漲的」英文叫flatulent；食物或飲料的香味到處飄叫flavor（風味、添加風味）。樂器的「笛子（flute）」同樣來自「吹」的意象。

從「溢出」聯想到「繁榮」的意象

花的英語「flower」也來自相同語源。而「麵粉」的flour發

音跟flower一模一樣，因為這它們原本是同一個字。在古代西方，小麥粉是所有穀物粉中最好的，被稱為「穀粉之花」，可以寫成flower也可以寫成flour。

 花與春天的女神芙蘿拉（Flora）

大寫開頭的「Flora（芙蘿拉）」是羅馬神話中司掌花與春天的女神。小寫開頭的flora則是「植物相」之意。而floral是「花紋」，florid是「氣色好、櫻色」，florist是「花商」，flourish是「繁榮的、繁茂的」。義大利文藝復興運動的中心地「佛羅倫斯」的英文拼法是Florence，原義為「花朵繁茂之城」。美國的「佛羅里達（Florida）州」則源自西班牙語的「如花般的」。

 文件夾（portfolio）是「運送葉子的東西」

「鋁箔（aluminum foil）」的foil（金屬薄片）也跟flower來自同一家族，原義是「葉子」。folio是指把紙對折兩次製成四頁的「對開本」。portfolio是「port（運送）＋folio（葉子）」，指「資料夾」；而trefolio則是「tre（3）＋folio（葉子）」，引申為「三葉草紋樣的」。

COLUMN 補充知識！

★ **「笨」的英文stupid就是撞到頭後腦袋空白的意思**

跟fool一樣有「愚笨」意思的stupid，是比喻一個人像頭部受到撞擊，腦袋一片空白的狀態，名詞形stupidity是「愚蠢、愚行」之意。stupor則是「恍惚」，動詞形stupefy是「使昏沉」，形容詞形stupendous是「使茫然、驚訝」，引申為「驚人的」。

060

「新娘的（bridal）」是
「新娘的啤酒」？

br = 主、滿出、烤

brewery
釀酒廠

brew
熬煮 ➡ 釀造

bread
由新娘烘烤的東西
➡ 麵包

broil
烤

 布蕾（brûlée）就是法語的「烤焦的」

「烤布蕾（crème brûlée）」是一種外皮酥脆焦香，裡面塞滿滑順鮮奶油的法式甜點，其語源是「烤焦的鮮奶油」。所謂的

「布蕾」，指的是在鮮奶油外撒上一層砂糖後，用噴槍烤成焦糖的調理方法。這個單字源自於原始印歐語中表示「烤、煮、膨脹」之意的bhrea。

烤麵包在古羅馬時代是新娘的工作，所以叫bread

bhrea經由日耳曼語變成br的形態傳入英語，產生了很多單字。比如以麵粉、酵母、水、鹽為原料烘烤的「麵包」，英語就叫做bread。這是因為在古希臘羅馬時代，新娘的主要工作之一就是替夫家烤麵包。

另外煮湯也是妻子的重要工作之一。所以「新娘」的bride以及「湯」的broth，語源也跟bread一樣是「烤、煮」。

由bride（新娘）跟ale（麥芽酒）組成的單字是？

「bridal」是由「bride（新娘）＋al(e)（麥芽酒、啤酒）」組成的單字，在以前是「婚禮」的意思，但因為al令人聯想到形容詞語尾的al（～的），所以在現代變成形容詞「新娘的」之意。

而用烤網直火碳「烤」肉或魚則叫broil。烤肉用的肉雞叫「broiler chicken」。braise則是指用油炒過肉類或蔬菜後再「以文火燉煮」。

用切片的麵包賄賂（bribe）官員

一如前述，目前主流說法認為bread源於「由新娘烘烤的東西」之意；而另一種觀點則認為，這個字源自於古代人們把麵包切片後再吃的習慣，也就是「一口大小的食物」，換言之跟

break一詞的語源相同。有說法認為表示「賄賂」的bribe這個字，便是源自把一小片麵包送給官員讓對方行個方便的意象。

 讓啤酒發酵冒泡的場所叫brewery

brew讓人聯想到啤酒原料發酵時會不停冒泡的意象，引申為「釀造」，除此之外還有用熱水泡茶或咖啡的「沖泡」等意義。brewery則是「brew（釀造）＋ery（場所）」，也就是「釀酒廠」。

 飼育者（breeder）就是抱著蛋替它加溫的人

「飼育者（breeder）」是指負責照顧和繁殖犬貓等動物，再將之賣出賺取收入的人。breed原本是指親鳥坐在蛋上為其保溫、孵化幼鳥的行為，引申指「使繁殖、產子」。brood是鳥類「孵蛋、同一窩（同時生下）孵出的雛鳥」。

 bhrea經由拉丁語變化成fer

以上是bhrea經由日耳曼語傳入英語的例子，而在拉丁語這邊，b則變化成了f的發音，誕生出由冒泡的意象引申指「（使）發酵」之意的ferment這個單字。此外這個字也由「發酵」引申出「醞釀」感情或騷動等的用法。fermentation是「發酵作用」。另外fervor（熱情）、fervid（熱情的）、fervent（熱烈的）等字也來自相同語源。

 巴西（Brazil）是「紅色染料樹木之地」

南美國家「巴西（Brazil）」在被葡萄牙人「發現」之初，依

其發現者的名字被稱之為「聖克魯斯」，但後來又改稱terra de brasil，就是葡萄牙語的「紅色染料樹木之地」，簡稱Brazil。Brazil一詞的語源也來自原始印歐語中表示「烤」的bre。「巴西紅木（Brazilwood）」至今仍是製作小提琴的原料。

COLUMN 補充知識！

★ 白晝跟黑夜一樣長的地方 —— 厄瓜多（Ecuador）

既然談到巴西，就順便介紹再另一個國家的國名由來。

位於南美洲赤道南方的國家「厄瓜多（Ecuador）」，其名稱源自「赤道」的equator（相等之物），換言之即指「白晝跟黑夜一樣長的地方」。

順帶一提，含有語根equ（相等）的單字還有下面這些。

equal是「平等的、匹敵的」，equality是「平等」，equate是「視為等同」，equation是使左右「相等」，即「方程式」。

equinox是指「白晝和黑夜（nox）相等」，即「晝夜平分時」，比如the spring equinox是指「春分」。

adequate是「朝平等的方向」，又引申為「足夠的、尚可的」；equivocal是「相等聲音的（vocal）」→「聲音相似的」，引申為「模稜兩可的」；equivalent是「價值（val）相等」，即「等價的」。

061

「有氧運動（aerobics）」
不是為了瘦身
而是為了求生!?

bi(o) / viv = 維生

aerobics
靠空氣活下去的活動 ➡ 有氧運動

biology
生命的學問 ➡ 生物學

revive
再次活起來 ➡ 復活

survive
越過並活下去 ➡ 生還

 有氧運動叫aerobics

　　健走或慢跑等一邊攝取充足氧氣一邊進行的有氧運動，英語叫aerobic exercie或簡稱「aerobics」。這個字的語源是「aero

＝ air（空氣、氧氣）＋ bi（活、生命）＋ ics（學問、活動）」，原義是「為了活下去的氧氣活動」。另一方面，運動過程只做極少呼吸的無氧運動，英語是 anaerobic exercise。

 ### 希臘語的「生命」叫bio

bi(o) 源自希臘語中代表「生命」的 bios，而這個字又可再追溯到原始印歐語中表示「活著」的 gwei。biology 是「生物學」，形容詞形 biological 是「生物學的」，biological clock 是「生物時鐘」；biography 是「記錄（graphy）了一生的東西」，即「傳記」，而 autobiography 是「自傳」。「微生物」的英語 microbe 也來自同語源。「生物危害（biohazard）」是指由有害生物引起的「災害」，語源是「bio（生命）＋ hazard（危險的東西、威脅）」。

順帶一提，hazard 是古法語，原本指不知道會擲出幾點的「骰子點數」。

 ### biometrics是生物識別技術

biometrics 的原義是「檢測（metric）生命的活動（ics）」，引申指透過指紋或臉部特徵等來確認身分的「生物識別」。symbiosis 則是「sym（一起）活下去」，即「共生」。

 ### 拉丁語的「生命」叫viv或vit

原始印歐語的 gwei 經由拉丁語變化成 viv 或 vit 傳入英語。比如 vital 是「生命的」引申為「極為重要的、致命的」，名詞形 vitality 是「活力、生命力」。源自義大利語的 viva 通常放在名詞前使用，例如 Viva Japan!「日本萬歲！」。vivid 是「活潑的」；

vivacious是「有生氣的」；viable是「可成長的」，引申為「可行的」。

 維生素（vitamin）是生命活動必須的胺類

「維生素（vitamin）」語源為「vit（生命）＋amine（胺）」。amine是一種由「氨（ammonia）」生成的化合物，被認為是組成蛋白質的原料，而vitamin就是「維持生命活動不可或缺的胺類」之意。

 求生（survival）就是跨越困難活下去

survive是「sur（越過）＋vive（活著）」，引申為「生還」；revive是「re（再次）活著」，意即「復活」。

原始印歐語的gwei（活著）傳到希臘語後也變化出zoo的發音。比如zoology是「動物學」，zoologist是「動物學者」，而形容詞形zoological是指「動物學的」，「動物園（zoo）」則是zoological garden的簡寫寫法。

「黃道十二宮」叫zodiac circle，而「zodiac」的原義其實是「小動物」。

 gwei的發音變化成k的發音

原始印歐語的gwei到了日耳曼語後，依循「格林定律」變化成了k的發音。

比如「敏捷、迅速的」的英語quick，原義是「有活力的」，動詞形quicken是「加快、激發」。quiver也是「有活力的」→「動的」，引申聯想到因恐懼或興奮而「顫抖」或「顫聲」。

「類型（genre）」和「種類（kind）」的語源相同

gen/kin/gn(a)/na
= 生自、種

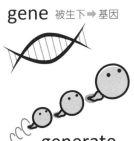

gene 被生下 ➡ 基因

generate
被生下 ➡ 產生

generation
從誕生到
生兒育女的期間
➡ 世代

engine
在內部產生動力 ➡ 引擎

general
跟全種族有關的
➡ 一般的

 「基因」的gene來自原始印歐語的「種（gen）」

攜帶DNA遺傳訊息的「基因組（genome）」，是由德國植物學家漢斯·溫克勒組合基因（gene）和染色體（chromosome）

所創造的名詞。genome和gene這兩個字中的gen(e)，源自原始印歐語中代表「誕生、成為父親、種」等意義的單字gene。

記錄了地球誕生的「創世紀」叫Genesis

「基因（gene）」的形容詞genetic是「基因的」的意思，而genetics是「遺傳學」。genesis是「起源、發生」的意思，而大寫的Genesis則是指《舊約聖經》中的「創世紀」。而生來就有優秀才能的「天才」則叫genius。

出身和教養俱佳的男性叫gentleman

除此之外，congenital是「出生時就擁有的」，意指「先天的」；congenial是「具有與生俱來之性格的」，引申為「友善的、舒適的」，只寫成genial也同樣是「友善的」的意思。而gentle則是「出身很好的」，引申為「溫和的、和善的」；而出身和教養都很好的「紳士」則叫gentleman。而genteel則是略帶貶義的說法，意指「附庸風雅的」。

從出生到生兒育女的時期是？

generate原義是「出生」，又引申為「產生、發生」，其名詞形generation是「（同）世代」。而所謂的one generation（一世代），是指出生到生孩子的這段時間（25～30年）。degenerate是「不再出生」，引申為「衰退」。

工程師（engineer）是負責製作軍用引擎的人

ingenious是「腦中靈光一閃」，引申為「別出心裁的、靈巧

的」；而「引擎（engine）」的原義是「在內部」產生動力，兩者來自相同語源。表示「工程師」或「技師」的engineer，原義是聚精會神投入製作的人，尤其是指那些製造軍用引擎的人；engineering則是「工程（學）、管理」。

 gen經由拉丁語變化成gn或na

gene也變化出gn或na的發音。如benign是「在好的（beni）狀態下出生」，引申為「良性的、溫和」；malign是「在壞的（mal）狀態下出生」，引申為「惡意的、中傷」。同理，malignant是「惡性、惡意的」。pregnant是「出生前的」，即「懷孕」；cognate是「一起誕生的」，引申為「同祖先、同起源的」。

 nature就是與生俱來的狀態

帶na(t)語根的單字如下：nature是「與生俱來的狀態」，引申為「自然、本質」，形容詞形natural是「自然的、當然的、與生俱來的」；naive是維持與生俱來的狀態，意指「天真的、單純的」。

native是「在這片土地出生的（人）」；nation是人種或民族的集合體，即「國家、國民」，nationality是「國籍」。

14世紀到16世紀在西歐展開的古典和古代文化復興運動「文藝復興（Renaissance）」，則源自法語的「重生」之意。

 學名藥（Generic Drug）意指「整個種族的」→「沒有商標的」

gene有出生前的狀態，即「種（族）」的意思，並由此誕生

出很多單字。如genre主要指文學或藝術等的「類型」。genocide是「切斷（cide）種族」的意思，引申為「大屠殺」。general是「關於全種族的」，引申為「一般的、整體的」；至於藥品的generic（學名藥），是指有關整個種族的、沒有特定的，引申為「沒有商標」或「沒有登記商標的」。indigenous是「在同一片土地出生的」，引申為「土產的、土著的」。除此之外，genealogy是「種族的學問」，即「系譜學、家系圖」；genuine是「純種」，引申為「真正、真誠」；homogeneous是「同種」；heterogeneous是「別（hetero）種族的」，即「異種」；eugenics是「優生學」。

 ## gen經由日耳曼語變化成kin

原始印歐語gene的g音，在日耳曼語中依循「格林定律」變化成k的發音，並由此傳入英語。譬如kind是「種類」或「親切的」；kin或kindred是「親類、血緣關係」；akin是「同種的、類似的」；還有「國王（king）」的語源也是指高貴的出身。

 ## 江崎固力果公司的名字由來是？

接著再來看看把gen（物質）當成接尾辭用的例子吧。如「氫（hydrogen）」是「hydro（水）＋gen（產生）」；「氮（nitrogen）」是「nitro（硝）＋gen（產生）」；「糖原（glycogen）」是「glyco（甜的）＋gen（產生）」；「男性荷爾蒙（androgen）」是「andro（男性）＋gen（產生）」……等等。順帶一提，江崎固力果公司的公司名字，根據官網的說法，是來自想讓人更輕鬆攝取「糖原」，並把糖原變得更好吃的意思。

063

「費洛蒙（pheromone）」就是被輸送到體外的「荷爾蒙（hormone）」

bher ＝搬運、產生

bear 運送

bring
搬運➡帶

burden
運送 ➡ 負擔

suffer
在下面搬運 ➡ 受苦

different
運到別的地方去 ➡ 不同的

transfer
越過搬運
➡ 移動

 「luci（光）＋fer（運送）」

　　被視為「魔王」的墮天使「路西法（Lucifer）」，這個名字的語源是拉丁語的「luci（光）＋ferre（運送）」，也有「拂曉明

星、金星」的意思。而亮度單位叫「勒克斯（lux）」；羅馬神話中的月亮女神名叫「盧娜（Luna）」，形容詞的lunar是「月亮的」；而lunatic則是指「精神錯亂的」，因為古代人認為精神病是隨月相的變化發作。

令人聯想到「運送、生產」的b開頭英文單字

拉丁語中有「運送」意義的語根ferre，可以再往上追溯到原始印歐語中表示「運送、生（產）」的bher。我們生活中以b開頭且令人聯想到「運送、生（產）」的單字，包括bring（攜帶）、birth（誕生）、bear（產、運、支撐）、born（被生）、burden（重擔、負擔）等等。

fortune就是運送運氣的東西

ferre也變化出了fer和for等形態，比如fortune這個字，因為生小孩被視為是幸運的，同時小孩子也是一種財產，所以有「運氣」或「財產」的意思。形容詞形fortunate是「幸運的」，反義字是unfortunate（不幸的），其名詞形則是misfortune（不幸）。

當接尾辭用的fer

differ是「運到（fer）別的地方去（di）」，引申為「不同於」的意思，形容詞形different是「不同的」，名詞形difference是「差異」；indifferent是「幾乎沒有差別的」，引申為「不感興趣的、平庸的」，名詞形indifference是「冷淡」；differentiate是「使變成不同的東西」，引申為「區分、鑑別」。refer是變回原

狀，引申為「參照、提及」，名詞形reference是「參考文獻、涉及」；suffer是從下面支撐重物的意象，引申為「煩惱、受苦」，名詞形suffering是「苦惱、苦痛」。

prefer就是把喜歡的東西送到自己面前

prefer是把喜歡的東西「送到自己面前」的意象，引申為「偏好」，名詞形preference是「偏愛的人事物、優先」，形容詞形preferable是「更合意的」；transfer是「越過搬運」，引申為「移動、換乘」；offer是走到「對方那邊去」的意象，引申為「提議、提供」。

conference是大家都前往同一個地方

confer是「前往同一個地點」的意思，引申為「商談」，名詞形conference是「會議」的意思；defer是「搬到遠處」，引申為「延期」；proffer是「搬到前面」，引申為「提供」；infer是「帶到腦袋裡去」，引申為「推測、暗示」。

費洛蒙（pheromone）和荷爾蒙（hormone）來自同語源

「費洛蒙（pheromone）」是人類（動物）的身體所分泌，用來影響其他人（動物）行為的物質，是希臘字pherein（運送）跟內分泌腺分泌到血液內的物質「荷爾蒙（hormone）」的合成字。

metaphor是「超越（meta）運送」，意指把一個字變成其他字，引申為「暗喻、隱喻」的意思。

fertile是「容易生小孩」，引申為「肥沃的、多產的」，名詞形fertility是「肥沃、多產」，fertilize是「使肥沃、使受精（粉）」，名詞形fertilizer是「（化學）肥料」。

 雪貂（ferret）是「搬東西的小動物」

furtive是偷偷運出去的意思，引申為「鬼鬼祟祟的」。

「雪貂（ferret）」是一種白毛的鼬科動物，古代人會飼養牠們來把老鼠或兔子趕出巢穴，原義是「搬東西的小動物」。

peripheral是「搬到周圍」，引申指「沒抓到核心」，即「不太重要的、周邊的」，名詞形periphery是「周圍、末梢」。

 amphora是古希臘羅馬時代的一種壺

amphora的語源是「amph（向周圍）＋phor（運送）」，是古希臘羅馬時代所用的一種「雙耳壺」，用來保存和搬運紅酒或橄欖油等液體。據說塗有美麗裝飾的amphora也被當成獎品。

 接尾辭ferous是「運送（產生）～」

vociferous是「運送聲音（voc）」之意，引申為「喧囂的」；somniferous是「產生睡眠（somn）」之意，引申為「想睡的」；carboniferous是「產生碳的」；fossiliferous是「含有化石的」。

064

「喬治（George）」是「種田的農夫」

werg/work = 執行、工作

energy

在勞動中 ➡ 能量

allergy

到別的地方工作 ➡ 過敏

organ

使人體工作的東西 ➡ 器官

surgery

手的工作 ➡ 手術

 放在字首的work

　　「工作」的英文work源自原始印歐語的werg，即為「應該做的事」。英語有很多字首為work的單字，譬如：workforce是

「勞動人口、員工數」；workman是「勞工」；workshop是「作坊、研討會」；workout是「訓練」；workday是「平日、一天的工作時間」；workplace是「職場」；worksheet是指「（學生的）活頁練習題」等等。另外「工作狂」叫做workaholic，是work和alcoholic（酒精中毒）結合而成的單字。

放在字尾的work

work放在字尾時，則有homework（家庭作業）、housework（家事）、needlework（針線活）、network（情報網）、overwork（過勞、工作過度）、paperwork（文書作業）、roadwork（道路工程）、woodwork（木製品）等單字。

發音跟work相近的irk也來自同語源

wrought在以前是work的過去式和過去分詞，但現在只保留了過去分詞，當形容詞時則用來表達「做工精細的」。而發音跟work相似的irk則是「使厭倦」的意思，形容詞形irksome是「令人厭煩的」，這個字也來自相同語源。

「功」的單位erg也跟work來自相同語源

工作時不可或缺的「能量（energy）」也是從「工作中」→「正在工作」的意象創造出來的單字。形容詞形energetic是「精力旺盛的」。物理學中「功」的單位則叫「爾格（erg）」

過敏原（allergen）是朝其他地方作用的物質

「過敏原」的英文是allergen，原義是「朝其他（al）地方作

用的物質」；allergy則是「過敏」，allergic是「對～過敏的」。

外科（**surgery**）就是用手的

surgery是指「手的工作」，引申為「外科、手術」；surgeon是「外科醫師」；surgical是指「外科（手術）的」；而「外科手術」則叫a surgical operation。synergy一詞在商業中特指兩家以上的公司合作產生的「協同效應」。

萊特兄弟的祖先是木工工匠？

wright跟work的語源相同，是「工作者、製作者」的意思。playwright是「劇作家」、wheelwright是「（古時候的）修車工」、shipwright是「船匠」。發明了動力飛行器，也是史上第一位駕駛飛機飛上天空的「萊特兄弟（Wright brothers）」，他們的祖先在古時候或許就是木工工匠呢。

organ是使人體運作的器官

使人體運作的「器官、臟器」叫organ，這個字也同樣來自werg。organic是「有機的、無農藥的」；organism是「有機體、生命體」；organize是指「組織、安排」；organization則是「組織（化）」。

喬治（**George**）是在土地上工作的人

「喬治（George）」這個名字的語源也是「在gaia（地球、大地）＋orge（工作）」，原本是指「耕作土地的農民」。另外「蓋婭（Gaia）」是希臘神話中的「大地女神」。

「麵包」和
「恐慌（panic）」的
語源相同

pan, pasto＝給予食物

company
一起吃麵包的地方➡公司

pantry
有麵包的地方
➡食品儲藏室

pastor
餵家畜麵包的人
➡牧師

pasture 餵家畜麵包的地方➡放牧場

 義式料理最先吃的叫antipasto

在西餐廳點全餐料理時，第一個端出的前菜有很多種說法，如hors d'oeuvre、antipasto、appetizer等。而這裡要注意的

是「antipasto」一詞中的語根pa。

antipasto來自拉丁語的「anti（在前）＋pasto（食物）」，pasto一詞則可追溯到原始印歐語中表示「給予食物」的pa。

日語的pan（麵包）來自葡萄牙語

跟基督教一同傳入日本的「麵包」，其日語發音（pan）源自葡萄牙語的pão。順帶一提，麵包的西班牙語叫pan，法語叫pain，而這些發音都源自拉丁語的panis。

一起吃麵包的夥伴

有「同伴、公司」等意思的company一詞，原義是「一起吃麵包」或「一起吃麵包的地方」。companion（夥伴）也來自同語源。

accompany是「以夥伴的身分隨行」，引申為「隨同」的意思；pantry的原義也是「有pan的地方」，即「食品儲藏庫」。

在牧場給家畜餵食的牧師

表示「牧草」或「牧場」的單字pasture的原義是「給予家畜牧草」；而基督新教中的「牧師（pastor）」，則源自「給予牧草的人、養羊的人」。這兩個字的形容詞形是pastoral，意思是「鄉村的、牧師的」。

牧羊神潘恩帶來驚慌

「驚慌狀態」或「驚慌」的英語叫panic，是因為古希臘人認為人類對未知事物的莫名恐懼，是掌管森林和原野的牧羊神

「潘恩（pan）」在作祟。在希臘神話中，待在寂靜場所的家畜或人群，在聽到潘恩發出的神祕聲音後，內心就會油然產生莫名的恐懼。

 令人們苦惱的鼠疫桿菌

pester這個字的語源跟pastor相同，原義是指從羊的角度來看，牧羊人是所有煩惱的根源，引申為「煩擾」的意思。而鼠疫桿菌（Yersinia pestis）的語源pest，則發展出了「有害生物、害蟲」的意思；而pesticide則是「斬除害蟲」之意，引申為「殺蟲劑」。

 p的發音變成f

原始印歐語pa的p音，進入日耳曼語後依循「格林定律」變化成f的發音。

最代表性的例子就是food（食物）和feed（餵）。除此之外，還有forage（牛馬的飼料）、fodder（飼料葉子）、foster（養育、培養）等。

fur原義是「給予食物」→「保護」的意思，引申為保護動物皮膚的「毛皮」或「皮製品」；furry是「被柔毛覆蓋的」；furrier是「毛皮商人」；furriery是「毛皮業」。

融化起司用麵包沾著吃的「起司火鍋（cheese fondue）」

fond / fuse = 注入、融化

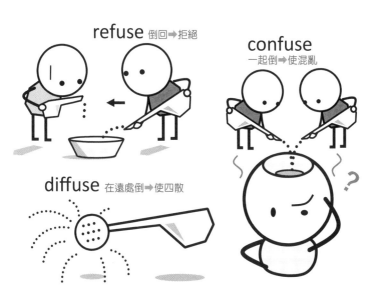

refuse 倒回➡拒絕

confuse 一起倒➡使混亂

diffuse 在遠處倒➡使四散

起司火鍋（fondue）、翻糖（fondant）、字體（font）來自同語源

瑞士料理的代表當屬「起司火鍋（cheese fondue）」。fondue

的語源是法語的「融化之物」，來自於拉丁語中表示「融化」的fundere。

蛋糕或餅乾等西式點心上常見的軟糖糖衣裝飾叫fondant（翻糖）。而在法式料理中的「fondant」則是指「彷彿讓舌頭融化的料理」。

font是印刷字的字體或字型，這個字在中世紀法語的原義是「融化的東西」，指的是古時候鑄造廠製作金屬活字時的鎔鑄工程。以上這些單字全都源自拉丁語的fundere（融化），並可再往上追溯到原始印歐語的gheu（倒）。

 用漏斗製作的漏斗蛋糕

refund的原義是「倒回去」，引申為「退款」。refundable是指「可退款的」。而動詞的found是「設立」的意思，名詞形foundation一般是「基礎」的意思，但除此之外found也有「鑄造金屬、融化玻璃」等意義。

foundry是「鑄造場、玻璃工廠」；funnel的原義是把液體倒入容器的工具，即「漏斗」。「漏斗蛋糕（funnel cake）」是一種把甜甜圈用的麵團用漏斗倒入油鍋中油炸，再撒上砂糖後食用的美式甜點。

 融合爵士樂融合了爵士、搖滾、以及拉丁音樂；refuse是把別人給的東西倒回去

「保險絲（fuse）」是一種會通過電路的電流太大時自己融化斷裂的線材。

而音樂中的「融合爵士樂（fusion）」，則是以爵士樂為基

礎，融合了搖滾或拉丁音樂的音樂類型。以上這兩個字也都來自拉丁語的fundere（融化）。除此之外，以下再來看看幾個從fuse衍生出來的代表性英文單字。

refuse原義是「把對方的提案倒回去」，引申為「拒絕」，名詞形是refusal。confuse則是大家一起倒，引申為「使混亂、使困惑」，名詞形confusion是「混亂、混淆」的意思。

profuse是「在大家面前倒」，引申為「豐富的、毫不吝惜的」；infuse是倒入別人的腦中，引申為「鼓吹、影響」，名詞形是infusion。

 使香氣擴散的噴香器（diffuser）

diffuse是「遠遠地倒」，引申為使光線、氣體、液體等「發散、擴散」，名詞形是diffusion。近年因芳香療法而受到關注的「噴香器（diffuser）」，原義是「使擴散的東西」，是一種用來噴灑香氣的用具。effusion則是「流出（物）」。

 融化→空虛的→無用的

futile原本是「易融化的」，後發展出「流出」的意思，接著又衍生出比喻聒噪的人只會說些沒有價值的廢話的意涵，即「空虛的」。另外，因為沒有價值的話語在融化後就會消失，所以又引申出「無益的、無用的」之意。

名詞futility則是「無益、徒勞」。

 腸、膽、網球拍線來自相同語源

原始印歐語的gheu（倒）的gh，在日耳曼語中依循「格林

定律」變化成g的發音。日本人吃內臟燒烤料理時說的「ガツ（gatsu）」是指豬的胃，這個外來語源自英語的gut，而gut其實是「腸、內臟」的意思。gut原本則是指使液體流出的「導管」，後來衍生出「肚子、毅力、勇氣」的意義。

而網球拍的線叫「羊腸線（gut）」，這是因為以前的網球拍是用動物的腸製作的。

還有，切開堰堤流出的gust（噴水、狂風）、水或血液的gush（噴湧）、地底下的熱水週期性地在地表噴出的geyser（間歇泉）也都來自相同語源。

「營養補充品（supplement）」
是填補不足營養
提高健康水準的東西

pele / ply = 填滿

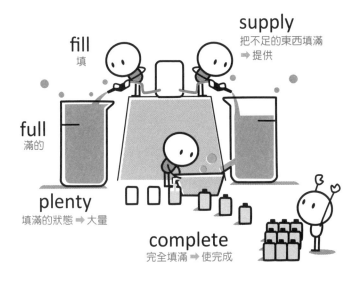

fill
填

supply
把不足的東西填滿
➡ 提供

full
滿的

plenty
填滿的狀態 ➡ 大量

complete
完全填滿 ➡ 使完成

 玻里尼西亞（Polynesia）就是很多島的意思

大洋洲共分為密克羅尼西亞（Micronesia）、美拉尼西亞（Melanesia）、玻里尼西亞（Polynesia）三個區域。Micronesia

265

是指「micro（小的）＋nesia（群島）」，Melanesia是「mela（黑的）＋nesia（群島）」，而Polynesia是「poly（多數的）＋nesia（群島）」，這三個地名皆源自希臘語。其中poly可追溯至原始印歐語的pele（填滿），作為接頭辭產生了許多英文單字。

polyp就是有很多腳的生物

「測謊器（polygraph）」是一種可記錄、測量人的腦波、脈搏、呼吸、發汗等各種症狀，以此判斷一個人有沒有說謊的裝置。「polyp」的語源是希臘語的polypos，即「很多腳（pos）」，原本是指烏賊或章魚等有很多腳的生物，現在則是海葵和水螅等生物的總稱。

另外因為形狀很類似，所以皮膚或粘膜等表面上長出的球狀腫瘤也叫「polyp（息肉）」。

當接頭辭的poly

用聚乙烯製造的「塑膠桶」日語俗稱「ポリバケツ（poly-bucket）」，但這個字其實是和製英語。而「聚乙烯」的英文叫polyethylene，語源是「poly（多數）＋ethyl（乙烯）＋ene（化學物質）」。

此外，以poly開頭的單字還有polyclinic（綜合診所）、polygamy（一夫多妻／一妻多夫制）、polygon（多邊形）等等。

polymer的語源是「poly（多數）＋mer（部分）」，意思是「聚合物」，是指由多個「單體（monomer）」結合而成的鏈狀或網狀化合物。

另外，用來檢測新冠病毒的PCR是polymerase chain reaction

（聚合酶連鎖反應）的縮寫，而「聚合酶（polymerase）」是合成DNA和RNA所需的酵素。

 poly變化成plu／ple

「1＋1＝2」的英語寫成 One plus one is two.。

其中的 plus 也跟 poly 有著相同的語源，是代表「加上～」的前置詞。plus 加上接頭辭 sur（超過）就是 surplus，是「剩餘（的）、過剩（的）」之意。而 plural 是「複數的」；plenty 是「多數、很多」，形容詞形 plentiful 是「豐富的」；plenary 是「全體出席的、全體會議」。

 pele（填滿）的p變化成f

原始印歐語 pele（填滿）的 p 音在日耳曼語中依循「格林定律」變化成 f。

比如 fill 是「填」，形容詞 full 是被填滿的狀態，即「滿的、充足的」，這兩個字的合體自 fulfill 則是「full（充足的）＋fill（填）」，引申為「使實現」。refill 是「再裝滿」，當名詞是指「填充物」。

 服從（compliance）就是完全填滿規則

compliance 是「遵守」的意思，語源是「完全填滿」，原義為「完全填滿規則或要求」。動詞的 comply 則是「遵從」規則或要求。supply 是「從下面填滿」，引申為「供給、提供」，當名詞則是「供給（品）、補給品」。

營養補充品的英文叫 supplement，原義是「從底下填補不

足之物的東西」，除此之外還有「附錄、補充、增刊」等意思。形容詞形supplementary則是「增補的、追加的」。

 旅館房間內的complimentary card是什麼？

在外國旅館住宿時，房間內的桌上常跟水果一起放著一張寫有complimentary的卡片。這其實是指這盤水果「免費」的意思。

complimentary的原義是「完全填滿對方的心情」，引申為「贈送的、問候的」。而compliment則是「問候、恭維」。

compliment的同音異義字complement的原意也同樣是「完全填滿」，引申為「補足」，其形容詞形complementary是「補足的」。implement是「填滿內部」，引申為「實行、履行」計畫或約定，當名詞則是指工匠完成工作用的「工具」。

 complete就是把需要的東西完全填滿

complete是指「com（完全地）＋填滿」，即「完全的、使完成」的意思。replete是「re（再次）填滿」，引申為「完備的、裝滿的」；動詞replenish也是「re（再次）＋填滿」，即「補充」之意。accomplish是「a(c)（朝～的方向）＋com（完全地）＋plish（填滿）」，即「達成」工作或計劃，名詞形accomplishment是「業績、達成」。

068

拳擊的「對打練習（sparring）」是等對方揮拳後格擋攻擊的練習

par(e)/per
＝產生、準備、排列

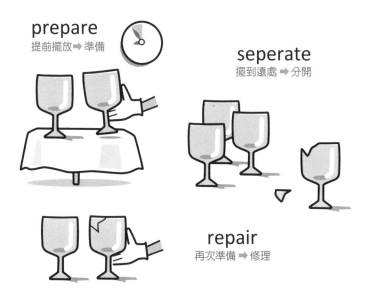

prepare
提前擺放➡準備

seperate
擺到遠處➡分開

repair
再次準備➡修理

 雙親（parent）就是「生育者」

　　PTA（家長會）是parent-teacher association的縮寫，直譯的話就是「家長與教師協會」。

「雙親（parent）」的語源是「生育者」，pare可追溯至原始印歐語中意指「生、做出」的pere；另外pere也有「準備」或「排列整理」等意義，並由此衍生出了很多單字傳入英語。

 整齊排列行進的parade

　「行列（parade）」一詞當動詞時是指整齊地「行進」。「陽傘（parasol）」是「para（準備）＋sol（太陽）」，原本是指為了抵禦陽光而準備的用具。

　parachute源自法語的「準備掉落（chute）」，引申為「降落傘」。

　parapet的語源是「para（準備）＋pet（胸）」，意指陽台或橋樑上設置來讓人靠胸的「扶手」或「欄杆」。

 「準備（prepare）」就是提前把東西擺好

　pare原本指是把蘋果等水果切成方便食用的狀態，引申為「削（水果）皮」；prepare是「提前備妥」，就是「準備」的意思，名詞形是preparation，形容詞形preparatory是「預備的」；repair是「再次準備」，引申為「修理」。

　apparel的原義是「提前準備好的東西」，本來是指「戰鬥服」，不過現代泛指「衣服」或「外觀」。apparatus也來自同語源，是指「儀器、設備」。

 separate是「擺在遠處」以便「區分」

　separate的原義是「擺（pare）在遠處」，當動詞指「區分、分開」，當形容詞是「分離的、個別的」，名詞形separation是

「分離、分居」。

　　拳擊的「sparring」意思是指戴著手套實際對打的練習方式。spar的語源是「s（＝ex）（向外）＋par（準備）＋ing（的行為）」，源自擺好架勢準備撥開對手拳頭的意象。

 ## 「數個（several）」就是把一個東西拆成多份

　　而雖然拼法稍有變化，但sever和several也來自相同語源。sever的語源是「遠離準備」，是指把小嬰兒帶離母親身邊，即讓寶寶離乳，引申為「切斷」或「斷絕（關係）」；several也是「被分離的」，引申為「數個的」。

 ## 命令國民排成1列的皇帝（emperor）

　　「皇帝」的英語emperor也來自命令國民排成一列的意象。

　　empire是「帝國」的意思，形容詞形為imperial，即「皇帝的」或「帝國的」。例如日本代表性的高級飯店之一「東京帝國酒店」，英文名稱就叫Imperial Hotel。

　　imperialism是「帝國主義」的意思，imperialist是「帝國主義者」，形容詞imperative是形容事物如皇帝的命令般「必須服從的、命令式的」；imperious是「傲慢的、跋扈的」。

069

彎月（crescent moon）是月亮從新月徐徐變大的狀態

cre/cru＝使增加、養育

increase
往上培育 ➡ 增加

decrease
往下培育 ➡ 減少

create
培育 ➡ 創造

concrete
一起培育 ➡ 凝固 ➡ 混凝土

 由農業女神刻瑞斯孕育的玉米片

　　羅馬神話中的農業女神「刻瑞斯（Ceres）」跟希臘神話中的「狄密特（Demeter）」被視為同一位神祇。Ceres來自拉丁語中

表示「誕生、成長、增加」的單字 crescere。而此字又可追溯到原始印歐語中表示「成長」的 ker。

　　源自農業女神刻瑞斯的英文單字之一，就是表示「穀物」和早餐吃的「穀物加工食品」的「cereal」。

　　而天體的「穀神星（Ceres）」是1801年由義大利人皮亞齊（Pia[形]i）在火星和木星之間發現的第一個小行星。但穀神星後來在2006年被改分類為矮行星。

 月牙形的可頌

　　月牙形狀的麵包「可頌（croissant）」來自法語，英語的正式說法是 crescent roll。crescent 是「新月（的）」的意思，語源來自「cre（培育）＋scent（正在）」。原義是「從新月的狀態逐漸變大中」。

　　音樂術語的「crescendo」是「漸強」的意思，原義為「聲音強度或大小漸漸增加」，反義字「漸弱」叫「decrescendo」。

 crescendo之於decrescendo ＝ increase之於decrease

　　另一組跟 crescendo 和 decrescendo 有著相同關係的英文單字是「增加（increase）」和「減少（decrease）」。increase 是「in（往上）培育」，即「增加」；decrease 是「de（往下）培育」，即「減少」。兩者的名詞形都跟動詞形拼法相同，不過重音的位置要往前移，變成 [inkri:s] 和 [di:kri:s]。

recreation是散心

create是「創造」，名詞形是creation，creature是「生物、人類」，creator是「造物主、上帝」，形容詞形creative是「有創意的」。

recreation的原義是「re（再）創造」，引申指工作結束後為了「恢復疲勞」而「散心」。動詞recreate是「使重現、消遣」。

用砂礫和沙子、水泥跟水一起混合後，就會慢慢地凝固成「混凝土（concrete）」。concreate這個字的語源是指「一起培育」，並由凝固成形的意象衍生出形容詞的「具體的、混凝土製的」等意思。

招募（recruit）就是增加士兵的數量

crew的原義是「增援部隊」，後衍生出「從事特定工作的人」的意思，最後變成現在船或飛機的「乘員」或「機組人員」之意。

「招募recruit」的語源是「再次增加」，原本是「增加士兵數量」之意，後演變為「招募新人」，當名詞則是「新兵、新進員工」。accrue的原義是「朝～的方向增加」，引申為利息或資本等的「增加」。

與「時間、空間」有關的語源

週期、形狀、狀態……

070

「馬戲團（circus）」 是輻射狀道路中心的 「圓形廣場」

cir(c)/cr＝彎、回轉

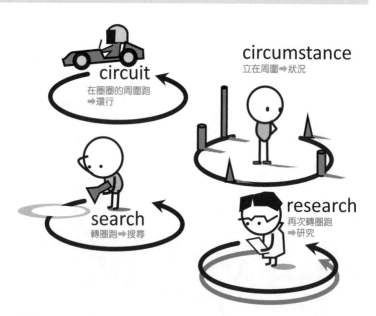

circuit
在圈圈的周圍跑
➡環行

circumstance
立在周圍➡狀況

search
轉圈跑➡搜尋

research
再次轉圈跑
➡研究

 馬戲團（circus）源自希臘語的「輪子」

　　提到馬戲團，日本的木下大馬戲團和俄國的國家大馬戲團可謂全球知名。circus源自希臘語的kirokos（輪子），隨後又變

成拉丁語中表示「輪子、圓形競技場」的circus，接著才傳入英語。而「太陽馬戲團（Cirque du Soleil）」也十分有名，這是一家總部設於加拿大魁北克州的馬戲團，是法語的「太陽馬戲」。

 倫敦的皮卡迪利圓環廣場（Piccadilly Circus）

circus此字就如同倫敦的「皮卡迪利圓環廣場（Piccadilly Circus）」，有「圓形廣場」的意思；而有語源上關聯的circle（圓、圈）則是由「小輪子」衍生而來的。形容詞circular是「圓形的、循環的」，動詞的circulate則是「循環」。另外，名詞形circulation是「循環、發行量」。

汽車或機車賽車場的「circuit」是「circ（輪）＋ it（去）」，引申為「一圈、巡迴」的意思。拉丁語的circum（輪、周圍）在英語中被當成接頭辭，比如circumstance是「立在周圍」，引申指「狀況、境遇」；circumference「運到周圍」，引申為「圓周、周邊」；circumspect是「看周圍」，引申為「慎重的」等。

 掃射夜空的探照燈（searchlight）

雖然拼法不一樣，但發音相似的search和research也來自相同語源。用來照射遠方物體或當信號燈在夜空巡迴的「探照燈（searchlight）」的search，當動詞是「搜尋、尋求」，當名詞是「搜查、調查」的意思。至於research則是「再次探求」，引申指「研究、探究」。

 circus和circle來自原始印歐語的sker（轉）

「語根」的circ（圓）可追溯到原始印歐語（參照第1頁）

中表示「轉、彎曲」之意的sker。sker除了cir(c)，也變化成cur或cr(i)等形式傳入英語，並衍生出許多單字。

crepe是彎曲的，corona是圓圓的

從cir(r)或cur、cr(i)衍生出來的單字，包含了用薄鬆餅皮捲成crepe（可麗餅）、具有彎曲意象的crest（雞冠）、形狀圓圓的crown（王冠）、環繞在太陽四周的corona（日冕）等等。「新型冠狀病毒」的英語正式說法是novel coronavirus。還有丹麥與挪威的貨幣krone（克朗），也是圓形硬幣的意思。而「曲線、彎曲」的curve也是同類。

從「戒指（ring）」到「收縮（shrink）」

英式英語的crisp，相當於美式英語中的（potato）chips（洋芋片）。這個crisp也是源自薄薯片油炸後會彎曲的特性。

還有，語根的cri拿掉c後的衍生字ring（彎曲的東西→戒指、圓形競技場）；像滑冰場的ice rink；還有「收縮」的shrink也是彎曲縮小的意象。

畫圓圈出的「範圍（range）」

rank是排出隊列畫圓的意象，引申為「隊伍、階級、隊列」的意思。range也同樣是畫圓圈出來的「範圍」之意，當動詞則有「排列、使並列」或「來回遊走」等意義；ranger則是「來回遊走的人」，引申為「護林員」的意思。

arrange是「往有範圍的狀態」，引申為「整理、安排」，名詞形arrangement是「佈置、安排、準備」，derange是「de（遠

離）＋range（範圍）」，引申為「使混亂、使錯亂」的意思。

 從動物彎曲的背脊變成「山脊」的ridge

　　ridge指動物彎曲的「背脊」或「山脊」。比如美國的「藍嶺山脈（Blue Ridge Mountains）」，原義是指「藍色的山脊」。而「帆布背包（rucksack）」則源自於德語的「rücken（背）＋sack（袋）」。

 牧場和農場大受歡迎的田園沙拉醬（ranch dressing）是？

　　「牧場」或「農場」的英文ranch，源自以前拉丁裔美國人把房子並排蓋在農場周圍的習慣。

　　據說「田園沙拉醬（ranch dressing）」是美國最有人氣的調味醬，是用酸奶油、酪乳、優格、美乃滋等混合蒔蘿、切碎的紅蔥、蒜粉等有香味的野菜或香辛料製作的。

071

繞圈轉！
表示週期或循環的
「cycle」

cycle / cult = 巡迴、旋轉

bicycle 兩個輪子 ➡ 自行車

cyclone
旋轉的東西 ➡ 旋風

culture
揮動鋤頭耕作 ➡ 文化

collar
繞著脖子的東西 ➡ 衣領

> **印度洋的旋就是旋轉的東西**

　　意指「週期」或「循環」的cycle，源自拉丁語中表示「圓」或「輪」的cyclus。有兩個輪子的「自行車」叫bicycle，「三輪

車」叫tricycle；在印度洋或南太平洋產生的熱帶低氣壓「旋風
（cyclone）」的原義是「旋轉的東西」。

 仙客來是圓滾滾的球根

拉丁語的cyclus可以追溯到原始印歐語中表示「旋轉」的
kwel。encyclopedia是指「en（向內）＋cyclo（周圍）＋ped（幼
兒）」，意指跟管教小孩有關的事情，引申為「百科全書」。

「仙客來（cyclamen）」這種植物的名字源自於它圓滾滾的
球根形狀。還有，拼法跟kwel相似的wheel，是指會轉動的「車
輪」，而裝有車輪的椅子「輪椅」則叫wheelchair。

 文化（culture）就是耕耘心靈

culture源自拉丁字colere的過去分詞cultus。原義是揮動鋤
頭耕田的意思，引申為耕耘心靈，即「文化」或「教養」。

 agriculture就是耕田

culture也有「耕作」或「栽培」的意思。意指「殖民地、集
中居住區」，此外還有生物生來最適合棲息之「群落」的英文
colony，以及「耕作、栽培」的英文cultivate、表示激進「邪教集
團」或「信徒組織」的cult、圍著脖子的「衣領」collar，這些單
字也跟culture有著相同語源。

「農業」的英文是agriculture，此字源自拉丁語的「耕田
（agri）」。

agronomy是「agriculture（農業）＋economy（經濟）」的
組合字，專業術語上指「農學」或「農藝學」。還有「水產養殖」

的aquaculture是「用水（aqua）耕作（養殖）」的意思；「花卉栽培」的floriculture是「耕作（栽培）花（flor）」的意思；「養魚」的pisciculture是「耕作（養殖）魚（pisc = fish）」；「園藝」的horticulture是「耕作庭園（hort）」。

 農業觀光（agritourism）

「農莊住宿（farm stay）」就是到外國的農場主家中寄宿，幫忙在農場照顧牲畜或採收農作物的旅遊活動。這種活動的英語正式說法是agritourism，中文翻為「農業觀光」。

 面積單位「英畝（arce）」的語源

面積的單位「英畝（arce）」是指兩頭用軛套在一起的牛一天可耕作的面積。一英畝大約等於一座壘球場的範圍。

 garden（庭院）就是被圍起來的土地

「園藝」的英文horticulture源自拉丁語的hortus（庭院），而這個字又可追溯到原始印歐語中表示「圍住」之意的gher。「庭院」的garden原義就是「被圍起來的土地」。gird當動詞是「包圍、束」的意思；而女性用來塑造腹部或腰部曲線的「束腰（girdle）」，語源是「gird（纏起的）東西（le）」。「幼稚園」的英文kindergarten的語源來自德語的「kinder（小孩子們的）garten（庭院）」。

 garden變化成court

g的發音在拉丁語中變化成k的發音，比如court原指被建

282

築物圍在中間的中庭，引申為「宮廷、法庭」，或是網球的「球場」。courtesy是在宮廷中應有的「禮節」；courteous是「有禮貌的」。

城堡或宅邸的「中庭（courtyard）」的yard也是由gher變化而來。「果園」的英語orchard的語源則是「蔬菜或植物（wort）的庭園（yard）」。

除此之外，churchyard是「教堂的院落」或「教堂的墓地」；graveyard意思是「墓園」；farmyard或barnyard是「農家庭院」；junkyard是「廢鐵廠、廢車回收廠」；lumberyard是「木材堆置場」；scrapyard是「廢料場」。

COLUMN 補充知識！

★ 雙魚座的英文為何叫 Pisces？

這裡介紹一個跟「養魚（pisciculture）」有關的知識。

pisc就是原始印歐語的「魚」。經由日耳曼語傳播，pisc變成fish的形態傳入英語。而「雙魚座」的英語可以叫Pisces或the Fishes。

072

「套房（suite）」
就是有廚房有客廳
且「房間直接相連」的房子

sec/seq/su(i)＝連續

second
排在1之後的東西
➡第二的

一起接續➡結果

consequence

sequence
接續➡序列

persecute 穿過繼續➡迫害

 秒（second）是排在分（minute）之後的東西

　　時間的「分（minute）」的原義是把1小時分成60分之1後「變小的東西」；而second（秒）則是把1分鐘分成60分之1的

東西。所以說second是「排在（minute）之後的東西」，語源是原始印歐語中表示「接續」的sekw。

 全部連在一起的房子叫套房（suite）

表示「第二」的second，原義同樣是「排在first之後的東西」。而表示宗教「宗派」或「學派、黨派」的sect，則是指「追隨」相同信條或主義的集團。

旅館的suite（套房）則是單一房間內包含臥室、客廳、廚房、起居室的高級房間，語源不是sweet（甜），而是「連續的空間」。

 上衣、褲子、外套三件一組的西裝（suit）

事物的「連續性」若好，就表示它「很適合、能維持下去」。「西裝（suit）」是指上衣、外套、和長褲一組的男用套裝，或是上衣跟裙子採用相同材質的女用套裝；另外這個詞也可以指需要一系列手續的「訴訟」。當動詞則是「適合」的意思，形容詞形suitable是「適合的、般配的」。sue是源自法語的suivre（隨同），後變成法律術語，意指「控告、訴訟」。例如「我要告你！」的英語是I'll sue you!。

同語源的單字suitor則是指法庭的「原告」，此外也有「求婚者」和「有收購意向的企業」之意。

ensue是「往上接續」，引申為「接踵而來」；pursue是「往前接續」，引申為「追求、追蹤」，名詞形是pursuit。

由步法和轉身組成的一系列動作叫step sequence

在花式滑冰中，由多種步法（step）和轉身（turn）組成的一系列表演叫做「接續步（step sequence）」，這裡的sequence原義是「繼續」，引申為「排序、序列」。consequence是「一起繼續」，引申為「結果、重要性」；subsequent是「往下繼續」，引申為「緊接在後的、後來的」。

 連續的高級辦公室叫executive suite

execute是指「外出一直跟隨到最後」，引申為「執行、處決」，名詞形是execution。

形容詞形executive是指執行重要的事項，引申為「行政的、主管級的」，當名詞則是「高級官員」，而executive suite則是「商務套房」。

persecute也來自於同一家族，由「穿過繼續」引申為「迫害」，名詞形為persecution。prosecute是「向前繼續」→「持續到法庭之前」，引申為「起訴、執行」。

 人們連續不斷聚集起來的集團叫「社會（society）」

雖然拼法有點不同，但society也由絡繹不絕的意象聯想到人類聚集起來的狀態，即「社會」。形容詞形social是指「社會的」，sociable是「社交性的」；associate是「往～的方向接續」，引申為「聯想、交往」，名詞形association是「關係、協會」。

socio當接頭辭時則衍生出了以下單字：sociology是「社會學」、sociologist是「社會學家」、sociological是「社會學的、sociolinguistics是「社會語言學」。

073

身體會變形到處移動的
單細胞生物
「變形蟲（amoeba）」

mun/mut=變、動

common
互相交換
➡分享➡共有的

communicate
交換意見➡溝通

community
分享利益的集合體

commute
完全改變➡改變地點➡通勤

 「常識」的英語有兩種

英語的「常識」有common knowledge和common sense這兩種。前者指眾所皆知的「常識」，後者指從經驗習得的「常

識」。common的語源是「com（一起）＋mon（變）」，由「互相交換」→「一起分享」引申出「共同、常見的」之意。

commonwealth指跟英國一同分享財產（wealth），引申為「英聯邦（跟英國分享財產的經濟同盟）」。commonplace則是「共同的場所」，名詞引申為「司空見慣的事」，形容詞則是「平凡的」。

 交換意見是溝通（communication）

語根mon源自於原始印歐語中代表「變化、動」的mei。communication是由common衍生出來的單字，原義是交換意見，引申為「溝通、通訊」，動詞的communicate則是「傳遞、聯絡」。excommunicate是「告訴對方到外面去→滾出去」的意思，引申為「逐出教會」，名詞形是excommunication。

 共產主義（communism）要分享什麼？

由全民共同分享社會整體利益和義務的「共產主意」叫communism；「共產主義者」是communist；「社區」或「共同社會」則叫community或commune。municipal的原義是「承擔義務的自由都市市民的」，引申為「地方自治的、市立的」。commute是「完全改變」→「改變所在地」，引申為「通勤」；commuter是「通勤者」。telecommute是「把地點換到離公司很遠的地方」，引申為「遠距辦公」。

 immune是不會被外在因素改變的狀態

正式名稱為「後天免疫缺乏症候群」的「愛滋病（AIDS）」，

是英文的 acquired immune deficiency syndrome 的縮寫。immune 是「不會被外在因素改變的狀態」，引申為「有免疫力的」，名詞形 immunity 是「免疫（性）、免除」，immunology 是「免疫學」。

 會改變形狀的單細胞生物「變形蟲（amoeba）」

　　棲息在水中的微小單細胞生物「變形蟲（amoeba）」是直接由拉丁語的「變化（amoeba）」變成英語的單字，來自這種生物會改變身體形狀來移動的特性。美國電影《忍者龜 Teenage Mutant Ninja Turtles》是一部描寫因基因突變而變成人形的四隻烏龜戰隊英雄的故事。mutant 是「基因突變體」，有時也有「怪人」的意思。名詞形 mutation 是「基因突變」。mutual 是互相分享的意思，引申為「相互的」。

 「入國登記卡」叫 immigration card

　　我們到某些國家旅遊，在入境時必須提交「入國登記卡（immigration card）」。immigrate 是「進入裡面」的意思，引申外國人「移民」到本國，而 immigrant 則是指來自其他國家的「移民者」。emigrate 則是從本國「移民」到其他國家，名詞形 emigrant 是指從本國搬到其他國家的「移民者」。而沒有接頭辭的 migrate 則單純指「遷居」，或者是鳥類或魚類等定期性的「遷徙」，名詞形 migration 是「移居、移動」，形容詞形 migratory 是「遷徙性的」，比如 migratory birds 就是「候鳥」。permutation 是「穿過改變」，引申為「變更、排列」；transmute 是「超過改變」，引申為「使變化」成更高等的東西；permeate 是「穿過移動」，引申為「浸透」等意思。

 074

為什麼「電影」叫 motion picture/ movie/cinema？

mov/mot/mom
＝動、使移動

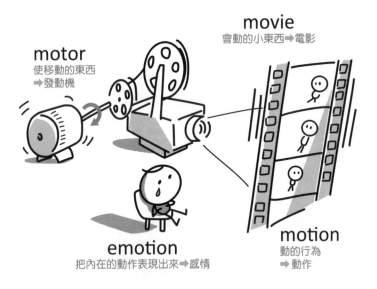

motor
使移動的東西
➡發動機

movie
會動的小東西➡電影

emotion
把內在的動作表現出來➡感情

motion
動的行為
➡動作

「電影（**movie**）」是「會動的小東西」

「電影」的「movie」語源是「會動的小東西」，而這個字其實是 moving picture 的簡寫寫法，原義一如字面即「動畫」的意

思。move是「動、移動」，名詞形movement是「動作、運動」，形容詞形movable是「可移動的」；remove是「使往後移動」，引申為「去除、脫掉」，名詞形removal是「移動、排除」。語根的mov源自拉丁字movere，而此字又可追溯到原始印歐語中表示「推開」的meue。

慢動作（slow motion）就是慢慢來

其他相同語源的單字還有motion ／ motor ／ moment等。motor的原義是「使移動的東西」，引申為「發動機、馬達」；motorcycle是「摩托車」；motorist是「開汽車的人」。

motion是「動」，即「動態、動作」的意思，比如「慢動作」叫slow motion，「電影」也可以說motion picture。motionless是「沒有動作」，引申為「靜止的」；emotion是「把內在的動作表現出來」，引申為「感情」，形容詞形emotional是「感情上的」；commotion是「大家一起推動」，引申為「騷動」。

「晉升（promote）」就是往前移動一格

promote是「使往前移動」，引申為「晉升、促進」，名詞形promotion是「升官、促銷」的意思，promoter則是「主辦人、推動者」。demote是「使往下移動」，即「（使）降級」。「遙控器」叫remote control，而remote的原義是「使往後動」，即「相隔很遠的、遙控的」。

「動機（motivation）」就是推動人的心情

「motif」這個字來自法語。用在美術、電影、文學等藝術

作品時，這個字是指構成作品創作動機的中心思想，即「主題」、「基調」。另外這個字也能用來表示「動機」，並由此字義衍生出了motive一詞。motive的衍生字motivate則是「給予動機、激發」的意思，名詞形motivation是「動機、幹勁」。

 mobile phone就是「可以移動的電話」

「蒸汽機車」的英文叫steam locomotive，而locomotive這個字的原義是「從某地移動到某地」。「手機」的英文mobile phone原義是「可移動的電話」；mobile的名詞形mobility是「移動性、機動性」。而mob則是從mobile衍生出來的單字，意思是「暴徒、流氓」。

 時間的「動作」叫moment

不只空間可以移動，時間也可以，而時間的動作叫moment（瞬間），形容詞形momentary是「瞬間的、片刻的」之意；momentous是指每一個瞬間都很重要，引申為「重大的」；momentum是指活動的「氣勢」，在物理學上是「動量」的意思。

COLUMN 補充知識！

⭐ **cinema源自kinema**

「電影」或「電影院」在英國有時又叫cinema。

日本在二戰前後的時代也把電影叫「cinema（シネマ）」或「kinema（キネマ）」，現在的日本人要表現懷舊感時也常常會使用這兩個詞。kinema的原義是「使移動」。

順帶一提，「納豆激酶（nattokinase）」是指納豆發酵食品中所含有的酵素，其中的kinase原義是「移動的物質」。kinematics是「運動學」，kinetic是「運動的」，kinesthesia是「運動感覺」。

另外雖然拼法不同，但excite／recite／cite等單字中的cit(e)的語源也是「使移動、呼叫」。

excite是叫出感情的意思，引申為「使興奮」，名詞形excitement是「興奮」；recite是「多次說出口」，引申為「背誦」，名詞形recital是「獨奏會、獨唱會」；cite是叫出來，引申為「引用」。

075

「便利商店（convenience store）」就是到處都有，很方便的店

ven(t) = 去、來

event
到外面來➡事件

invent
上面（腦袋）靈光一閃
➡發明

adventure
朝某方向去➡冒險

convention
大家一起來➡大會

prevent
站到面前➡阻止

venue
人們到來➡舉辦地

become就是「到旁邊來」

　有對方「來到」自己所在地，以及自己「去到」話題中心之意的come，源自於原始印歐語中表示「來、去」的gwa，並經

由日耳曼語傳入英語，依循「格林定律」（參照79頁）變成現在的形態。become是由「be（＝by）（到旁邊、到周圍）＋come（來）」組成，即來到某東西附近，引申為「成為～、適合～」的意思。比如This dress becomes you well.（這件洋裝非常適合你）。而表示「歡迎」的welcome也同樣是「wel（＝will）（意志）＋come（來）」，意指開心地迎接來客。

原始印歐語的gwa經由拉丁語這條路線變成ven(t)的形式傳入英語。比如意指「事件」或「項目」的event原義是「到外面來」，引申為「發生的事」或「結果」；形容詞形eventual是「最終的」，副詞形eventually是「終於」。

 冒險（adventure）就是朝某方向前進

adventure是指「朝某方向前進」，又引申為「冒險（心）」；misadventure是「mis（錯誤地）＋adventure（去）」，又引申為「運氣不佳的遭遇、意外事故」；advent是「到這邊來」，引申為「到來、出現」，至於the Advent則特指「基督降臨」。

invent是指「上面（頭腦）靈光一閃」，引申為「發明」；inventory是「發現的場所」，引申為「（商品的）目錄、庫存」；prevent是「擋在來人的面前」，意指「阻止、妨礙」。

circumvent是「來到難關或法律周圍」，引申為「規避」。

 很多人到來的舉辦地叫venue

venue的原義是人們從別處到來，引申為會議、音樂會、體育競賽的「舉辦地」或「審判地」等意思。此字的衍生字avenue則是「通往～的道路」之意，引申為「大道、手段」。revenue是

「回來的東西」，即為國家或地方公共團體的「稅收」或「收入」；表示「土產」或「紀念品」的souvenir原義則是「從意識底下到來並留在記憶中之物」。

 到處都有的方便商店是？

「便利商店」的英語是convenience store。convenience的原義是「不管到哪裡都一起陪同」，進而引申為「便利性、便利的東西」，形容詞形convenient是「便利的、方便的」。

convene是大家「聚集」起來或「召集」會議的意思，名詞形convention原義是「大家來」，引申為「大會、集會」；另外這個字還衍生出「大家來」做同一件事，即「慣例」的意思，其形容詞形conventional有「傳統的、平凡的」等義。

intervene是指介入雙方之間「仲裁、插嘴」，其名詞形intervention為「仲裁、干涉」；covenant則是指「雙方都走近彼此」，引申為「承諾、契約」。

 柯芬園以前曾是修道院

位於倫敦市中心的「柯芬園（Covent Garden）」是倫敦戲劇和娛樂重地，這名稱的原義其實是「修道院的庭院」，可知這裡以前曾是修道院。covent的語源來自於「co（一起）＋vent（來）」，在15世紀前半變化成convent，現在則是指「女子修道院」。

076

「網站（web）」是像蜘蛛巢一樣大大張開到處覆蓋的網絡

wegh ＝ 去、用交通工具運送

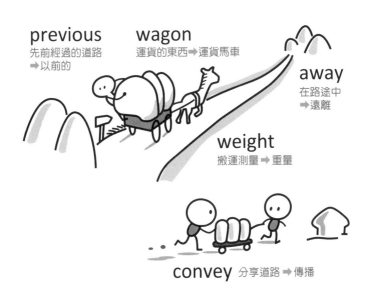

previous
先前經過的道路
➡ 以前的

wagon
運貨的東西 ➡ 運貨馬車

away
在路途中
➡ 遠離

weight
搬運測量 ➡ 重量

convey 分享道路 ➡ 傳播

 織（weave）和蜘蛛網（web）來自同語源

　　「方法、道路」的way和「運貨馬車」的wagon都源自原始印歐語中表示「去、用交通工具運送」的wegh。而搭乘交通工

具時會前後左右搖晃，所以wave當動詞有「揮手」的意思，當名詞是「波」。waver是指前後移動不穩定的狀態。引申為「搖擺、動搖」；wiggle是「震動」身體一部分的意思。

weave是手前後移動的動作，引申為「編織」；web則是編織物，引申為「蜘蛛網」。

美國的韋伯字典原義是「編纂者」

WWW是World Wide Web的縮寫，意指像web（蜘蛛網）一樣遍布各地的巨大網際網路。美國代表性的字典《韋伯字典（Webster's Dictionary）》是依其編纂者Noah Webster的姓氏命名的。巧合的是，Webster這個姓正好是「web（編）＋ster（人）」，也就是「編纂者」的意思。而「部落格（blog）」則是web和log的組合字，log是「航海日誌」的意思。

away的語源是「走在路上」即「在途中」

表示「遠離地」的副詞away，語源是on the way（在途中）的意思，比如work away是「一直在工作」，意指「勤奮工作」。always是「途中一直」，引申為「總是」之意。

大谷翔平是a two-way player（二刀流球員）

跟way同音的weigh是搬運以「測量重量」的意思，名詞形weight是「重量、體重」。北歐四國之一的「挪威（Norway）」的語源是「north（北方的）＋way（路）」。

byway是「旁道」；subway是「下面的（sub）路」，引申為「地下鐵、地下道」；driveway是從馬路連往自家車庫的「私人

車道」；freeway是「高速公路」；highway是「幹道」（在日本一般指高速公路）。hallway是房子的「門廳」；runway是「跑道」；one-way是「單向的、單行道的」。而目前在大聯盟中活躍的日本選手大谷翔平則是a two-way player（二刀流球員）。

輸送帶（conveyor）就是共享一條道路

wegh經由拉丁語變化成ve(y)／vo(y)／vi等形式，衍生出許多英語單字。比如「傳送帶」的英語是conveyor belt，convey是「共享道路」，引申為「運送、傳遞」；同樣地，convoy也是「運輸船隊、卡車隊」的意思；envoy則是在政府或總統的命令下「前往道路」，引申為「特使」或「代表」。

瑣事（trivia）就是三條路的意思

「瑣事（trivia）」的語源是「三條道路」。由三叉路是很多人聚集之處的意象引申出「無聊的事情」或「瑣事」的意思，形容詞形trivial是「瑣碎的、不重要的」，只有via的話則是前置詞「經由～」的意思。西班牙首都馬德里的「格蘭大道（Gran Via）」字面上就是「大道」的意思。viaduct原義是「引導道路」（duct），即「陸橋」或「高架道路」。

previous是先前經過的路

previous是「先前經過的路」，引申指「以前的」；obvious是「擺在面向前進的路上」，引申為「明顯的」；devious是「偏離道路」，引申為「欺詐的、迂迴的」，動詞形deviate是「脫離、越軌」，名詞形是deviation。

「一路順風！」叫Bon voyage!

vehicle是「在路上行駛的東西」，進而引申為「交通工具、手段」。voyage是「船旅、航海」；Bon voyage!是法語的「好的（bon）旅行」，即預祝要踏上旅行的人「一路順風！」的意思。

watch是「看」著正在移動的東西

表示「手錶」或盯著正在移動或可移動之物的「看」的watch、表示「等待」的wait、還有表示「等待（某人事物）」的await以及表示「（使）醒來」的wake／waken／awake都來自相同語源。這些字的原義是「看守」的意思，可追溯到原始印歐語中表示「強力的、有活力的」的單字weg。這可能是由有「動」意象的wegh變化而來。

由魔女邪惡的意象衍生而來的wicked

weg到英語變成了witch或wick的形式，比如「魔女」的witch、「魔法」或「巫術」的witchery或witchcraft。wicked的原義是「巫師的」，引申為「邪惡的、頑皮的」；bewitch是「be（做）＋witch（魔女）」，即「施魔術於」，因為古人認為魔女會用魔法的力量召喚魔靈。

weg經由拉丁語變化成vig或veg

vigor是「活力、強健」，形容詞形vigorous是「強健的」，invigorate是「鼓舞」。vigil是「熬夜」看護或看守，形容詞形vigilant是「警惕的」，其名詞形vigilance是指「警戒、警惕」；vigilante一詞源自西班牙語的「警備隊員」。

蔬菜（vegetable）是活力的泉源

　　vegetable的原義是「成為活力的來源」，引申為「蔬菜」；vegetate是「如植物般成長」；vegetation是「植物」；vegetarian是「素食主義者（的）」，簡稱為veggie。vegan則特指除了魚、肉外，連蛋、奶、起司等只要是動物類的食物全都不吃的「完全素食者」。另外vegetable也有「無精打采的人」的意思。

速度（velocity）的語源是「搬運」或「活力」

　　意指「速度」的velocity的語源是「搬運」，但也有另一種說法認為是「強大、活力」。

　　velocipede是「velo（速度）＋pede（腳）」，意指需要蹬地來前進的早期「腳踏車」；velodrome是「velo（速度）＋drome（走路）」，引申為「自行車賽車場」。

路線（route）就是砍出來的路

　　way（道路）的同類語還有route。

　　routine的原義是指平常走的小路，引申為「慣例程序、例行公事」；route的原義是「砍開土地開闢的道路」。這個字可追溯到拉丁語中表示「崩壞的」的rupta。

　　bankrupt是「銀行崩壞」，即「破產」；corrupt是「大家一起崩壞」，引申為「腐敗的」；abrupt的原義是「崩壞四散的」，引申為「唐突的」。

　　erupt是山「向外崩壞」，即「火山爆發」之意，名詞形是eruption；interrupt是「在中間崩潰」，引申為「打斷」；disrupt是「崩潰」而四散，引申為「使混亂」。

掛在雨傘或包包上的「裝飾品（accessory）」

cede / ceed / cess
＝去、讓渡

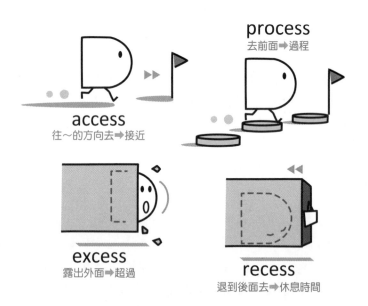

process
去前面➡過程

access
往～的方向去➡接近

excess
露出外面➡超過

recess
退到後面去➡休息時間

 access是「往～接近」的意思

　　很容易「進入」目的地，或是「存取」網路等的英文教 access，這個字的語源是「a(c)（朝～）＋cess（去）」。而「朝～

接近」則衍伸出「接近方法」的意思，動詞是「接近」。accessible 則是「易接近的、易得到的」，inaccessible是「不易靠近的」。

 accessory的另一個意思

「accessory（アクセサリー）」在日語中是裝飾品的意思，主要是指耳環、項鍊、戒指、或胸針等；而在英文中，除了上述裝飾品外，像是帽子、雨傘、包包、腰帶等也都屬於accessory。accessory的原義是外出時穿戴在身上的配件，而在法律術語中則是「共犯」的意思。

 使工作往前推進的步驟叫process

天然乳酪在製造過程中會加入乳化劑等添加物並加熱融化，重新塑造成形，完成後的產品叫「加工乳酪（processed cheese）」。process是「往前去」，引申為「過程、工序」的意思。process語根的cess主要表達單字的詞性是名詞。

 success是由下到上，代表「成功」

excess是「露出外面」，引申為「過剩、超過」，形容詞形excessive是「過度的、極端的」。recess是「從職場退下」，引申為「休息時間、休會」。necessity是「不可退讓性」，引申為「必要性」，形容詞necessary是「必要的」。ancestor是「前去者」，引申為「祖先」；同樣是名詞的ancestry則有「血統」之意。

 succession是往下接續，即「繼承」

表示「去、讓」的語根cess放在動詞時會變化成ceed或

cede。比如succeed是指「從下往上（suc）去（ceed）」，引申為「成功」。而把往下去解釋成往下接續的話，就變成了「繼承、傳承」的意思。因此success是「成功」，而succession則是「接續、一連串」，形容詞形successive是「連續的」，successor是「繼承者」，successful是「成功的」。

recession是暫時性的景氣衰退

recede是「往後去」，即「後退」。名詞形recession是景氣「往後退去」，引申指暫時性的「景氣衰退」者。proceed是「往前去」，即「繼續做、前進」，名詞形procedure是「手續、步驟」，proceeding則是「手續、會議紀錄」。

concede是不往前去而「一起去」，引申為「讓步、承認」，名詞形是concession。precede是「往前去」，引申為「比～更重要」，名詞形precedent是「前例、先例」，predecessor是「前任者」。exceed是「跑出外面」，引申為「超越～」；secede是「逐漸遠離」，引申為「退出」。

decease是逐漸遠離現世

cease由「退讓」的意思衍生出「中止」活動、連續的事物突然「中斷」等意思；decease則是「逐漸遠離現世」，引申指「死亡」。the deceased則是指「亡者、故人」。

incessant是「無法退讓」，引申為「不間斷的」；cede則是指將領土或權利「割讓」給其他國家，名詞形cession是「領土割讓」。

078

「旅遊（tour）」是出發後繞一圈會回到原點的旅行

tere=轉、扭、擦

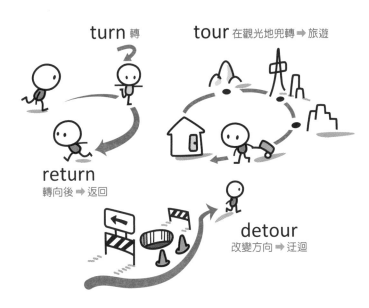

turn 轉

tour 在觀光地兜轉 ➡ 旅遊

return
轉向後 ➡ 返回

detour
改變方向 ➡ 迂迴

turn就是用陶輪轉

　　turn（轉、使轉動、回合）的語源是拉丁語或希臘語的「用陶輪轉」。U-turn是「如U字形一般迴轉」；return則是「轉回原

處」，即「返回」；downturn是物價或景氣「衰退」；overturn是「使往上、超過翻轉」，即「推翻」；upturn是「往上轉」，引申為景氣「上升、好轉」。

 英國畫家透納（Turner）的祖先是車工？

也有些單字把turn當成接頭辭使用。比如turner是「車工」或煎鬆餅用的「鍋鏟」。turnip是球狀根部的意思，引申指「蕪菁」。turnpike road是「收費高速公路」。所謂的turnpike，是古時候為了避免馬匹闖入人行步道而設置的尖形木樁障礙物。

 tour就是周遊旅行

tour是指到各個觀光景點兜轉的「（周遊）旅行」，tourist是「觀光客、旅客」，tourism是「觀光業」，overtourism則是指因觀光客太多而影響到當地人生活的現象。tournament原指中世紀歐洲的騎士們用長槍把對手擊落馬背的競賽，規則是將參賽者分成幾組，留下各組的勝利者再進行對決，由最終留下來的那個人得勝，現代引申為「錦標賽」的意思。

 律師（attorney）是讓人們依靠的人

detour是「改變方向」的意思，引申指「繞路」；contour是「完全轉動陶輪」，引申為「（畫）輪廓」；attorney是「依賴他人來改變方向」，引申指「律師」或「法定代理人」。

 trauma是心理創傷

拉丁語或希臘語中表示「用陶輪轉」的tornare，可追溯至

原始印歐語的「擦、轉」。trauma在精神醫學被譯為「心理創傷」，然而這個字的原義其實是指身體被某東西刺到，或是身體扭到造成的「創傷」，本來在醫學用語中是「外傷」的意思。

體外電震波碎石術叫 extracorporeal shock wave lithotripsy

lithotripsy的原義是「litho（石頭）＋tripsy（擦）」，引申為「（結石）碎石術」。而不使用外科手術，從體外使用衝擊波在不傷害人體的情況下擊碎尿道結石，使之自然排出體外的治療方法則叫做「體外電震波碎石術（extracorporeal shock wave lithotripsy）」。

detriment是「擦到而消失」，進而引申為「損害、損失」；attrition是因對手頻繁攻擊而導致「損耗」；contrition是「心靈因悲傷或不甘心而磨損」，引申為「悔恨」等意義。

throw（投擲）就是扭轉手臂或身體

原始印歐語中t的發音依循「格林定律」，經由日耳曼語傳入英語時變化成了th的音。

throw是扭轉手腕或身體，引申為「投擲」的意思；而「線」的英語thread原義則是一卷卷捲好的「毛線」。用鞭子或棍棒用力「鞭打」叫thrash；拍打穀物使之「脫粒（打穀）」叫thresh；「門檻」或「起點」的threshold則源自立足點的意思。

079

一年一次的紀念日
「週年（anniversary）」

vers / vert
＝彎、繞、朝向

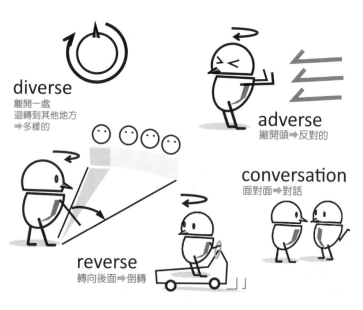

diverse
離開一處
迴轉到其他地方
➡多樣的

adverse
撇開頭➡反對的

conversation
面對面➡對話

reverse
轉向後面➡倒轉

 anniversary是每年只有1次的紀念日

　　每年一度的anniversary（週年紀念日）是由「ann（年）＋vers（轉）＋ary（集合體）」所組成。拉丁語中表示「彎、轉」

的vers或vert可追溯至原始印歐語的wer。

繞著教授轉的大學

「宇宙」的universe的語源來自「uni（1）＋verse（轉）」，意指「作為整體轉動之物」。同樣地，「大學」的university的原義也是學生們圍繞著教授的意象。最初這個字指的是跟某個工作相關的團體，在法律術語上引申為「團體、公司」的意思，但後來變成專指由教授和學生構成的組織＝大學。

巨人隊vs老虎隊

「韻文」的verse原本是指在固定的字數換行。version則是指旋轉而成的東西，引申為「譯本」，或是產品或作品的「版本」。Giants vs. Tigers是巨人隊和老虎隊面對面看著對方的意象，即「巨人隊對老虎隊」的意思，vs.是versus（對、對抗）的縮寫。

內面也可以翻過來當正面穿的reversible

reverse是面朝後方，即「使反轉、翻轉」，形容詞reversible是「可逆轉的、可以反過來用的」。traverse是「跨越前往」，引申為「橫越、往返移動」；perverse是「穿越朝向」，由「始終背對著」引申為「乖僻的、倔強的」等義。

「多樣性」叫diversity

diverse是「di（遠離）＋verse（朝向）」，引申為「離開一個地方迴轉到別的地方」→「多樣的、不一樣的」的意思。名詞

diversity則是「多樣性」。

converse是「con（一起＋verse（面對）」，意指面對面「對話」。名詞形是conversation（會話）。

adverse是「ad（朝～的方向）＋verse（朝向）」，後發展出「撇過頭」的意思，用於表達「相反的、反對的」。此外adverse也有「警告」的意涵。名詞形則有adversity（逆境）和adversary（敵人）。

 當接尾辭用的vert

vert也有「轉、朝向」的意義。avert是指把臉轉向～的方向，即「避開、（目光等）撇開」；convert是一起朝向，引申為「轉變、使改變信仰」；invert是把在外面的東西轉向內側，進而引申為「使反轉、使顛倒」。還有revert是面向後面，意指「回復、使恢復原狀」；subvert是面向下面「推翻（政府或體制）」等，這些也都是由ver構成的單字。

controversy是指「轉向跟對方相反的方向」，引申為「爭論」；diverge是「遠離前往」，引申為「使分叉、使偏離」。vertical（垂直）是由拉丁語的vertex（螺旋）衍生而來的字，比如「由旋轉的頂點拉出來的線」叫vertical line（垂線、縱軸）；而感覺四周都在旋轉的「眩暈」則叫vertigo。

 ver變化成w或wr，有扭歪的意象

經由日耳曼語傳入英語的w和wr，衍生出了很多具有歪扭意象的單字。

例如形容心情打結般感覺的「worry（擔心）」；以及扭著身

310

體在地上爬行的「worm（蠕蟲）」。還有令人寒毛直豎的「weird
（古怪）」；鬥技者身體扭打在一起的「werstle（摔角）」；以及
工具的「wrench（板手）」，另外這個字當動詞則是「用力扭、
猛擰」的意思。

除此之外還有「絞、擰」的wring、扭曲彎曲時弄出來的
wrinkle（皺紋）、紐可以彎曲的wrist（手腕）、彎折出來的
wreath（花圈）、「暴怒」到讓人扭起身子的wrath、「扭動」的
wriggle、「面部肌肉扭曲」的wry……等等，不勝枚舉。

 warp就是歪曲空間

利用宇宙空間的歪曲來瞬間移動到另一地的行為，在日語
中叫做「warp（ワープ，空間跳躍）」；但英語的warp單純是
「變歪、使彎曲」的意思，沒有「空間跳躍」之意。

worthy或worthwhile是形容某事物有讓人「扭頭」回首的
「價值」，而「沒有價值」則叫worthless。worth當前置詞則是
「值得～」之意。

橄欖球或足球等站在隊伍最前方位置的球員俗稱「前衛
（forward）」，因為forward這個字的語源是「for（向前）＋
ward（面向）」，意即「朝前方（的）」。當動詞則是「轉交」。

backward是「朝後方（的）」；afterward是「之後」；toward
是「朝向～」；awkward是「awk（錯誤的）＋ward（面向）」，
即朝錯誤的方向去，引申為「笨拙的、尷尬的」等意思。

★ 西元的A.D.是指基督誕生的年分

補充介紹一下跟anniversary有關的語源。anniversary的語根ann（enn）源自於拉丁語中表示「年」的annus。所以annual就是「每年一次的」；而biennial是「每年兩次的」；perennial則是指「per（通過）＋enn（年）＋ial（～的）」，引申為「永續的」；millennium是「mill（1000）＋enn（年）＋ium（集合體）」，即「千禧年」等意思。

「西元前」的B.C.是Before Christ（基督誕生前）的縮寫，而「西元」的A.D.則是拉丁語anno Domini（主的年分）的縮寫，即「基督誕生的年分」。

表示「人類動作」的語源

切！藏！敲！

080

好好吃！
「餐廳（restaurant）」是
使人恢復精神的場所

st＝站、停留、振作

rest
留在後方
➡休息、剩餘之物

補給好的建築物➡店

store

stand 站著➡小攤販

constant
完全停住➡不變的

distant
遠遠地站著➡遙遠的

有「站立」意象的英語單字

station（車站）、store（店）、stand（站立、小攤販）、stay（駐留）、standard（標準）、post（柱子、地位、郵局）、cost

（費用）、stage（舞台、樓梯）、state（狀態、國家、州）、status
（地位）、stool（單人椅）、stem（莖）、stance（立場）、system
（系統）、statue（雕像）、stature（身高、聲望）、statute（成文
法）、estate（地產、財產）、statistics（統計學）、understand
（理解）——這些單字全都源自原始印歐語（參照第1頁）中表
示「站、停留」的st(a)。

 餐廳（restaurant）是「使人恢復精神的地方」

　　店的store不是單指建築物本身，原義是「補給好商品的建
築物」，當動詞則有「積蓄、儲存」等意義。restore是「再次
（re）重新站好」，引申為「回復、取回」。

　　還有，「餐廳（restaurant）」的原義是「使人恢復精神的地
方」，源自18世紀時在巴黎工作的工人們經常光顧，專門提供
以肉類為主食材的清湯等易消化的食物，幫助工人們維持健康
的食堂。

　　rest有「留在後方」的意象，進而引申為「休息」和「剩餘
之物」的意思。

　　arrest是指「往停留（rest）的那方」，引申為讓罪犯不能行
動，即「逮捕」的意思。

 stationery原指在大學的特定場所販賣文具

　　「車站」的英語station的語源來自於「站著」，其衍生字
stationary是「站著的」，引申為「停止的、不動的」。stationer
在以前是指於車站內販賣東西的小商家，但後來改指獲得許可
在大學的特定區塊站著販售原子筆和筆記本的「文具商」。而

stationer的後面加上表示集合體的接尾辭y後（stationery），則變成「文具、事務用品」的意思。

establish就是站在外面

constant是「完全停留的」，引申為「固定的、不變的」；distant是「遠遠站著的」，引申為「遙遠的」；instant是「站在附近的」，引申為「即時的、瞬間」；stable是「可以站立的」，形容詞引申為「穩定的」，名詞則是「馬棚」。

contrast是「站在相反側」，進而引申為「對比、反差」；establish是「站在外面」，引申為「成立、確立」；substance是「在下面站著支撐的東西」，引申指「物質」。

destine是「使其變成完全振作的狀態」，由使事物變成確定狀態引申為「命定」，名詞形destiny是「命運」，destination則是「目的地」。

候補就是在下面站著準備交替上場的選手

運動比賽中的「候補選手」或「後備選手」在日文中俗稱「sub（サブ）」，這是substitute的簡寫，是一個和製英語；substitute的語源是「sub（在下面）＋stitute（站）」，當動詞是「用～代替」的意思。

同樣地，constitute是「con（一起）＋stitute（站）」，引申為「構成、設立」，名詞形constitution是指構成國家的根本之物，有「憲法、體質、組成」等意義。

prostitute是「站在男性面前」，引申為「妓女」；institute是「立於上方的東西」，當名詞是「協會、研究所」，當動詞是

「設立」。destitute是「被世間遺棄站著的」，有「貧困的」等意義。而「迷信」的superstition則源自「站在感到敬畏之情的事物上方」。

 自動調溫器（thermostat）就是止熱的裝置

armistice是「武器（arm）的停止」，引申為「停戰協議」，語根的st當接尾辭時寫成stice或stat的形式，有「停止」的意涵。solstice的原義是「太陽（sol）的停止」，the summer solstice是指「夏至」，the winter solstice則是「冬至」（參照196頁）。

thermostat是指「熱（thermo）的停止」，引申為「自動調溫器」；hemostat是指「血液（hemo）的停止」，有「止血劑」等意思。obstacle是「面向對方站著的東西」，引申為「障礙（物）」；obstinate是「不惜面向對方站著的」，引申為「頑固的」。

 站在司儀旁邊的助手（assistant）

語根的st還變形成sist，創造了許多單字。

比如assist是站在旁邊「協助」的意思，名詞形assistance是「援助」，assistant是「助手」；consist是「一起站」，進而引申為「組成」，形容詞形consistent是「一致的」。

exist是「站在外面」，引申為「存在」，名詞形是existence；insist是指「站到上面」，引申為「堅持（要求）」，其形容詞形insistent是「堅持的」。

resist意指「站在後面」以「抵抗（忍耐）」，其名詞形是resistance；subsist是「在下面支撐站著」，勉強「維持生活」之意；persist是「從頭到尾一直站著」，引申為「固執、維持」，

形容詞形persistent是「堅持不懈的、固執的」。

desist是「遠遠站立」，引申為「打消念頭」。

語尾帶stan的國名

關於1947年從英國獨立的「巴基斯坦（Pakistan）」這個國名的由來，目前存在兩種說法。

第一種是由劍橋大學的穆斯林學生提議，從「旁遮普邦（Punjab）」、「阿富汗（Afghan）」、「喀什米爾（Kashmir）」這三個地區的地名取第一個字母命名而成；而另一種說法則是源自波斯語的「Paki（清淨的）＋stan（國）」。

不論哪種，stan都可追溯至原始印歐語的sta。如「阿富汗斯坦（Afghanistan）」、「哈薩克斯坦（Kazakhstan）」、「塔吉克斯坦（Tadzhikistan）」、「土庫曼斯坦（Turkmenistan）」、「烏茲別克斯坦（Uzbekistan）」等等。在中東或中亞帶有「～斯坦」的國名或地名全都源自同一個語源。[註]

（註）「stan」即波斯語的「～的國家」之意，故中文音譯時除了「巴基斯坦」外，通常不把「stan」的部分翻出來，如「哈薩克斯坦」直譯為「哈薩克共和國」。

081

「主席（president）」是坐在大家前面的人

sed／ses／sid＝坐

saddle 用來坐的東西
➡（自行車的）車座

sedan
箱型的椅子➡轎車

settle
坐➡安頓

session
坐的行為➡會期

preside
坐在前面
➡主持

sit／set／seat的語源相同

　　sit（坐、放）、set（設置、固定）、seat（座位、使就座）、sedan（轎車）、saddle（〈自行車的〉車座），這些單字全都源

自原始印歐語中表示「坐」的sed。

sedan（轎車）原本是指南義大利產的轎子

一般五、六人坐的四門客車俗稱轎車（sedan）（在英國叫saloon）。sedan這個字源自1630年代南義大利發明的用於運載重要人士的轎子（椅子下裝著兩根棒子，由兩個人一前一後扛著）「sede」（義大利語的「椅子」之意）。這個字是從原始印歐語的sed經由拉丁語的sedere變化而成的。

形容詞sedentary是sedan的衍生字，意思是指「久坐不動的」。a sedentary job就是「事務職」。

大教堂（cathedral）就是主教坐的位子

在日本俗稱「大聖堂」的cathedral（大教堂）一詞，源於天主教會或聖公宗教區的主教所坐的席位，即「法座」。所以日語有時也稱「司教座聖堂」。其語源是「cata（在下）＋hed（＝sed）（坐）＋al（的東西）」。

坐下來「定居」叫settle

在一個地方「坐下、安置」，會讓人聯想到「穩定」或「安頓」。因此就衍生出了settle（定居、確定）、settlement（解決、結帳）、sedate（平靜的、給～服用鎮定劑）、sedative（使鎮靜的、鎮定劑）等單字。

session（會期、上課時間）的原義只是單純的「坐」。supersede的原義是「坐在上面」，並衍生出「取而代之」的意思。assess的意象是坐在法官或鑑定師的旁邊「估價」。possess

是「有力量地（pos）坐」，由「以主人的身分坐」引申為「擁有」的意思。obsess是「面朝人坐」，由「坐在人的旁邊」引申出「（妄想等使人）癡迷」。

 president就是坐在國民或員工前的人

可指「總統、主席、會長」等意思的president原義也是「坐在前面的人」，即坐在國民或員工前面的人。動詞的preside是在會議中「擔任主席」，或是在典禮儀式中「擔任司儀」。

 居民（resident）就是悠哉坐在後面的人

把president的pre改成re，就變成了resident，原義是「悠哉坐在後面的人」，引申為「居民」的意思。名詞的residence是「居住、住宅」，動詞reside則是「住」。subside是「坐在下面」，意思指洪水「消退、平息」；同族語的subsidy原義是「放（sitting）在近處直到需要的東西」，引申為「補助金」。

assiduous是指「面朝桌子坐著的」，引申為「勤勉的」；insidious是「在裡面悄悄坐著的」，引申為「不知不覺中進行的、隱伏的」等意義。

082

「游標（cursor）」 是在電腦畫面上 「遊走的東西」

car／cur＝跑

course 跑步的地方 ➡ 跑道

currency 在世間流通的東西 ➡ 通貨

cursor 會跑的東西 ➡ 游標

recur 再次發生 ➡ 復發

occur 朝著這裡跑 ➡ 發生

在跑道（course）上跑

　　course 有很多意思，比如「課程」、「跑道」、「路線」、「進程」等等。course 這個字源自拉丁語中表示「跑」的 currere 之過

去分詞，並可追溯至原始印歐語的kers。

中央大廳叫concourse

concourse是「con（一起）＋course（跑）」，原本指從各方跑來的人們會合的地點，後引申指車站或機場的「中央大廳」或「群集」。intercourse是「跑過人跟人中間」，引申為「交往」或「性交」；recourse是往後跑，引申為「依賴、救命稻草」；discourse是「dis（遠離）＋course（跑）」，由話語朝各個方向跑的意象引申為「演講、交談」等意思。

在電腦畫面上跑的游標（cursor）

在電腦畫面上顯示滑鼠當前位置的「游標（cursor）」的語源來自「curs（跑）＋or（的東西）」，形容詞形cursory是由「跑」→「急性子的」聯想引申為「匆忙的」。current則由「正在跑的」→「流動著的」的聯想，引申為形容詞「現在的、流通的」。當名詞則是「水流、潮流」；currency則是在世間流通的東西，引申指「通貨」。

cursive是「流動般的」的意象，引申為「草寫的」；corridor是「跑動之物」引申為「走廊」或「通道」；「課程」的curriculum則源自古希臘羅馬時代戰鬥和競技用的戰馬車的跑道。直到1680年代，蘇格蘭的大學在成立古典拉丁語學院時取「以鍛鍊學生為目的的研修路線」之意，首先把課程叫做curriculum。

遠足（excursion）就是在外面跑

excursion是「在外面跑」，引申為「遠足」；occur是「朝這

邊跑」，引申為「發生、出現」，名詞形occurrence是「事件、發生」。recur是「復發」；incur是「招致、蒙受」；concur是「同意、同時發生」。

 car和carry的語源相同

「汽車」的car和「搬運」的carry的語源也同樣是「跑」。比如miscarry是「錯誤地搬運」，引申為「失敗、流產」，名詞形是miscarriage。

career的原義是「車子通行的道路」，由人走過之道路的意象引申為「經歷」，或生涯的「職業」。carry的衍生字carrier則是「運輸者（公司）」或「帶菌者」；carriage是「馬車」或「（鐵路的）客車」；cargo是「貨物」。shopping cart的cart本來是「載貨馬車」的意思，還有「木工」的carpenter原本也是指製作馬車的人。「諷刺畫」的caricature則是個由「堆了太多貨物」→「誇張」的聯想，從義大利語傳入英語的單字。

 charge就是把貨物堆在車上

car變成charge後，由把貨物推在車上→使負擔的聯想，演變成「收費、充電、把～記到帳上」的意思。discharge是「卸下貨物」，引申為「解放、釋放、放電」等意思。在外國的餐廳或商店結帳時，常會聽到店員問說Cash or charge?（付現還是刷卡），而這裡的charge是「賒帳付款」的意思。

083

「天花板（ceiling）」和「地獄（hell）」。這2個字隱藏的共同點是？

cel / hel＝覆蓋、隱藏

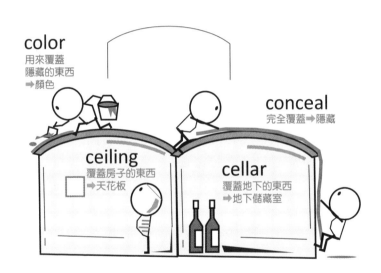

color
用來覆蓋
隱藏的東西
➡顏色

conceal
完全覆蓋➡隱藏

ceiling
覆蓋房子的東西
➡天花板

cellar
覆蓋地下的東西
➡地下儲藏室

多義字cell的核心意義是「覆蓋隱藏」

cell除了「細胞」外，還可以指「（監獄的）獨立房間」、（樸素的）「僧房」、「電池」等意思。另外，試算表軟體的表

325

格上的格子也叫「cell」。而行動電話之所以叫cellular phone（簡稱cellphone），則是因為把無線網路的所有基地站覆蓋範圍畫出來後，看起來就像密集的細胞一樣。

cell的語源是拉丁語中表示「小房間」或「小屋」的cella，同時又可再追溯至原始印歐語中表示「覆蓋、隱藏」的kel。如此想來，cell的確總是存在覆蓋的意象。

具有覆蓋隱藏意象的天花板（ceiling）和遮瑕膏（concealer）

帶cel這個語根的單字包含「賽璐珞（celluloid）」、「玻璃紙（celluloid）」、「天花板（ceiling）」、以及代表「地下儲藏室、酒窖」的cellar。

一般普遍用來遮掩黑眼圈或臉部皺紋的化妝品「遮瑕膏（concealer）」是「完全覆蓋之物」的意思；動詞conceal是「隱藏、隱瞞」。另外拼法雖然稍有不同，但「顏色」的color也有相同語源，原義是藉上色來「掩蓋隱藏的東西」。

被隱藏掩蓋的地獄（hell）

原始印歐語kel的k在經由拉丁語傳播的過程中變成了c，而在日耳曼語的傳播路線上則依循「格林定律」（參照79頁）變化成h的音，創造了許多單字。「地獄」的hell則是陰暗而被掩蓋的意象。除此之外，還有「門廳」或「集會所」的hall、罩住頭顱的「頭盔（helmet）」、可以用來藏東西的「洞穴（hole）」、如洞穴般「空洞的（hollow）」、用來攜帶和隱藏手槍的「槍套（holster）」等等。還有，表示穀物等的「外殼」的hull，也有

隱藏在水下平時看不到的「船底」之意。

遮蔽居住者的房子（house）

儘管拼法雖然稍有改變，但遮蔽居住者的「房子（house）」也來自相同語源。「丈夫」的husband原義是「住在房子裡的主人」；husbandry則是指由丈夫負責的工作，即「農業」或「畜牧業」。比利時的首府「布魯塞爾（Brussels）」的語源是「brocca（濕地）的sel（房子、建築）」，原義是指「建造在沙洲上的要塞」。

而「抱子甘藍」之所以叫Brussels sprout，是因為這種蔬菜是16世紀前後在比利時改良出來的品種，故有此一名。

occult就是被掩蓋看不見的神祕現象

occult的原義是「從上面被罩著看不見的」，引申為「神祕的」或「神祕學」。「神祕主義者」是occultist，「神祕主義」則是occultism。

西部劇『曠野奇俠（*Rawhide*）』的片名是什麼意思？

原始印歐語keu（隱藏覆蓋）的k依循「格林定律」變成h的音，而一如字面意義，英語的hide就是「藏」的意思，當名詞則是指遮蔽野獸身體的「毛皮」。

以前有一部熱門的美國知名影集西部劇叫做《曠野奇俠（Rawhide）》，這個rawhide就是「生皮」的意思，也就是指用牛的「生皮製作的鞭子」或「鞭打」。

084

「車庫（garage）」
是包住並保護車子的東西

guar / ver = 覆蓋

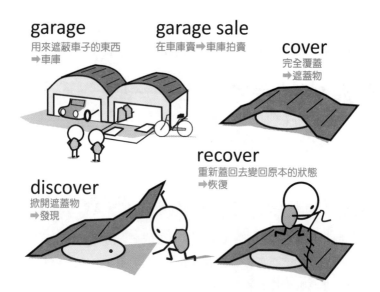

garage
用來遮蔽車子的東西
➡車庫

garage sale
在車庫賣➡車庫拍賣

cover
完全覆蓋
➡遮蓋物

recover
重新蓋回去變回原本的狀態
➡恢復

discover
掀開遮蓋物
➡發現

 車庫（garage）就是遮蔽車子的地方

　　日語的「gya-ra（ギャラ）」是guarantee（保證）的略稱，
而guar是「覆蓋」的意思，源自原始印歐語的wer。美國人有在

週末或搬家前處分財物，在家裡庭院或車庫拍賣不要之用品的習慣，俗稱 garage sale。而 garage（車庫）的原義是遮蔽保護車體的場所。

產品的「保固」叫 warranty

guaranty 當名詞是「擔保（人）」的意思。而雖然同樣有「保證」的含義，但產品品質的「保固」或「保證書」是叫 warranty；法律上的「保證人」則叫 warrantor，「被保人」是 warrantee。

遮蔽身體的衣服叫 garments

garment 是「覆蓋之物」，引申為一件「衣服」的意思。這是一個非常生硬的說法，主要用於商業用語，比如 the garment industry（服飾製造業）或 a garment factory（服飾工廠）等。garments 則是「服裝、服飾」。

有屋頂的房間叫 garret

garnish 是「覆蓋料理」，引申為「裝飾」，當名詞則是「配菜、裝飾物」。garret 則是有被覆蓋意象的「閣樓」。

cover 就是完全覆蓋

wer 也變化成了 ver。比如「覆蓋、掩護」的 cover 的語源是「co（完全地）＋ver（覆蓋）」。

discover 則是「拿掉遮蓋物」，引申為「發現」，而名詞形則是 discovery。recover 是「再次蓋上恢復原本的狀態」，引申為「恢復、挽回」，recovery 是名詞的「復元」。covert 是古法語

的過去分詞，由「被覆蓋的」引申為「隱蔽的、暗地的」之意，covert action是「隱蔽行動」；相反地overt是「未被覆蓋的」，進而引申為「公開的、明顯的」，如overt hostility是「公開的敵意」。

宵禁的curfew是熄火的意思

curfew（宵禁）源於古法語中表示「告知熄燈的鐘聲」的couvre-feu（cover fire〈熄火〉的意思），是由諾曼人進入英格蘭後創造的單字。一般認為在古代敲鐘最初的目的是為了預防炊事或取暖用的殘火引發火災。這個字由「cur（覆蓋）＋few（火）」組成，few跟「燃料」的fuel和「焦點」的focus語源相同。

吳哥窟是「首都的寺院」

在泰國、寮國、柬埔寨，wat是佛教寺院的意思。這個字源於梵語（古印度的書面語）中表示「圍欄」或「樹林」的vata，並可追溯到原始印歐語的wer（覆蓋）。

柬埔寨的世界文化遺產「吳哥窟（Angkor Wat）」是高棉語的「首都寺院」之意；而泰國首都曼谷最古老的佛寺「帕徹獨彭大寺院（Wat Pho）」則源自「菩提寺」，寺廟內有尊世界知名的巨大臥佛像。

085

比賽得分的「分數（score）」為什麼會有「20」的意思？

sc/sh＝切

score 刻上刻痕來計分的東西➡得分

sharp 切➡銳利

shear 剃羊毛➡大剪刀

skirt 被裁切之物➡裙子

share 切分➡分享

shirt 被裁切之物➡襯衫

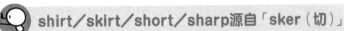

shirt／skirt／short／sharp源自「sker（切）」

　　shirt（襯衫）或skirt（裙子）源自於把大張的布料裁短後包在身上的古英語字scyrte和古諾斯語的skyrta，並可再往上追溯

到原始印歐語中表示「切」的sker。sker的「切」的意象則衍生出了形容詞sharp（銳利）和short（短）。

「得分」的score原本是指「刻痕」

表示「得分、分數」的score也來自相同語源，因為古人在數羊的時候，習慣每20頭羊就刻一個V字型的記號（score）。score原本的意思是「刻痕」，現在也同樣存在著a score on the table（桌子上的刻痕）等用法。這是源自以前英國的酒吧會在黑板上畫記號記錄客人喝了多少酒，後來演變成在黑板上畫記號計算得分的習慣。至於為什麼是每20頭羊算一分呢？或許是因為人類的雙手雙腳指頭加起來一共有20隻吧。

在現代也有「20」之意的score

現代英語的score依然殘留有「20」的含義。比如因說過「民有、民治、民享」而被大家認識的美國第16任總統林肯，在蓋茨堡演講時的開頭句便是 "four score and seven years ago（87年前）"。現代法語也保留有以20為一個基數的計算方式。比如法語的「87」叫quatre-vingt-sept，白話直譯就是「4×20＋7」等於87的意思。另外，score of ～則是「多數的」之意。

切下來的碎片叫scrap

意指雜誌或報紙的「剪貼簿」的scrapbook的scrap是「切下來的碎片、垃圾」的意思。拼法相似的scrape則是動詞的「擦、刮」之意，語源跟scrap相同。scar則是被割到後留下的「傷痕、在～留下疤痕」。scratch（抓）、scrub（用力擦）、shrub（灌

木）、rub（擦）、brush（筆刷）等字也都源於相同語源。

 ship（船）是削挖木頭建造的東西

　　share／shear／shears／sheer／shore／ship等也是從原始印歐語的sker（切）變化而來的單字。share的原義是「切分」，引申為「分享、共有」的意思。shear是動詞「剃羊毛」的意思，名詞形shears是指用來剪羊毛或盆栽的「大剪刀」。還有，sheer是「剪掉多餘的東西」，引申為「純粹的、全然的、陡峭的」；shore是「從海被切離的陸地」，引申指「海岸」。ship是指「削挖」木頭製造的「船」由ship衍生而來的equip（裝備）原本是指「裝備在船上」的意思。equip的名詞形是equipment（裝備、備品）。

 嘉年華（carnival）是「一塊肉」的意思

　　在信仰天主教的國家一般都有「大齋期（Lent）」，從「聖灰星期三」（Ash Wednesday）一直到慶祝基督復活的「復活節（Easter）」為止，除了星期天外的整整40天內，教徒們會進行齋戒、祈禱、懺悔。40對基督徒是一個很有象徵意義的數字，因為基督曾在荒野進行40天的修行，且據說從復活到升上天堂也恰好是40天。而這個大齋期開始前3天的慶祝會則叫「嘉年華（carnival）」（狂歡節），大家會聚在一起大口吃肉狂歡。尤以巴西的「里約狂歡節」特別有名。carnival源自拉丁語的「caro（肉）＋levare（使變輕）」，caro是原始印歐語sker的s音消失後的產物，原義是「一塊肉」。carnivorous是「大口吃（vor）肉」，進而引申為「肉食的」；carnivore是「肉食性哺乳類」；

incarnation是「賦予肉體、體現」；reincarnation是「化身、轉世」。

康乃馨（carnation）語源的兩種說法

關於紅色的「康乃馨（carnation）」的語源有兩種有力的說法。第一種認為是是因為其形狀很像莎士比亞時代新國王即位的「加冕典禮」（coronation）上所用的「王冠」（corona）。另一種說法則認為是因為品種改良前的康乃馨，花色很像肉的顏色。

寫在信件最後的「附筆」叫postscript

原始印歐語的sker（切）後來衍生出skribh一字，並由輕輕劃一刀留下記號的意象創造出許多有「寫」意義的英語單字。比如本書52頁已經提到過的manuscript是指用手寫的「原稿」；postscript是後來才寫的「附筆」；conscript是跟名冊一起寫的「徵召」。describe是「在下方記下來」，引申為「說明、描述」；prescribe是「醫生提前寫」，即「開處方」。inscribe是「在裡面銘記、雕」；subscribe是在申請書的「下面簽名」，引申為「訂購、付會費」，名詞形subscription是「訂閱」。transcribe是「越過某地點寫」，引申為「抄寫、改編」；ascribe是「寫成～」，引申為「把～歸因於」。scribble是「多次書寫」，引申為「潦草地寫」；script是指「寫下來的東西」，即「腳本」；Scripture是「聖經」，首字母小寫則是「經典」或「聖典」。

COLUMN 補充知識！

⭐ 當接尾辭用的vorous是表示「食性」的形容詞

「肉食性的」的英語carnivorous的vorous源自拉丁語的「吞」vorare。devour是「de（往下）＋vour（吞）」，引申為「狼吞虎嚥地吃（讀）」；voracious是「貪婪的」；herbivorous是「草食的」；insectivorous是「食蟲的」；omnivorous是「雜食性的」。

086

用從木樹切下的
薄木片製造的
「滑雪（ski）」板

sci/sect/sh
＝切、分割

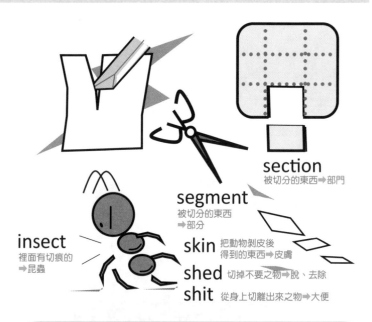

section 被切分的東西➡部門

segment 被切分的東西 ➡部分

insect 裡面有切痕的 ➡昆蟲

skin 把動物剝皮後 得到的東西➡皮膚

shed 切掉不要之物➡脫、去除

shit 從身上切離出來之物➡大便

科學（science）源於拉丁語的「知識」，
以及原始印歐語的「切」

science（科學）源自拉丁語中代表「知識」的scientia。拉丁

語中表示「知」的scire，可以追溯到原始印歐語中表示「切」或「分」的skei或sek。換言之，「科學（science）」跟切分事物加以區別的識別能力有關。scientist是「知道的人」，引申為「科學家」，形容詞形scientific是「科學的」。接尾辭fic源自於拉丁語中表示「做」的facere。除此之外，horrific是「使恐懼（horror）」，即「可怕的」；pacific是「使和平（pac＝peace）」，也就是「溫和的」。

sector是切分出來之物

構成公司等組織的「部門」叫section，原義是「被切分的東西」。

the third sector（第三部門）是指由第一部門（國家或地方政府）跟第二部門（民間企業）共同出資成立的事業體。這個sector有著「被切分之物」的意思，進而引申為「部門、領域」。segment也一樣是「部分」或「分割」之意。

昆蟲（insect）的原義裡面有切痕

insect（昆蟲）是指「裡面有切痕的生物」。

intersection（交叉口）的語源是「切開空間」；動詞intersect是「橫切、交叉」。bisect是「使二等分」；「皮膚」的skin也是源自對動物剝皮的意思。

nice（美好）就是「不知道」

有「美好的、親切的、快樂的」等正面意義的形容詞nice也跟scire（知）有關，其語源來自「ni（不是～）＋ce（＝scire）

（知）」，即「不知道」的意思。

雖然有點勉強，但這應該是由「不知道→愚蠢的→難以取悅→眼力高的→可做出仔細的判斷→舒適的→美好的、美妙的」變化而來。

conscious是「完全知曉」，引申為「有意識的、意識到的」；conscience也是「良心、道德觀念」之意，形容詞是conscientious（良心的）。

 從樹木削下的薄木片叫ski

ski當名詞是「滑雪板」，當動詞是「滑雪」的意思，其語源是「從樹木削下的薄木片」。[sk]的發音後變化成[ʃ]，比如shit／shed／shin／shingle／sheath等。

俚語的shit一般被翻成「可惡」、「狗屁」等髒話，這個字當動詞是「大便」的意思，不過原義其實是「從身體切離的東西」。而shed tears（流淚）的shed也來自同語源，意指「切掉不要的東西」。

shin（脛）原義是切下來變薄的部分；sheath（〈刀子的〉鞘）則是指裂開的棒子；shingle（木屋瓦）則是裂開的木片。

 切出記號的sign

拼法雖然少有變化，不過切一刀留下「記號」的sign也同樣來自原始印歐語的sek。sign當名詞是「記號、標誌、暗號」，當動詞是「署名」的意思。其衍生字有signal（暗號、訊號）、signature（簽名），以及signify（表示～的意思、表明），形容詞形significant是「意義深重的、重要的」，名詞形significance

是「意義、重要性」……以上都是可以一起背下來的單字。

 在下面做記號就是設計

design是「de（在下）＋sign（留下印記）」的意思，引申指「設計圖、設計」；designate是「指定、指名」；assign是「a(s)（朝向～）＋sign（做印記）」，引申為「分派」，名詞形assignment是「被分派的任務、功課」。

resign是「re（在後面）＋sign（做印記）」，引申為「辭職」；consign是「con（一起）＋sign（做印記）」，引申為「發送、委託」等意思。

COLUMN　補充知識！

★ **決定（decide）就是把猶豫不決的心情一刀切開**

這裡介紹幾個含有語源雖然不同，但在拉丁語中也是代表「切」的語源cidere的英語單字。

decide是「一刀切開」，進而引申為「決定」，名詞形是decision，形容詞形decisive是「決定的」；concise是「把多餘的部分完全切掉」，引申為「簡潔的」；precise是「提前正確切開」，引申為「精確的」；而原義是「切割物」的scissors是「剪刀」。

087

「寺院（temple）」原指遠離世俗，替人預測吉凶的地方！

tem / tom ＝切

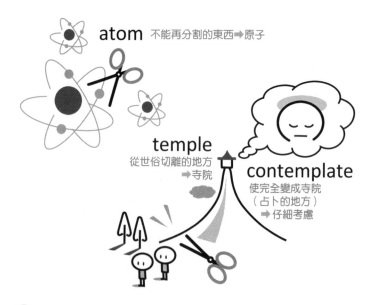

atom 不能再分割的東西➡原子

temple
從世俗切離的地方
➡寺院

contemplate
使完全變成寺院
（占卜的地方）
➡仔細考慮

 原子（atom）就是不能再分割的東西

　　「原子」的atom原義是希臘語的「不能再分割之物」，形容詞atomic是「原子的」；atomize是「使變成原子的狀態、變

成粉末狀」；atomizer是「噴霧器」。語根的tom（切）源自原始印歐語中表示「切」的tem。

 矽藻（diatom）是會分裂的單細胞生物

矽藻土（diatomite）的表面有著無數細小孔洞，可一瞬間吸收水分，而當水分累積到一定的量時也能自然地排出水分，所以矽藻土板有著很多種用途。單細胞生物的「矽藻」英語叫diatom，原義是「切成dia（2）」，源於這種生物依靠分裂為二來繁殖的特性。

 epitome是把裡面切開來的東西，引申為「縮影」

dichotomy是「二分法」或「分裂」之意，trichotomy則是「三分法」。

epitome是「切開裡面」，引申為「縮影」；epitomize是「概括」；entomology是指「身體分開的」，引申為「昆蟲」的「學問」，即「昆蟲學」。

 CT是computerized tomography的縮寫

醫療器材的CT是computerized（或computed）tomography的縮寫，即「電腦斷層掃描」。tomography（斷層掃描）一詞則源自「切下來記錄」（graphy）之意。

 寺院（temple）是從世俗切離開來的神聖場所

「寺院、神殿」的temple原義是「位於遠離世俗的地方進行占卜的神聖場所」。contemplate是「使完全成為占卜的場所」，

引申為「仔細考慮、盤算」，名詞形contemplation是「沉思」。

『解體新書』叫Anatomische Tabellen

anatomy是「完全切斷」，引申為「解剖學」。從德國經荷蘭語傳入日本的《Anatomische Tabellen》由前野良澤和杉田玄白翻譯日文版，書名譯為《解體新書》。

醫學術語的ectomy原義是希臘語的「切除術」

在醫學術語中被當成接尾辭使用的ectomy在希臘語的原義是「切取」，並衍生出許多代表「切除術」的單字。以下介紹幾個語源比較有趣的例子。

mastectomy是「乳房（mast）切除術」，拉丁語的「乳房」叫mamma，而mammal是指「哺乳動物」；mammography則是「記錄（graphy）乳房（mammo）」，引申為「乳房攝影術」。mammogram則是「乳房X光片」。語根的mamm是「乳房」的意思，而mama和mammy則是「媽媽」。

orchidectomy是「睪丸切除術」，蘭花的英語也叫orchid，這是因為蘭花的塊莖形狀類似動物的睪丸。

penectomy是「陰莖（penis）切除術」，「陰莖」的penis源自拉丁語的「尾巴」，而「鉛筆」的pencil原義也是「小尾巴」。

088

意指「小點」的point

pun/pin/poin
=指、刺、點、小的

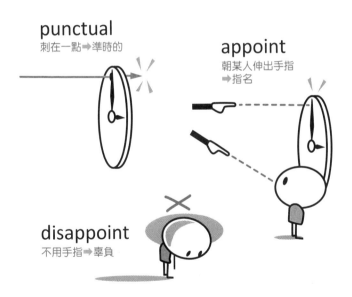

punctual
刺在一點➡準時的

appoint
朝某人伸出手指
➡指名

disappoint
不用手指➡辜負

 「毆打」和「開孔」的punch有著相同語源

　　punch在日語中（パンチ）指的是用拳頭「毆打」，或是對紙或郵票「打孔」，跟在英語中的意思完全一樣。punch in是「上班

打卡」，punch out則是「下班打卡」。punch源自古法語中表示「刺、刻印」的pnchonner，並可以追溯到原始印歐語的peuk。

 爆胎叫puncture

punctual是「刺在一點」的意思，引申指「準時的」，名詞形punctuality是「守時」；punctuate是「加標點、強調」，名詞形punctuation是「標點符號」。puncture原義是「刺」，引申指輪胎的「刺孔、爆胎」。

 像鼻子被刺到般的pungent

pungent意指彷彿鼻子被刺到般的「刺激性的、辛辣的」；repugnant則是「被刺到而退後」，引申為「反感的」，名詞形repugnance是「反感、嫌惡」。expunge是「戳刺到外面去」，引申為「刪去」；poignant是「刺向胸口」，引申為「深刻的、刺鼻的」。

 pinpoint就是像用大頭針刺般精確的

point的原義是尖尖的末端，當名詞是「重點、目的、尖端」，當動詞是「指示、用手指」；pinpoint則是「像用大頭針（pin）刺一樣的」，引申為「精確的」。

appoint是「指向某人」，引申為「指名（任命）、安排」，名詞形appointment是指安排時日見面的「約定、任命」；disappoint是「不指名」，引申為「辜負」，形容詞形disappointing是「令人失望的」，名詞形disappointment是「失望」。

小型樂器的短笛（piccolo）

　　「倭狨（pygmy marmoset）」是一種多半分布在亞馬遜河上游，頭身長13～14公分的哺乳綱靈長目生物，而其名字中的pygmy就是「非常小的、小型的」之意。另，小型樂器的「短笛（piccolo）」也是同一個語源。

　　pinkie／pinky是「小指」；而顏色的「粉紅（pink）」則源自一種有穿孔的小花瓣的顏色。

COLUMN 補充知識！

★ 棕色（brown）跟熊（bear）的語源相同

　　這裡再多介紹一下顏色的語源。原始日耳曼語的「棕色」是bero，此字衍生出了brown（棕色）、brunet（皮膚深褐色的）、brunette（深色頭髮的白人女性）、bruin（童話中出場的熊）、beaver（海狸）、bear（熊）……等等英文單字。

★ 成長（grow）、草（grass）、綠色（green）是同義字

　　原始日耳曼語中表示「養育」的gro衍生出了「草」或「草皮」的grass、「綠色」的green、「成長」的動詞grow和名詞growth、家畜「吃草」的graze。

★ ruby和rouge出自同語源

　　「紅色」的red源自原始印歐語中表示「紅」或「帶紅色的」的reudh。此外還有「口紅、胭脂」的rouge、「紅寶石」的ruby、「鏽」的rust、「生鏽的」的rusty、會長淡紅色疹子的「風疹」rubella、「紅潤的、帶紅色的」的ruddy等等。

嚴守節奏！
「節拍器（metronome）」
是規律整齊的測量器

mens / meter = 測量

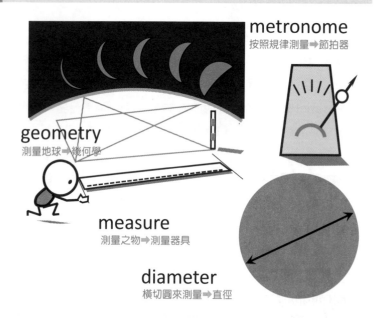

metronome
按照規律測量➡節拍器

geometry
測量地球➡幾何學

measure
測量之物➡測量器具

diameter
橫切圓來測量➡直徑

 月亮（moon）繞地球轉一圈的時間
叫month（月）

Monday（星期一）和moon（〈天體的〉月亮）有著密切的

關係，因為Monday的語源正來自the day of moon（月之日）。moon的語源是原始印歐語中表示「測量」的me。

month是moon繞地球轉一圈所需的時間，源自拉丁語的mensis，而這個字還衍生出了menstrual（月經的）。具有「測量」一個月這個週期的意涵。

menopause是月經停止

要表達「正值生理期」，英語可以用menstrual period這個詞，而menopause則是「月經停止（pause）」，引申為「停經」或「更年期」。至於男性的更年期則叫andropause。

節拍器（metronome）就是測量特定速度的東西

在演奏樂器或練習合唱時，為了保持樂曲的節拍，常常會使用一種叫metronome（節拍器）的機器。這個字的語源是「測量規律（nome）之物」，metro也同樣來自原始印歐語中表示「測量」的me。

長度的基本單位meter（公尺）原義也是「測量之物」。這個單字也有「計量器」或「計量者」的意思。而「測量器具」的measure則源自拉丁語的「測量」mensurare。

當接尾辭用的meter

meter當接尾辭用時，一般用來表示「測量器具」，比如thermo-meter是「測量熱（therm）的東西」，即為「溫度計」；pedometer是「測量腳（ped）的東西」，即為「計步器」；baro-meter則是「測量重量（bar）的東西」，即「氣壓計、晴雨表」；

chronometer是指「測量時間（chron）的東西」，即「精密計時錶」。

　　順帶一提，語根的chron（時間）來自希臘語，如chronic是「慢性的」、chronicleu意指「編年史、紀錄」、synchronize是「使同時」、anachronism是「違反（ana）時間的事」，引申為「時代錯誤」。

 當接尾辭用的metry

　　metry用於接尾辭是「測量」的意思。比如geometry是「測量地球（goe）」，引申為「幾何學」；symmetry是「測量以使相同（sym）」，引申為「左右對稱」；asymmetry則是「左右不對稱」。

 固定時間吃的餐點叫meal

　　meal（餐點、用餐時間）也跟「測量」有關。此字的語源是古英語的meal（尺寸、定時），取其在指定時刻用餐的意象而引申為餐點的意思。

　　除此之外，immense是「im（做不到）＋測量（mense）」，進而引申為「巨大的、無限的」；dimension是「尺寸、次元」；diameter是橫切過圓來測量，引申為「直徑」。

090

「代謝症候群 （metabolic symdrome）」 是多種症狀同時發生的意思？

bol/ble（m）=投、觸及

problem
被丟在自己面前的東西
➡問題

symbol
對比檢查一起丟出去的東西➡象徵

emblem
被丟進裡面的東西➡象徵性的紋章

ballistic
被丟出去➡彈道的

 代謝症候群叫metabolic syndrome

　　現代人常見的健康議題之一「代謝症候群」的英文全名是
metabolic syndrome，syndrome的語源來自於「一起（syn）＋

跑（drome）」，引申為「症候群」。代謝症候群的定義是除內臟肥胖（男性腰圍85cm以上、女性90cm以上）外，還具有收縮壓在130mm Hg以上、脂肪異常（中性脂肪150mg/dl以上）、高血糖（空腹時血糖值在110mg/dl以上）等兩種以上症狀病發的狀態。metabolic是「新陳代謝（metabolism）」的形容詞形，語源是希臘語的metaballein（變化後丟出），再經由法語傳入英語，意指將丟入體內的物質轉變成能量和營養。而脂肪堆積會讓人體無法正常代謝。

 合成代謝（anabolic）就是給予肌肉營養

語根bol來自原始印歐語中表示「投、觸及」的gwele。過去被當成肌肉增強劑使用的「同化類固醇（anabolic steroid）」的anabolic，原義就是「被往上（ana）丟的」，意指「同化作用的」。換言之，就是在自身能量充足的狀態進行適度運動，促進肌肉成長的意思。

 problem就是被丟在自己面前的問題

problem（問題）的原義是指被丟在自己面前的東西；symbol則源自「跟一起丟出的東西比較，檢查自己的是不是真品」的意象，並由此衍生出「印記、記號」，以及「象徵」的意義。

 emblem是企業或組織的象徵性圖案

在「象徵」的意義上具有相同意涵的emblem，語源也是「被丟進裡面的東西」。「symbol」通常指的是用來表達某種概

念而畫出來的圖像，而「emblem」則是指企業或組織等的「象徵性圖案」或「紋章」。

 舞會的ball跟芭蕾舞的ballet

「舞會」的英語叫ball，源自把身體投入舞池跳舞的意象。拉丁語的ballare（跳舞）則可追溯至希臘語的ballein（丟）。而ballad的原義是為了配合舞蹈而唱的歌，引申為民謠或慢節奏的抒情歌。「芭蕾舞」則叫ballet。

 ICBM＝洲際導彈

ICBM是intercontinental ballistic missile的縮寫，即「洲際導彈」的意思。ballisitic是「彈道的」，ballistics則是「彈道學」。用於接收人造衛星發送的各種訊息，形狀有如碟子的曲面反射器天線叫「拋物線天線（parabola antenna）」，parabola是就把物體往旁邊（para）拋出並落下時畫出的軌跡，即「拋物線」；hyperbola則是「超過（hyper）丟到對面」，即「雙曲線」。

COLUMN 補充知識！

⭐ **同時發生的「症候群（symdrome）」**

再分享一點跟代謝症候群有關的單字。syndrome的drome是希臘語的「跑道」或「跑」的意思。syndrome就是「很多人一起跑」→「同時發生的症狀」，即「症候群」。palindrome是「繞著（pali）跑」，即「迴文」；hippodrome是「馬（hippo）跑」，引申為「馬術競技場」；airdrome／aerodrome是「飛機場」。

091

「光雕投影 （projection mapping）」就是把影像投射到空中

ject / jet = 投

project
往前丟➡計畫、投射

reject
丟向原本的地方➡拒絕

eject
往外丟➡驅逐

 像紙飛機一樣被丟出去的噴射機

　　本項的主題是「噴射機（jet）」。jet源自原始印歐語中表示「投」的ye。在大多情況下語根ye到了英語是變化成ject的形

態。比如「噴射機」是jet（plane），「噴射氣流」叫jet stream，「噴射客機」叫jetliner，搭乘噴射機導致的「時差」叫jet lag。

 投影機（projector）就是把東西往前投射的東西

projector（投影機）的原義是「往前投的東西」，而「光雕投影（projection mapping）」則是一種利用投影機使物體或空間跟影像重疊，進而製造出各種視覺效果的技術。projection是「投影、放映」，並由把東西往前投出的意象引申出「推測」的意涵。

 object是被投擲的「對象」或「物體」

project由把影像往前投出的意象引申為「投影」；或是把思考往前投出的「計畫」。object是「瞄準丟出」，名詞引申為「物體、對象、目的」；動詞是「反對」，名詞形為objection。

subject是「往下丟」，動詞引申為「使服從」，形容詞是「隸屬的、受支配的」；名詞是「話題、學科」，形容詞形subjective是「主觀的」。

 injection是把針投入體內的「注射」

reject是把別人遞過來的東西「往後丟」，引申為「拒絕」，名詞形是rejection。

inject是「把針投入體內」，引申為「注射、注入」，名詞形是injection。eject是「吐出、驅逐」，名詞形ejection是「排斥、驅逐」。interject是「丟在中間」之意，引申為「插嘴」，名詞形inter-jection是「驚嘆、感嘆」；abject是指「被丟出的」，引申

為「悲慘的」；adjective是「被丟給名詞的」，即「形容詞」。

⭐ 巨無霸客機的名稱由來

由美國波音公司開發製造的大型客機「波音747」的另一個暱稱是「巨無霸客機（Jumbo Jet）」。Jumbo（巨無霸）這個詞的由來是19世紀後半倫敦動物園飼養的巨大非洲象的名字「金寶」。金寶後來被賣給美國馬戲團，十分受到觀眾喜愛，但卻在巡演期間於一個加拿大的火車站被火車頭撞到而死亡。

該馬戲團的所有者表示，金寶當時是為了解救另一頭小象不被火車撞上而犧牲，讓該故事成為一段美談，也進而使金寶的名字廣為人知。據說Jumbo這名字原本是西非地區語言的「大象」之意，但現在小寫的jumbo普遍是指「巨大的、特大的」的意思。

⭐ 迪士尼電影小飛象的「呆寶（Dumbo）」名字的由來

迪士尼電影的小飛象「呆寶（Dumbo）」的名字是上述的非洲象Jumbo跟「愚笨」的英語dumb這兩個字結合而成的。順帶一提，非洲的斯瓦希里語有個常用的問候語，英語拼法是Jambo，比如Hu Jambo就是「你好嗎」的意思。還有日本人都很熟悉的「safari」也是斯瓦希里語的「旅行」之意。

092

「骰子牛排」是好吃到讓人想尊稱「先生（sir）」的肉？

tend / tent / tain / tin = 使伸展、使延展、張開、保持

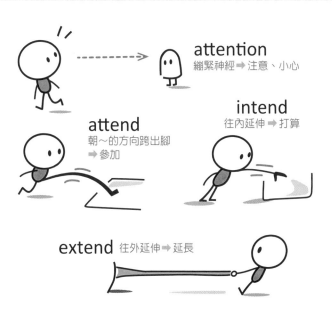

attention
繃緊神經 ➡ 注意、小心

intend
往內延伸 ➡ 打算

attend
朝～的方向跨出腳
➡ 參加

extend 往外延伸 ➡ 延長

 沙朗、牛柳的語源是？

據說「沙朗牛排（sirloin steak）」一詞是英國君王亨利八世有一次在吃這個部位的牛肉排時，因為實在太過美味，而特地

為其冊封了騎士爵位的「Sir」。這個故事流傳甚廣，但卻不是事實。在語源學上，sir是sur（上）的意思，故正確的解釋應該是「sir（上面的）＋loin（腰）」，即「上腰部的肉」。沙朗的脂肪很多、質地柔軟，且有適度的甘味和風味，是牛排肉中最高級的一種。

至於牛柳（tenderloin）則是從沙朗下面的部位取出的最高級肉片，因為該部位是牛隻平時幾乎不會用到的雞肉，所以特徵是非常柔軟。此部位一般俗稱「菲力」，語源是「tender（柔軟）＋loin（腰）」的肉。

 tender就是把物體薄薄延伸變柔軟

「柔軟、溫柔」的英語tender源自表示「柔軟、脆弱」的古法語tendre，並可追溯到原始印歐語表示「使延伸、伸展」的ten。tender當動詞是伸手「提供」的意思，但當形容詞卻是薄薄延展的狀態，形容肉類等很「柔軟」，並引申出指人心變柔軟的「溫柔的」或「敏感的」。

順帶一提，油漆等的「稀釋劑（thinner）」原義同樣是「使變薄之物」，而thin是ten的變化形。

 用接頭辭表示延展方向

tend後面接表示方向的前置詞如to／toward／upward等，具有「朝向～、具～的傾向」之意，如名詞形tendency是「傾向」。而tend當接尾辭，比如attend是「對～繃緊神經→關心」，即「照料」，或是「伸腳到～」的意思，即「出席」。

intend是「將注意力往裡面延伸」，引申為「打算」；extend

是「往外延伸」，引申為「延長、擴展」。contend是「con（一起）+ tend（延伸）」，進而引申為互相拉鋸的「鬥爭、競爭」；pretend是「pre（向前）+ tend（延伸）」，指在對方面前攤開展示，引申為「假裝」的意思。

 緊張過頭就會得高血壓（hypertension）

　　擁有ten語根的常見英文單字有tent（帳篷）和tension（緊張），兩者都是緊緊張滿的意象。hypertension是「hyper（超過）+ tension（緊張）」，引申指「高血壓」；hypotension則是「hypo（往下）+ tension（緊張）」，引申為「低血壓」。在冷戰時期，用來緩和美蘇緊張關係的「緩和政策」叫detente，語源是「de（遠離）+ tente（緊張）」。

 關心客人的酒保（bartender）

　　客機的乘務員一般叫「cabin attendant」，意思是「在客艙（cabin）+ 神經保持緊繃照顧乘客的人」；而在酒吧吧台接待客人的「酒保（bartender）」，語源同樣是「在酒吧（bar）繃緊神經照顧周圍客人的人」。

 tennis的語源是「接球」

　　「網球（tennis）」一詞來自法語，源於發球時高聲向對手大喊「Tenez!（接球！）」的行為，可追溯到拉丁語中表示「抓握、保持」的tenere，而這個拉丁字的語源也是原始印歐語的ten，是「伸出手抓住」的意象。

表演者（entertainer）是什麼樣的人？

　　表示「抓、保持」的拉丁字tenere，衍生出了以下的英語單字：entertain是「介入中間保持愉快的環境」，引申為動詞的「娛樂」；entertainment是名詞的「娛樂、招待」；entertainer是「表演者（藝人）」。container是「大家統一保管的東西」，引申為「容器、貨櫃」；contain是「包含～」。

　　建築物的維持和管理工作叫maintenance，語源是「用手（main）保持」；maintain是動詞的「維持、管理」。

　　sustain是「在下面」保持，引申為「支撐、維持、供養」，形容詞形是sustainable，即「可持續的」；detain是「遠離」保持，引申為「拘留」；retain是「在後面」保持，引申為「保持、留住」；obtain是「在附近」保持，引申為「獲得」。

　　男性最高的音域叫tenor（男高音），原義是能維持不偏離主旋律的歌聲。還有，「房客（tenant）」是支付金錢以維持場地使用權的人。

 繼續（continue）和大陸（continent）來自同語源

　　在「保持」的語意方面，「繼續（continue）」的原義也是「一起保持」；而continent是指連在一塊的「大陸」，形容詞形continental是指「美國本土的」或「歐洲大陸的」。

093

「三重（triple）」就是折3次，變成3倍！

ple／plek ＝折、使重疊

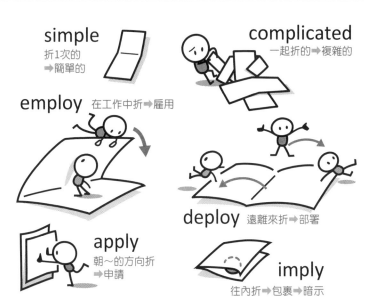

simple
折1次的
➡簡單的

complicated
一起折的➡複雜的

employ　在工作中折➡雇用

deploy　遠離來折➡部署

apply
朝〜的方向折
➡申請

imply
往內折➡包裹➡暗示

「單純的（simple）」就是只折1次

130頁已經出現過的simple原義是「折1次的」，引申為「簡單的」；triple是「折3次的」，即「3倍（的）」；quadruple是「折

4次的」，引申為「4倍（的）」。如前所見，ple源自拉丁語中表示「折、使重疊」的plus，而plus又來自原始印歐語的pel。

一起折就是「複雜的」

相對於simple（簡單的），complex或complicated則是「一起折」，引申為「複雜的」之意。

日語中同一棟建築內設有多間影廳的複合設施叫「sine-con（シネコン）」，其原義為cinema complex，是一個和製英語。

另外，「complex（コンプレックス）」一詞在日語中指的是跟其他人相比後覺得自己不如他人的複雜心情，也就是「劣等感」的意思；不過在英語中，「劣等感」應該叫an inferiority complex，而「優越感」叫a superiority complex。

perplex是「完全折疊使人完全搞不懂的」，引申為「使困惑」；perplexing是「令人困惑的、複雜的」，perplexity則是名詞的「困惑」。

往內折是「雇用」

employ是「往工作中折」，引申為動詞的「雇用、使用」，名詞形是employment；employer是「雇主」，employee是「僱員」。exploit是「往外折」，引申為「開發、利用」；deploy是「遠遠地折」，引申為「部署」。

折疊在電腦裡的軟體叫「app」

apply是「往～的方向折」，引申為「應用、申請」，名詞形是application。為了處理特定工作而「折疊在」電腦或手機的軟

體則叫「app（應用程式）」。

　　同樣地，名詞形的appliance原義是「應用之物」，進而引申為「器具、工具」；applicant是「申請人」。

 往回折叫「回覆」

　　reply的原義是「往回折」，引申為「回答、回覆」。另一個拼法跟reply類似的單字是replica，原義是折許多次製作的「複製品」或「微縮模型」。imply是把東西包裹在裡面的意象，引申為「暗示、含有」；implicit是「含蓄的」；explicit是「明顯的」。

 大量重疊以增加

　　multiply是「折成很多」之意，引申為「大量增加、相乘」；multiple是「多數的」；multiplex是指內有餐廳、酒吧、電影院等的「影城」。

 子音的p變化成f

　　原始印歐語的pel的p依循「格林定律」，經由日耳曼語變化成f的發音，比如fold當動詞時是「折」，當名詞是「摺痕」。unfold是不折，引申為「攤開」、「呈現」。fold當接尾辭時則是數字＋fold的形態，比如twofold是「2倍的、雙重的」，threefold是「3倍的、三重的」；manifold則是「大量折」，引申為「多數的」或「多種的」等義。順帶一提，在美式英語中，billfold是「皮夾」或「名片夾」的意思。

094

吊掛在脖子下的「首飾（pendant）」

pend/pens
＝拉、使伸展、旋轉、吊、量

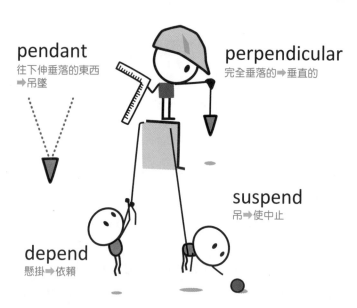

pendant
往下伸垂落的東西
➡吊墜

perpendicular
完全垂落的➡垂直的

suspend
吊➡使中止

depend
懸掛➡依賴

 spin是旋轉以紡織

　　賽車中汽車急速旋轉的「spin」，除了由蜘蛛或蠶吐絲在相同地點多次旋轉築巢或結繭的行為引申出「紡織」的意義外，也

可以指蜘蛛或蠶「吐絲、築巢結繭」。spin的語源是原始印歐語中表示「延伸、旋轉」的(s)pen，是經由日耳曼語傳入英語的單字。

蜘蛛的英語「spider」也來自於相同語源，原義是「紡絲的生物」。spinster（紡織女工）也可指「單身女子」，因為在以前的英國，從事的紡織女工大多是單身女性。span的原義是張開手掌時姆指指尖到小指指間的長度，引申為「跨度、一段時間」。spanner原義是「旋轉的東西」，即用來轉動鎖緊或鬆開螺絲或螺母的工具「螺絲起子」。

 ## 垂吊在脖子下的吊墜（pendant）

「吊墜（pendant）」是首飾的一種，具有垂吊在脖子之下的意象，源自拉丁語中意指「垂吊」的pendere。而這個字也可追溯到原始印歐語的(s)pen。

 ## 頂層豪華公寓（penthouse）是什麼樣的建築物？

「頂層豪華公寓（penthouse）」在現代是指位於公寓大樓或飯店頂層，附有露台的高級住宅，不過這個字原本其實是指「彷彿垂吊在屋簷下般突出的建築物」。

perpendicular是指「完全垂落的」，引申為「垂直的、直角的」。

而表示「凸起」或書本「附錄」的appendix以及「闌尾炎」的appendicitis也分別都有垂落的意象。

「懸而未決」的pending

商務情境之中的「pending」有「暫不決定」或「延議」的意思。pending本身是「懸掛著的」之意，引申為「懸而未決的」。pendulum是指時鐘的「鐘擺」；depend是「懸掛」，引申為「依賴」，形容詞形dependent是「依賴的」，反義字independent則是「獨立的」，名詞independence是「獨立」。

用來吊褲子的吊帶（suspenders）

「吊帶」是繞過兩肩用來吊住褲子或裙子的一組繩子，正確的寫法應該用複數形的suspenders。suspend則是「sus（往下）＋pend（吊）」，即「懸掛」，除此之外還有「暫時中止、使停職或休學」的意思。名詞形suspension則是「停職、停學、暫停、懸吊」，比如a suspension bridge就是「吊橋」。

擔心（suspense）就是一顆心懸在空中的狀態

suspense是suspend的名詞形之一，原義是形容不知道未來會發生什麼事，一顆心懸在半空中的狀態，有「擔心、緊張、焦慮」的意思。

expense就是掛在天秤下測量重量

expense是掛在天秤下面測量重量，引申為「費用、開支」，形容詞形expensive是「昂貴的」，其名詞形expenditure是「經費、支出」。由此pense和pend又衍生出「測量」或「支付」的含義。spend也一樣，是「s＝ex（向外）＋pend（吊掛）」，引申為「花費、度過」。

重量單位「磅（pound）」就是測量的意思

而在「測量」的意義方向，英國的貨幣單位同時也是重量單位的「磅（pound）」，以及菲律賓和墨西哥、古巴等中南美國家的貨幣「披索（peso）」，原義也同樣是「秤的砝碼」。

dispense是「測量後放手」，引申為「供給、提供」一定量的東西；dispenser是指「自動提款機」。dispensable是「可提供的」，引申為「非必要的」；indispensable則是「必不可少的」。

 三色堇（pansy）的花語是「思慕」

出於放在天秤上仔細思考的意象，ponder有「仔細衡量」的意思；pensive是「沉思的」；而「三色堇」的英語叫pansy，因為這種花在8月開花時會向前傾倒，模樣看起來就像陷入思考的人。

 測量重量後付給國民的年金叫pension

pension是指測量重量後再付給國民的「年金」；compensate是「互相支付」，引申成為「補償、彌補」，名詞形compensation是「補償（金）」；recompense是「賠償、回報」。

在日本，西式的民宿俗稱「pension（ペンション）」，不過pension在歐洲指的其實是「便宜的小旅館」；而「領養老金的人（pensioner）」一詞，則源於把自家的空房間改造成民宿租出去的行為。

095

「工廠（factory）」是製作產品的地方

fac(t)/fic(t) =製作、做

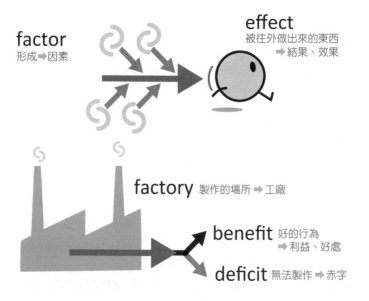

factor
形成➡因素

effect
被往外做出來的東西
➡結果、效果

factory 製作的場所 ➡ 工廠

benefit 好的行為
➡利益、好處

deficit 無法製作 ➡ 赤字

工廠（factor）就是製作產品的地方

　　表示「事實」或「實情」的fact原義是「被形成」的意思，源自拉丁語中表示「做」的facere的過去分詞。另外像faction

366

（派系）、factor（因素）、faculty（機能、系所）、factory（工廠）、fashion（流行）等字也都來自相同語源。

 facility就是使工作變容易的「設備」

facile的原義是「容易做～」，引申為「簡單的」令人提不起勁的；facilitate是「使容易、促進」；facilitator是「協調者」；facility指讓工作變容易之物，引申有「設施、能力」等意。

 含有face的單字共同點就是「面」

face的原義是塑形物→外觀的意思，引申為「臉、面對」；facade是建築物的顏面，引申為「正面、外觀」；deface是「使汙損」；surface是「表面」；interface是「界面、接合點」。

 當接尾辭用的fect

fac(t)還變形成fec(t)／fic(t)／fit等形態，衍生出各種單字。比如perfect是「從頭做到底」，引申為「完美的、做完」；effect是「被往外做出來的」東西，引申為「影響、結果」；defect是「偏離的」，引申為「缺點、缺陷」。

infect是病毒等病原體進入人體「使感染、傳染」，反義字disinfect則是「消毒」。affect是「使對方工作」，即「影響」，抑或是指使自己投入工作的「假裝、裝作」等兩種不同意思。

 砂糖點心「金平糖」來自葡萄牙

法式料理有一種調理方法叫「油封（confit）」，也就是將豬肉、鴨肉、火雞、鵝肉等用自己脂肪慢烤封存，語源是「一起製

作」的意思。confection是水果的「糖漬」，比如在日本戰國時代從葡萄牙傳入日本的砂糖點心「金平糖（コンペイトウ，con-pei-tou）」，就是從葡萄牙語的「糖果（confeito）」誤唸而來的詞。confectionery則是「糖果糕點店」或「糕點糖果」的總稱，confectioner則是「甜品業者」。

 ## 小說（fiction）就是「虛構的故事」

「困難的」的英語difficult的語源是「無法製作」；而fiction是「製作出來的東西」，引申為「小說、虛構的故事」。

「辦公室」的office原義是工作的地方，形容詞的official則是「官方的」。beneficial是「有益的」；superficial是「表面的、淺薄的」；efficient是指做過的事情「浮上檯面」，引申為「有效率的」。proficient是「在人前做」，引申為「熟練的」；sufficient是指「使從下往上」，引申為「充足的」；而deficient是「無法製作」，引申為「不足的」，名詞形deficit是「赤字、不足額」。

suffice是sufficient（充足的）的動詞形，意思是「足夠」；sacrifice是「使神聖的（sacred）之物」，意指「（使）犧牲」。

 ## feat是「被達成」→「功績」

feat是被達成的「功績、偉業」；defeat是把對手「拉開」，引申為「擊敗、打敗」；feature是「被製作的東西」，引申為「特徵、臉的特色、特別報導」。feasible是「可行的」；surfeit是「過量」；counterfeit是「違反法律」，引申為「偽造、偽造品、偽造的」；profit是「（獲得）利益」；benefit是「好的行為」，引申為「利益、好處」。

買東西結帳後
收到的「收據(receipt)」

cap/cup/cept/
cieve/cip=抓住

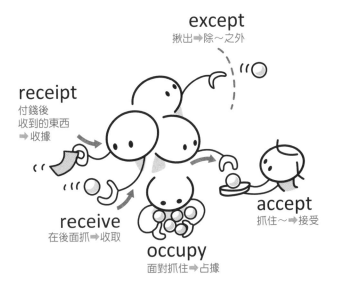

except
揪出➡除～之外

receipt
付錢後
收到的東西
➡收據

receive
在後面抓➡收取

occupy
面對抓住➡占據

accept
抓住～➡接受

 have/heave/heavy/behave有相同語源

「有、擁有」的英語have來自原始印歐語中表示「抓」的
kap。依照「格林定律」，原始印歐語的k的發音經過日耳曼語

變化成h的發音傳入英語。而其他h開頭的同語源單字，還有用力「舉起」重物的heave，以及從這個單字衍生出來表示「沉重」的heavy。behave則是由「完全抓住」的意象演變為完全掌握自己行動的動詞「表現」，名詞形behavior是「行為、態度」。而heft跟heave一樣是「舉起」重物或「重量」的意思，形容詞形hefty是「又大又重的」。

 ## 老鷹（hawk）是會用利爪抓取獵物的鳥

日本辣椒一個代表性的品種叫「鷹之爪」，這種辣椒的形狀就像老鷹的爪子，所以才叫這個名字。「老鷹」的英語叫hawk，而鷹爪的形狀非常適用來抓取獵物，所以hawk的語源就是「抓」，刀子或斧頭的「握柄」叫haft。

 ## catch／chase／case／cable來自相同語源

令人聯想到「抓」的英語單字有很多。

比如catch是「捕捉、抓住」；而chase是「追逐」；purchase是「pur（＝pro）（向前）＋chase（追）」，引申為「購買」；case是「用手抓著保管的東西」，引申為「箱子」或「容器」；cable是「綁家畜的繩子」，引申為「纜線」。

 ## 以cap開頭的單字，都有抓的意象

capsule是用來裝藥或液體的「小容器、膠囊」；capture是「捕捉、俘虜」；captive是「被俘的」；captivate是抓住人心「使著迷」。caption是新聞報導等抓住讀者的心，引申為「標題」或電影的「字幕」；capacity是可抓著很多東西的「容量」或「能

力」；capable是「可以抓的」，引申為「有能力的」。

抓小偷的警察叫cop

而拼法雖然稍有不同，但cop也是「逮住、偷竊」的意思，名詞形則變化成指抓小偷的「警察」。

occupy是「o(c)（朝向）＋cup（抓）」，意指把東西抓到手邊，引申為「占有、占據」，名詞形occupation是指「占掉」一天的大部分時間，引申為「職業、占領」；occupied是「被占有的」，引申為「使用中的、被占領的」。順帶一提，在二戰剛結束的那段時間，從日本出口的產品曾被規定必須標示「made in occupied Japan」（由佔領下的日本製造）。

原始印歐語的kap變化成cept ／ ceive ／ cip等發音創造了許多單字。

當接尾辭用的cept

accept是「抓住（cept）～」，引申為「接受」；concept是大家「一起抓住」的東西，引申為「概念」。except是「揪出」，引申為「除～以外」；intercept是指「介入抓住」，引申為「攔截」；receiptg是付錢後收取的東西，即「收據」。

當接尾辭用的ceive和ception

receive是「在後面抓」，引申為「接收」；deceive是「從對方那裡抓取」，引申為「欺騙」；perceive是「全部抓完」，引申為「理解、察覺」；conceive是「全部抓住」，引申為「理解、構想」。

而它們的名詞形分別是reception「接待、宴會」；deception「欺騙、詐欺」；perception「感知、認識」；conception「觀念、構想」。

 cap變化成cip

　　203頁已經出現過的participate是「抓住全體的一部分」，引申為「參加」；anticipate是「事前抓住」，引申為「預期、期待」。

　　municipal是「握有義務（mune）的」，引申為「地方自治的」；recipient是「受領者」，尤其特指從捐贈者接受器官捐贈的「受贈者」。recipe是拉丁語的「請收下」之意，在過去是指內科醫生開的「處方箋」，後來演變成「烹飪法」的意思。

097

「對接（docking）」 就是引導兩艘太空船結合

duc(t) ＝引導、牽引

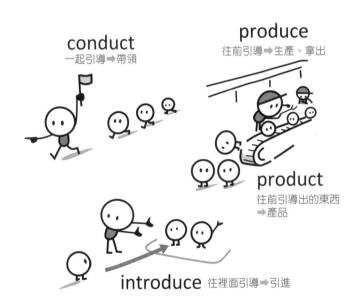

conduct
一起引導➡帶領

produce
往前引導➡生產、拿出

product
往前引導出的東西
➡產品

introduce 往裡面引導➡引進

「全身健康檢查」就像把人送進造船廠

　　船建造、修理、停泊的地方叫「船塢（dock）」。dock當名詞是「船塢、港區」之意，也可指飛機「機庫」，複數形則有

「造船廠」。當動詞指船「入港」，或太空船「對接」。dock的語源是原始印歐語中表示「引導」的deuk。「對接（docking）」是指引導兩艘太空船在宇宙空間結合之意，並也可引申指兩件不同事物的結合。在日本，需要住院才能進行的全身健康檢查俗稱「人類入港（人間ドック，nin-gen dock）」，也就是把住院檢查比喻成船隻進入造船廠檢修。

team／tie／tug來自相同語源

原始印歐語中d的發音依循「格林定律」經由日耳曼語變成t的發音傳入英語。在經過日耳曼語傳播後，很多原始印歐語的單字都發生了變形，要全部一次說明清楚相當困難，但總之以下介紹的幾個單字全都有著相同語源。team（團隊）是互相引導的東西；tie（綁、領帶）則源自拉緊之物的意象。「拔河」叫tug of war，而tug的語源也是「用力拉」。tugboat是用於拖拉船隻或水上構造物的「拖船」。tow是「牽引」或「拖吊」船隻或車輛的意思；taut是「拉緊的」；teem是「引導使靠近」的意思，引申為人或動物「充滿」某塊空間。

指揮（conductor）就是引導樂隊的人

conductor是引導樂隊的人，即「指揮」，或負責引導乘客的「車掌」；semiconductor則是「半導體」。conduct當動詞是「實施、指揮、帶領」，名詞是「行為」；misconduct是「不當行為」。

製作人（producer）是「引導向前的人」

produce是「向前引導」，引申為「生產、取出」，名詞形

production是「製造、生產」；producer是「生產者、製作人」；product是「產品」，形容詞形productive是「生產性的」。

被綁架者（abductee）是「被拉走的人」

abduct是「ab（遠離）＋duct（拉）」，指被人拉走，即「綁架」。名詞形abduction是「綁架」，abductee是「被綁架者」。deduct是「往下引導」，引申為「扣除」，名詞形deduction是「扣除額」。前面已經介紹過的aqueduct是「引導水（aqu）」，引申為「輸水道」等意思。

education（教育）就是引出一個人潛能

音樂的「intro」指樂曲開頭的前奏，也就是introduction（介紹、引進）。動詞形introduce是「引進裡面」，引申為動詞的「介紹、引進」。

reduce是「引導回原處」，即「還原、減少」；seduce是「導出去」，引申為「誘惑」；induce是「引誘」；deduce是往下引導，引申為「推論、演繹」。subdue同樣是「往下引導」，引申為「抑制、征服」。educate是「引出（孩子的）潛能」之意，引申為「教育」，名詞形是education。

Duke Aces就是「一流的公爵」

原始印歐語的deuk幾乎維持原本的拼法變成英語的duke，意指負責引導平民的英國貴族階級中最高級的「公爵」。女性形是duchess。而由四位男性組成的音樂團體「Duke Aces」，隊名直譯就是「一流的公爵」。

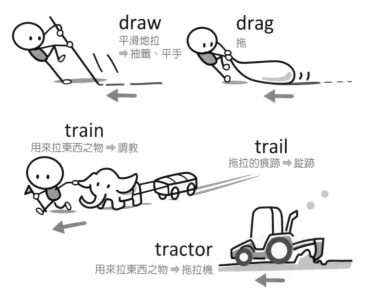

098

「列車（train）」是把車輛排成一列一起拉動

dra / tra = 拉

draw
平滑地拉
➡ 抽籤、平手

drag
拖

train
用來拉東西之物 ➡ 調教

trail
拖拉的痕跡 ➡ 蹤跡

tractor
用來拉東西之物 ➡ 拖拉機

 都是表示「拉」的draw和drag

原始印歐語中表示「拉」的單字有dhragh和tragh，前者經由日耳曼語傳入英語後，變化成相同意義的draw和drag這兩個

字。另一方面，tragh則經由拉丁語變化成trahere，然後再變成trace／track／trail／train／tract等形態傳入英語。

 體育競賽中的draw代表平手

　　draw是指拉繩子等用平均的力道「拉、拖」物體，是跟被拖拉的物體接觸面間沒有摩擦意象的拉。draw當名詞是「抽籤」，或是體育競賽中的「平手」之意；drawing是用線畫的「圖畫」或「抽籤」；drawer是「抽屜」。draft是用線畫的「草稿、草圖」，以及抽籤選出來的「徵召兵」，或是指體育競賽中的「選秀制度」。「直接從酒桶中楮取的生啤酒」叫draft beer。另外draft當動詞則有「打草稿、選派」等意思。

 drag是「拖」

　　drag是跟被拖拉的物體接觸面間有摩擦力，頂著重量「拖行」的意象。比如爸爸帶著不情願的小孩去醫院看病可以說The father dragged his son to the hospital.，具有「拖」或「拉著走」的意思。用於疏浚海底土砂的「挖泥船」叫dredger，dredge（疏浚、採撈）也有摩擦的感覺。dragnet則是「拖網」。

 可追溯性（traceability）就是可追蹤流通路徑的狀態

　　「描圖（trace）」是指在設計圖或原圖疊上半透明的畫紙來複寫圖案。trace的原義是追蹤足跡，當動詞有「追蹤、查出、追溯」的意思，當名詞是「足跡、蹤跡」。traceability是「可追溯性」，也就是指商品的流通路徑可以追蹤的狀態。

競技場的跑道叫track

「田徑」的英語是track and field。競技場的「跑道」叫做track，原義是人或動物留下的足跡，引申為「小徑、軌道」等意思，當動詞則是指「追蹤」。橫越山麓的「徒步旅行」就叫做trekking，這個字也來自同一個語源。

掛車是「被拉著的東西」

被牽引車（tractor）拉著用來運載貨物或旅客的車就叫「掛車（trailer）」。簡單來說，trailer就是指「被拉著的東西」，而tractor的原義是「用來拉東西的東西」。trail跟track一樣，當名詞是「小徑、蹤跡」，當動詞是「追蹤、拖行」。traitor是拖著腳步的人，引申為「叛徒」。

train（火車）是「拉東西的車」

日語的「列車（火車）」是指「排成一列的車子」，通常只有節數在兩節以上的才叫「列車」，而這個字是從英語的train聯想而來。train（火車）的原義拉東西之物，並由此衍生出「一連串、長列」等意思。train當動詞時，若拉的動物就是「調教」，是人的話則是「訓練」。鍛鍊身體的training則是「接受訓練」的意思。

treat就是把人帶來家裡「款待」

treat由「拉、交易」的意象聯想引申為「對待、治療、探討」等意義，此外也有把人帶回家裡「款待、宴請」的意思，當名詞則是「請客」。

　　萬聖節常聽到的「Trick or Treat?」直譯就是「你要（被我）搗蛋，還是要招待（我）？」的意思。treatment是「待遇、治療」；treatise是「論文」；treaty是互相拉，引申為「條約」。

 trait就是用線描繪臉部特徵

　　retreat是動詞的「撤退」；trait的原義是「被拉出來的線」，特別指「用線描繪臉部的特徵」，引申為「特徵」或「特性」。portrait是「被往前拉出的東西」，引申為「肖像畫」，動詞形portray是「描繪、表現」。

 精華（extract）就是被提煉出來的東西

　　tract也被當成接尾辭創造了許多單字。比如日本的遊樂園中用來吸引客人的招牌遊樂設施俗稱「attraction（アトラクション）」(註)，這個字的語源就是「引出興趣的東西」。attract是「吸引、魅惑」，形容詞形attractive是「有魅力的」。

　　contract是互相拉近並交易的意思，進而引申為「簽約、契約」，另外也有兩邊一起拉變細的意象，引申為「使縮小」的意思。當「使縮小」時的名詞形為contraction（收縮、縮短）。

　　detract是「往下拉」，引申指「減損」價值或名聲，名詞形detraction是「則難」；distract是「拉開」注意力，並引申為「轉移、使分心」，名詞形distraction是「使人分心的事物、分心」。subtract是「往下拉」，引申為「減」，名詞形subtraction是「減法」；extract當動詞是「提取、抽出」，當名詞是「摘錄、精華」。

（註）僅限日語，英文的attraction並無此義。

099

劈啪！
用棍棒不停互相敲擊的
「戰鬥（battle）」

bat = 打、敲

battle
多次擊打➡戰鬥

battleship
戰鬥用的大型船艦
➡戰艦

battery 打擊的場所➡大砲

combat
互相擊打➡戰鬥

 有兩種意義的batter

　　棒球中用來打球的道具叫「球棒（bat）」，這個字當動詞是
「用球棒打」，而batter則是「用球棒打的人」，引申為「打者」。

battle來自於「bat（用球棒打）＋tle（反復）」，也就是「多次擊打」，引申為「戰鬥、鬥爭」；battleship是「戰艦」；battlefield是「戰場」。

同樣地，batter也可以拆解成「bat（用球棒打）＋er（反覆）」，即「連續猛擊、虐待」的意思，當名詞則是指用力攪拌雞蛋、牛奶、以及麵粉製作的「麵糊」。

電池（battery）的原義其實是「大砲」

battery的語源是「batter（打）＋(er)y（場所）」，原本的意思是裝在軍艦上的「大砲」或「砲陣」，後由砲陣的意象衍生出「一組器具」或a battery of ～的「一系列的～」的意義。而因為大砲連續發射砲彈的感覺很像投球的動作，所以「投手和捕手的組合」也叫battery。

另外，由於電流從負極流向正極的狀態也有相同的意象，所以這個字也衍生出「電池」的意思。

還有，battery也是表示「連續猛擊、虐待」的batter的名詞形，因此在法律術語上可指「施暴罪」，在音樂術語上則是「打擊樂器部」等義。

「Obatarian」的語源

battalion是「大隊」或「軍團」的意思，另外這個字也跟1989年在日本獲得流行語大賞的「Obatarian（オバタリアン）」一詞有點淵源。《Obatarian》是漫畫家堀田かつひこ創作的四格漫畫，描述一群沒有羞恥心的中年主婦軍團的生態。這個書名則是致敬1986年在日本上映的美國驚悚電影《芝加哥打鬼》（原名

Return of The Living Dead，日譯名為バタリアン（Battalion））。

辯論（debate）就是用言語打敗對手

bat／batter／battalion等單字源自原始印歐語中表示「打、敲」的bhau。

「辯論」的英語debate原義是「往下打」，意指「打倒」對手。

戰鬥（combat）就是球棒互打

combat是互相擊打，即「戰鬥」的意思，名詞形和動詞形相同；combatant是「戰鬥員」，當形容詞是指「交戰中的」。abate是「a（對～）＋打」，引申為「減少、減弱」。

受人照顧時的回禮或賄賂在日語叫「rebate（リベート）」，但英語的rebate原義其實是「再次減少」，意指商務上「退還」部分款項或「折扣」的意思，完全沒有負面意義。

披頭四（The Beatles）的語源

來自英國利物浦的搖滾樂團「披頭四（The Beatles）」在1960年代席捲了全球。Beatles這個詞是「甲蟲」的beetle和「節拍」的beat結合起來的獨創詞；而「節拍」的beat語源也跟bat相同。

beat當動詞的原義是「不間斷地打」，除了「毆打、敲」等意義外，也有「擊敗、攻克」對手之意，或是在煮東西時「用力攪拌」雞蛋等食材「使發泡」的意思。

拳擊的butting就是用頭撞

　　拳擊中的「butting」是指用頭肩撞擊對手的犯規行為，而butt（用頭撞、頂撞）的語源也是「打、頂」。butt也有拍扁的意象，可以指「鰈類」的魚（參照160頁）。halibut是指鰈類的「大比目魚」，這個字的語源是「在假日（holiday）吃的鰈魚（butt）」。而表示「屁股、臀部」的buttocks則是指坐下時抵著椅子的部分。

 棒球短打（bunt）就是用球棒碰球

　　棒球中的「短打（bunt）」指的是打者沒有揮棒，改用球棒輕輕碰球使之往內野滾的打法。而bunt其實是從butt（頭鎚）衍生出來的單字，本來的意思是牛或羊用角「頂」。b的音變成f的音後又衍生出confute一詞，意思是「完全地敲打」，而refute則是「往後面敲」，這兩者都是「駁倒」的意思。

COLUMN　補充知識！

★ bite／bit／bitter／boat／bait 來自相同語源

　　順帶一提，「甲蟲」的英語beetle的語源是古英語的bitel，意思是「bite（咬）＋el（小東西）」，而此字又可追溯到原始印歐語中表示「使裂開」或「劈開」的bheid。用牙齒咬使之裂開的行為叫bite（咬），而bitter（苦的）則來自吃到苦澀食物忍不住咬緊牙齒的意象。bit（少）是咬下一小塊碎片，boat（小船）是劈開樹幹製作的東西。引誘魚來咬的「餌」是bait；abet則是「使朝魚餌（bet＝bait）的方向」，進而引申為「教唆（犯罪）、幫助」。

100

為什麼stick
在日語的發音會是
「Sutekki（stecky）」

stick / stinc(t) = 插

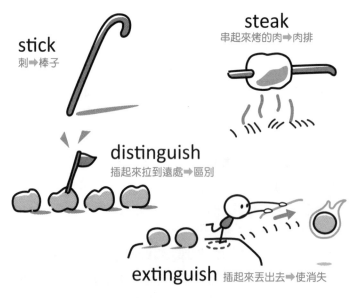

stick
刺➡棒子

steak
串起來烤的肉➡肉排

distinguish
插起來拉到遠處➡區別

extinguish 插起來丟出去➡使消失

 貼紙（sticker）就是黏黏用來貼的東西

　　「棒子」的英語叫stick，語源可追溯到原始印歐語中表示「刺」的steig。動詞的stick是「刺」或「貼」，sticker是「用來

貼的東西」，引申為「貼紙」；形容詞形sticky原義是「貼」，引申為「黏的、泥濘的」，而形容天氣則是「濕熱的」意思。

 肉排（steak）就是串起來烤的肉

拼法跟stick類似的「steak」原指串起來烤的肉。stake則是插在地面上標示界線的「樁」，在商務場域則是指「股份」。

 禮儀（etiquette）跟門票（ticket）有親緣關係

禮儀的英語「etiquette」是來自法語的單字，據說原本指的是貼在王宮內的門或牆壁上，提醒客人們不要庭院裡隨地小便或踩踏花壇的告示，後變成表示宮廷內應遵守的禮儀。而英語的ticket（票券）則是把etiquette的e拿掉後創造的字。

 把魚鰭插在生魚片上加以區別的「刺身（sashimi）」

日語的「刺身（sashimi）」就是生魚片的意思，有一說認為這個詞的來源是以前做生魚片時會把魚鰭插在切好的魚肉片上，方便辨識這是哪種魚的肉。而英語單字distinguish也是相同的聯想下誕生的，這個字的語源是「dis（遠離）＋sting（肉）＋ish（使）」，意思是就算「分離了」，只要「插上」可顯眼的記號就可以加以分辨，引申為「區別、使有所區別」。名詞形distinction是「差別、特徵」，形容詞形distinct是「明顯的、顯然不同的」。

extinguish是「插起來丟出去」，引申為「使消失、消滅」，名詞形extinction是「滅絕」；extinguisher是「滅火器」，形容詞形extinct是「滅絕的」，比如extinct volcano是「死火山」。

stigma是指用烙鐵烙上印記或用尖物刺上刺青，引申為「黥面」或「汙名」的意思。

 當接尾辭用的stick

把stick當接尾辭的單字有以下幾個：比如古人相信魔女可以將其騎著飛上天的broomstick（掃帚）、drumstick（鼓錘）、lipstick（口紅棒）、nightstick（警棍）、candlestick（燭台）、slapstick（原指喜劇中用來打人製造喜感的棒子，後引申指滑稽喜劇）等等。

COLUMN 補充知識！

★ 蠟燭（candle）就是會發光的東西

補充一個跟candlestick有關的知識。candle（蠟燭）源自拉丁語中意指「閃耀」的candere，並可再往上追溯至原始印歐語的kand。其他相同語源的英語單字還有chandelier（水晶吊燈）、candor（真誠）、candid（坦率的）等。

candidate是「候補者」，源自古羅馬時代的選舉，因為當時的候選人都身穿閃閃發亮的純白衣飾。還有，incense是「內部閃耀燃燒的東西」，引申為「焚香、香氣」。

主要的接頭辭

ad ： 朝～的方向、將～

ad的d會依照後面接的語根發生各種變化。有時也會只剩下a。

accept是「抓住～（cept）」引申為「接受」

adequate是「往平等的（equ）的方向」引申為「充足的、尚可的」

afford是「朝前方（ford）」引申為「有餘力的」

allege是「往～的方向送出（leg）言詞」引申為「宣稱」

appoint是「指向（point）某人」引申為「指名（任命）」

arrest是「往停留（rest）的方向」引申為「逮捕」

assent是「往～的方向感受（sent）」引申為「同意」

attend是「往～的方向伸出腳（tend）」引申為「參加」

avert是「往～的方向轉過頭（vert）」引申為「避開」

ob ： 向著～

ob的b會依後面所接的語根發生各種變化。

obstacle是「向著對方站立的東西（stacle）」引申為「障礙」

occupy是「向著～抓住（cup）」引申為「占據」

offer是「向著對方邁出腳步（fer）」引申為「提供」

opportunity是「向著港口（port）去」引申為「機會」

co ： 一起、完全地

co會變化成con或com。接以l或r開頭的語根則變化成col或cor。

coordinate是「共享秩序（order）」引申為「使協調」

collect是「一起使集中（lect）」引申為「收集」

combine是「使二者（bin）在一起」引申為「結合」

concept是「共同抓住（cept）」引申為「概念」

corrupt是「大家一起崩潰（rupt）」引申為「腐敗的」

de / di / dis / ab / se ： 遠離、個別地、往下、不是～

decide是「斬（cide）斷迷惘的陰晴」引申為「決定」

differ是「運（fer）到個別的地方」引申為「不同於」

dismount是「從山（mount）上遠離」引申為「下車、卸下」

disappoint是「不指名（appoint）」引申為「辜負」

abduct是「遠離地拉（duct）」引申為「綁架」

separate是「遠離排列（pare）」引申為「區別、使分開」

sub ： 在下、由下往上地

sub的b會依後面所接的語根發生各種變化。

subway是「下面的道路（way）」引申為「地下鐵、地下道」

succeed是「由下往上去（fer）」引申為「成功」

suffer是「在下面搬運（fer）重物」引申為「受苦」

support是「在下面運（port）」引申為「支持」

suspend是「往下掉（pend）」引申為「暫時取消」

sur / super ： 往上、越過、超過

survey是「從上面看（vey）」即「調查」

supervise是「從上面看（vise）」即「監督」

ex / extra ： 往外、超越

接以特定字母開頭的語根時x會消失，或變化成其他字母。

exceed是「往外去（ceed）」引申為「超越」

educate「引出（duc）小孩的能力」引申為「教育」

effect是「被往外製造出的東西（fect）」引申為「結果」

escape是「脫掉斗篷（cape）」引申為「逃脫」

extraordinary是「超越普通（ordinary）的」引申為「非凡的」

pro / pre / pri / for ： 往前、提前

proceed是「往前去（ceed）」引申為「繼續進行、前進」

preview是「事先看（view）」引申為「試映會、預告」

prior是「比（or）～更前的」引申為「優先」

foresee是「提前看（see）」引申為「預見」

re ： 再次、往後、變回、完全地

renew是「使再次變新（new）」引申為「重新開始」

refuse是「倒（fuse）回」引申為「拒絕」

resist是「一邊往後站（sist）」引申為「反抗」

resent是「多次完全感覺到（sent）」引申為「憤慨」

in / im / en / em ： 往～之中、往～之上、不是～

inspect是「往裡面看（spect）」引申為「檢查」

import是「往港內運（port）」引申為「輸入」

impress是「從上面按壓（press）」引申為「使留下印象」

immense是「無法測量（mense）的」引申為「巨大的」

impartial是「非部分的（partial）」引申為「公平的」

embrace是「往雙臂（brace）中」引申為「擁抱」

endemic是「往群眾（dme）之（ic）中」引申為「地方特有的（傳染病）」

enemy是「不是朋友（emy）」引申為「敵人」

enhance是「使變高（hance）」引申為「提高」

a ： 不是

接母音開頭的語根時a會變化成an；接特定子音時語根的第一個字母會重複一次。

amoral是「不是道德的（moral）」引申為「無關道德的」

anemia是「沒有血液（emia）」引申為「貧血」

arrhythmia是「沒有節奏（rhythm）的症狀」引申為「心律不整」

apo ： 遠離

apology是「為了逃脫罪名而說（logy）」引申為「謝罪」

contra ： 反側的、對於

contrast是「站（st）在對側」引申為「對照、反差」

dia / per ： 通過

diagonal是「通過角（gon）」引申為「斜的」

perfect是「從頭做（fect）到尾」引申為「完美的」

epi ： 往上、之間

epidemic是「在群眾（dem）之間」引申為「傳染的」

inter ： 之間

intercept是「介入中間抓住（cept）」引申為「攔截」

pan ： 全部的

pandemic是「朝所有群眾（demic）」引申為「全球流行的（疾病）」

para ： 旁邊的

paragraph是「空一格寫（graph）」引申為「段落」

peri ： 周圍的

periscope是「用來看（scope）周圍的東西」引申為「潛望鏡」

sym / syn ： 一起

syndrome是「很多人一起跑（drome）」引申為「症候群」

trans ： 超過、越過

transit是「越過前往（it）」引申為「通過」

國家圖書館出版品預行編目(CIP)資料

英文單字語源大全：字根&字首完全圖解，迅
速累積30000個單字量！／清水健二著；陳
識中譯. -- 初版. -- 臺北市：臺灣東販股份
有限公司, 2023.04
410面；12.7×18.8公分
ISBN 978-626-329-783-8(平裝)

1.CST: 英語 2.CST: 詞彙

805.12   112002992

英文單字語源大全

字根&字首完全圖解，迅速累積30000個單字量！

2023年4月1日初版第一刷發行

作　　　者	清水建二
插　　　畫	すずきひろし
譯　　　者	陳識中
編　　　輯	魏紫庭
美術編輯	黃郁琇
發 行 人	若森稔雄
發 行 所	台灣東販股份有限公司
	＜地址＞台北市南京東路4段130號2F-1
	＜電話＞(02) 2577-8878
	＜傳真＞(02) 2577-8896
	＜網址＞www.tohan.com.tw
郵撥帳號	1405049-4
法律顧問	蕭雄淋律師
總 經 銷	聯合發行股份有限公司
	＜電話＞(02) 2917-8022

TOHAN